英美文学素养培养与教学研究

高瑞芳 ◎ 著

吉林出版集团股份有限公司

图书在版编目（CIP）数据

英美文学素养培养与教学研究 / 高瑞芳著. — 长春：吉林出版集团股份有限公司，2022.10
ISBN 978-7-5731-2511-8

Ⅰ. ①英… Ⅱ. ①高… Ⅲ. ①英国文学－教学研究②文学－教学研究－美国 Ⅳ. ①I561.06②I712.06

中国版本图书馆 CIP 数据核字 (2022) 第 190118 号

英美文学素养培养与教学研究

著　　者	高瑞芳
责任编辑	王　平
封面设计	林　吉
开　　本	787mm×1092mm　　1/16
字　　数	220 千
印　　张	10
版　　次	2022 年 10 月第 1 版
印　　次	2022 年 10 月第 1 次印刷
出版发行	吉林出版集团股份有限公司
电　　话	总编办：010-63109269
	发行部：010-63109269
印　　刷	廊坊市广阳区九洲印刷厂

ISBN 978-7-5731-2511-8　　　　　　　　　　　定价：68.00 元
版权所有　　侵权必究

前　言

英美文学作为世界文学殿堂中的一颗璀璨明珠，无数优秀的文学作品广为流传，因此英美文学的教学具有重要意义。英美文学的教学，不能够停留在语言分析与文学史教学层面，而应当通过对优秀英美文学作品的赏析和解读，培养学生的文学感悟与文学素养，从而建立对学生影响深远的人文情怀。认识到英美文学教学中培养学生文学素养的重要意义，就需要从教育理念、教育手段、教育过程等方面入手，不断提升教育质量和水平，通过英美文学教学培养学生的文学素养。

"随着英语教育教学改革的深入，英语教育已经不仅是单纯地向学生传授英语语言知识，而是转向培养学生的语言交际能力，提升学生的文化素养。英语教学也随着学生素养拓展开设了更多元化的课程，如文化类、文学类、应用类和语言技能类课程，为实现英语教育个性化教学和学生综合素质培养奠定基础。"在这一背景下，英美文学教学被赋予了更多的教育责任：从内容上看，英美文学课程涵盖的内容十分丰富，其课程本身所具有的内容值得深入挖掘；从所造成的影响上看，英美文学是学生语言学习过程中的重要过程与手段，也是管窥国外文化的重要渠道，因此该课程无论对于我国"新文科"建设，还是课程思政的开展而言，都具有十分重要的意义和价值。

除上文提到的责任外，我们也不能忽视英美文学课程对于学生文学素养的培养，自人类文学自觉以来，文学就成为世界、作者、读者与文本之间的互动，文学的本身不是语言的工具，而是有独立思想、独立内容与独立形式的艺术，因此，文学素养的培养，是英美文学课程必须重点关注的内容。本书将从三个方面详细论述英美文学教学与学生文学素养培养的意义、关系与方法。

为了提升本书的学术性与严谨性，在撰写的过程中，笔者参阅了大量的文献资料，引用了诸多专家学者的研究成果，因篇幅有限，不能在此一一列举，在此一并表示最诚挚的感谢。由于时间仓促，加之笔者水平有限，在撰写过程中难免出现不足的地方，希望各位读者不吝赐教，提出宝贵的意见，以便笔者在今后的学习中加以改进。

目录

第一章　英美文学综述 … 1
- 第一节　文学定义及语言特点 … 1
- 第二节　美英文学的概念 … 10
- 第三节　文学、文章、散文 … 13
- 第四节　英语散文的文体特征 … 16

第二章　英美文学发展简史 … 27
- 第一节　英国文学简史 … 27
- 第二节　美国文学简史 … 42

第三章　英美文学的分类 … 51
- 第一节　散文文体 … 51
- 第二节　小说文体 … 63
- 第三节　诗歌文体 … 68
- 第四节　戏剧文体 … 76

第四章　英美文学素养培养 … 81
- 第一节　英美文学素养的价值 … 81
- 第二节　英美文学素养的培养方法 … 84
- 第三节　英美文学作品赏析与人文素养 … 87
- 第四节　英美文学教学与文学素养培养 … 92
- 第五节　英美文学教育对学生人文素养的培养作用 … 95
- 第六节　英美文学作品中人文素养的社会体现 … 99

第五章　英美文学教学概述 … 103
- 第一节　英美文学教学的目标内涵与层次定位 … 103

第二节　批判性思维与英美文学教学······105
  第三节　新媒体时代的高校英美文学教学······107
  第四节　基于"互文性"的英美文学教学······113
  第五节　英美文学教学与人文思想渗透······116

第六章　英美文学教学的发展······120

  第一节　认知诗学视野下的英美文学教学······120
  第二节　网络时代的英美文学教学······123
  第三节　英美文学教学的改进策略······126
  第四节　跨文化视野下的英美文学教学······128

第七章　英美文学教学能力的培养······133

  第一节　英美文学教学中思辨能力培养······133
  第二节　英语专业英美文学课教学的技能培养······136
  第三节　英美文学教学与学生人本精神的培养······139
  第四节　英美文学教学中学生创新能力培养······143
  第五节　英美文学教学"文化研究"新视域的转换······146

参考文献······153

第一章 英美文学综述

第一节 文学定义及语言特点

一、文学定义

在西方,"文学"(literature)一词是在14世纪从拉丁文litteratura和litteralis演化而来的,意思是"著作"或者"书本知识",是与政治、历史、哲学、伦理学、神学等一样的文化产品,并无特殊的或专有的性质。直到18世纪,文学才从一般的文化产品中独立出来,用以特指具有美的形式和能产生情感作用的文学作品。学界有人认为:"文学即是语言。"这一命题是基于海德格尔的观点"语言是存在的家,人就居住在这个家中"提出的,当然也只能从这个角度去解读。辞书学家认为,文学是"用文字写下的作品的总称。常指凭借作者的想象写成的诗和散文,可以按作者的意图以及写作的完美程度而识别。文学有各种不同的分类法,可按语言和国别进行划分,亦可按历史时期、体裁和题材进行划分"(《简明不列颠百科全书》第十一卷)。韦勒克和沃伦认为:"文学是创造性的,是一种艺术。"高尔基则提出了"文学是人学"的命题,他断言:"文学是社会诸阶级和集团的意识形态——感情、意见、企图和希望——之形象化的表现。"

在我国,"文学"一词的含义也经历了一个演变过程。魏晋以前,"文学"(或"文")的意思是"学问"或"文化"。魏晋时期,"文学"与"文章"和"文"渐成同义词。到公元5世纪时,南朝宋文帝建立"四学","文学"才与"儒学""玄学""史学"正式分了家,获得独立发展的地位,并被赋予了特殊的审美性质。到了现代,由于受到西方文学观念的影响,我国学者主要是通过突出文学的审美特性和语言特性来理解与界定文学的。合而观之,文学有广义的文学与狭义的文学之分。所谓"广义的文学指的是一切用文字所撰写的著述。狭义的文学指的就是用美的语言文字作为媒介而创造的文学作品"。

文学是人学的命题可以从不同角度加以解释。马克思主义认为,劳动"是整个人类生活的第一个基本条件,而达到这样的程度,以致我们在某种意义上不得不说:劳动创造了人本身"。劳动不仅创造了人，而且还是文学活动发生的根本原因。鲁迅先生曾对此做过通俗化的解释，他说："人类在没有文学之前，就有了创作的，可惜没有人记下，也没有法子记下。我们的祖先原始人，原是连话也不会说的，为了共同劳作，必须发表意见，才逐渐地练出复杂的声音来。假如那时大家抬木头，都觉得吃力了，却想不到发表。其中一个叫道'杭育杭育'，那么这就是创作……倘若用什么记号留存了下来，这就是文学。"而哲学家认为，人是具有七情六欲的自然存在物，与世界进行着物质交换。古希腊哲学家德谟克利特说："从蜘蛛我们学会了织布和缝补；从燕子学会了造房子；从天鹅和黄鹂等唱歌的鸟学会了唱歌。"社会学家认为，人是具有规范能力的社会存在物，与人进行着道德交换。"人的本质并不是单个人所固有的抽象物，在其现实性上，它是一切社会关系的总和"。除了其生物属性外，人还具有社会属性，而后者是伴随其始终的重要属性之一。人与动物的区别在于："动物只要求它所必需的东西，反之，人的要求超过这个。"神学家认为，人是具有超越能力的神性存在物，与世界发生着意义联系。人与世界万物的根本区别在于："水火有气而无声，草木有生而无知，禽兽有知而无义，人有气、有生、有知亦且有义。故最为天下贵也。"（荀子·王制）气之动物，物之感人。文学作品作为物之感人的产物必然表现感人之物，如"感时花溅泪，恨别鸟惊心"（杜甫：《春望》）；必然宣泄物之感人之情。如，"小楼昨夜又东风，故国不堪回首月明中"（李煜：《虞美人》）。总之，作为人学的文学，必然要反映出社会生活，要解读人的感性、理性和灵性。

而教科书为文学下的定义是："文学是显现在话语蕴藉中的审美意识形态"。更多的人认为，"文学是一种语言艺术，它以语言或其他的书面符号——文字为媒介来构成作用于读者想象中的形象和情绪状态，从而产生审美共鸣"。

综上所述，对于文学的定义，古今中外，仁者见仁，智者见智。我们现今通行的文学作品如诗歌、散文、小说、戏剧等就属于狭义的文学。

二、文学语言的特点

语言是信息的载体，是传达意义的工具。文学是语言的艺术，离开了语言，文学无已存在。语言既是文学作品存在的显现，使文学实物化，又是文学作品审美价值生成的重要条件。如果没有精湛的语言，就不会有出色的作品，语言是文学的生命，是文学生存的世界。文学语言主要具备以下几方面特点。

（一）形象性

文学艺术最为鲜明的特征就是形象性。作家为了表现美、创造美，必须塑造形象，把自己的情志纳入一个个生动可感的外观中。文学语言的形象性要求作家能以形象化的语言，将千姿百态的事物的性质、情状和人物所处的环境、人物之间的关系、个性特征以及心理活动，鲜明具体地展示给读者，使读者能够生动直观地去"想象"它们、"感受"它们。语言形象化的关键是作者运用丰富的词汇及其巧妙的组合，揭示出所写对象的具体特征，达到清晰深刻、栩栩如生的形象化效果，从而启发读者展开丰富的想象。

（二）自指性

所谓自指性，就是自我指涉性，与语言的他指性（即外部指涉性）相对。语言的他指性是指语言用于信息交流后，就完成了自己的所有使命。而语言的自指性则在语言完成信息交流任务后，还会关注语言自身的表达是否具有音乐性、节奏感、语体美等审美效果。法国象征主义诗人瓦莱里（Paul Valery）指出，文学家用语言说出的话语是为了使这些话语突出和显示自身，这就是文学语言的自指性。文学语言的自指性往往通过"突显"，亦即"前景化"的方式表现出来，也就是说，使话语在一般背景中突显出来，占据前景的位置。文学作品中这种"反常化"语言随处可见，可表现在文学语言的语音、语法、语义、语体、书写等各个方面。比如在语法上，文学语言也不一味遵循日常语言的语法常规来传情达意。为了不同的、高效的表情需求与目的，文学语言往往会偏离日常语言的语法规范，诸如语序的调整，词性的有意变换等。例如 As soon as the last boat has gone, down comes the curtain, 这句摘自南希·密特福德（Nancy Mitford）的作品 "Tourists"，其出现的语境是：威尼斯泻湖中有个小岛叫托车罗（Torcello），岛上的居民都很市侩，游客一到岛上，他们就像演员演戏一样，粉墨登场，一心想着从游客身上赚取更多的钱，但来的游客一个个小气吝啬得很，最后这些岛民演练忙乎了半天，所获收益甚少。例句说的是"最后一班船的游客一走，演出的帷幕就拉上了"。但这个倒装句则使我们"看到"岛民们演出结束后的"谢幕"急不可待，折射出其所获收益甚少后的不满与愠怒，言外之意仿佛是说"赶紧去你的吧！"。短短一个小句，看似写实，再寻常不过了，但其语序一颠倒，便将岛上居民的市侩举止与心理刻画得入木三分，也巧妙地表现出作者辛辣的讽刺笔调。

（三）准确性

准确性是对文学语言的基本要求，是优秀文学作品应具备的语言特色之一。在文学艺术中，语言的准确性是指恰到好处地抒发作家情怀，惟妙惟肖地刻画艺术形象，精致入微地营造审美意境等等，在语言上表现为方方面面的协调作用。对于文学翻译而言，尤其应该注意的是词语意义之间的细微差别、词语的感情色彩、搭配习惯等等。要想用词正确、贴切，需要比较一些词的细微差别，这对于文学语言是很重要的。有些词粗看起来好像差不多，但是经过仔细辨别，就会发现它们的不同之处。有些词的基本意义一样，但语义轻重不同（比如：阻止—制止，失望—绝望，批评—批判，牵连—牵累，等等），使用时就要根据具体语境，力求轻重得当；有些词所指称的事物或现象是同样的，但语义概括的范围大小不同（比如：局面—场面，灾难—灾害，事情—事故，支援—声援，等等），使用时必须分辨它们之间的差异，避免大词小用或小词大用。

（四）曲指性

人们日常交流所用语言注重简洁明了，直达其意，也就是语言的直指性，但是文学语言的表达，为了追求审美效果和艺术感染力，则更加看重曲达其意，也就是语言的曲指性。所谓文学语言的曲指性是指"文学作者经常采用一些曲折迂回的表达手法表达他的意思，使他所表达的意思不费一番思索和揣测就很难被读者把握到"。文学语言曲指性的形成，从作者角度上来看，是作家表意时自觉追求的结果，有时还是迫于外在环境（比如政治原因）而形成的结果；从语言自身角度来看，是由于通过形象所指涉的内容具有不可穷尽性的特点所致；从读者角度上来看，则与读者的审美要求有关，读者可从中获得更多想象与回味的余地。"言有尽而意无穷""言在此而意在彼""句中有余味，篇中有余意""深文隐蔚，余味曲包""不着一字，尽得风流"等均是对文学语言曲指性的生动表述。比如：

Cool was I and logical.Keen, calculating, perspicacious, acute and astute—I was all of these.My brain was as powerful as a dynamo, as precise as a chemist's scales, as penetrating as a scalpel.And—think of it!—l was only eighteen.（Love is a fallacy—Max Shulman）

这段话中作者对"我"的诸多优秀品质可谓赞不绝口，但从其使用的比喻来看，"我的大脑"都与客观器物 a dynamo、a chemist's scales、a scalpel 紧密相连，给人以机械刻板、单调枯燥、缺乏变化、缺乏情趣的印象或联想。而事实上，在随后的语篇发展中，"我"的这类特点也确实展现无遗。作者"言在此而意在彼"——表面赞扬，实则贬抑，将此段落置于篇章的开始处，也由此定下了整个语篇反讽的基调。并且文学语言曲指性的具体表现形式是多种多样的，既可体现在单个词语与句子的运用上，也可体现在多个词语或句子的共同建构中。

（五）生动性

生动性是在准确性的基础上对文学语言的进一步要求。一部作品内容再好，如果语言不生动形象，它的艺术效果就会大为逊色，很难引发读者的兴趣。文学作品中，语言的生动性可以主要从这几方面来把握：第一，语言要具体形象。写人要写得栩栩如生，使人如见其形，如闻其声，叙事绘景要写得有声有色，使人如临其境。第二，语言要新鲜活泼，使人读起来趣味盎然。新鲜活泼的语言是对语言的创造性运用，是从现实生活中汲取并加工提炼出来的，表现为词汇丰富多彩，句式灵活多样，修辞方式新颖脱俗等方面，从而要杜绝语词晦涩贫乏、句式死板呆滞、修辞手法陈旧等。第三，就语音形式方面而言，语言要和谐匀称。对于文学语言，除了要求语义准确外，还要求声调和谐，音节匀称。优秀的作品总是不但内容好，而且读起来上口，听起来悦耳。

（六）虚指性

尽管人们日常交流要求说真话，讲实事，也就是真实陈述，追求生活的真实。但是文学语言的表达往往指涉及的是虚构的、假想的情景，追求的是艺术的真实。文学语言的虚指性是指"文学语言所指涉的内容不是外部世界中已经存在的实事，而是一些虚构的、假想的情景"。文学语言的这种特性是由文学创作活动需要想象和虚构的特点所决定的。因而对文学作品中这种指涉虚构情景的陈述，人们称之为"虚假陈述"或"伪陈述"。"虚假陈述"不是要告诉人们现实中发生的真人真事，但也并不意味着"说谎"或有意地"弄虚作假"，而是为了通过以想象的真实、情感的真实制造出人们颇能接受，又能更有效地感染、打动他们的某种美学效果。其目的就是要通过虚构的情景激起读者喜怒哀乐的情感，使之获得审美的愉悦，并在审美愉悦中给他们以思想上和精神上的教益。就像贺拉斯（Quintus Horatius Flaccus）所言："虚构的目的在引人喜欢。"比如，李白的诗句"白发三千丈，缘愁似个长"中，"三千丈"的"白发"在现实生活中显然不可能有这种现象，但以此来描绘出诗人所经历的愁苦之深重与悠长却又在情理之中。结合李白所处的历史语境来看，诗人的想象与虚构传神地体现了自己年过半百、日渐衰老、壮志未酬的极度痛苦与悲愤的情感。又如：

The Eagle

Alfred Tennyson

He clasps the crag with crooked hands；

Close to the sun in lonely lands，

Ringed with the azure world，he stands.

The wrinkled sea beneath him crawls；

He watches from his mountain walls，

And like a thunderbolt he falls.

这是诗人为悼念挚友阿瑟·海拉姆（Arthur Hallam）所写的诗篇。"The Eagle"喻指阿瑟·海拉姆，显而易见，诗句 Close to the sun in lonely lands 和 The wrinkled sea beneath him crawls 等是现实生活中不太可能出现的事——鹰不可能飞那么高、那么远，也不可能在太阳附近存活下来；大海也不可能像人的皱纹那样波动（wrinkled），然而正是诗人的这种想象与虚构传神地表现出友人高远的品格、宏阔的视野、超尘拔俗的境界、博大的胸怀与伟岸的形象。对于诗人来说，好友的失去犹如巨星陨落，让人感叹唏嘘，扼腕再三，不能自已。

（七）暗示性

文学语言的暗示性，就是指通过特定的词语或组句，在文学作品中造出一种文字上的朦朦胧胧的空白，给读者留下想象与回味的空间。文学创作不可能也不必要用语言把什么都写出来，而应留有一定空间，让欣赏者去品味、去领略。文学作品中需要有"空白"、"未定点"，来推动、诱发读者进行想象和联想，丰富的"言外之意"，使作品不仅"可读""可感"，还要"可塑"，具有品味不尽的艺术魅力。文学作品中的"空白"通常是作家运用文学语言的暗示性所形成的。

文学语言所指涉的内容具有多重性及某种不可穷尽性，也是形成文学语言暗示性的一个重要原因。这些内容不像科学语言那样确指某些概念或思想，文学语言不是能指与所指的直接黏合，而是有距离的观照，文学语词的背后总是隐藏着作者复杂的情感体验和无穷的审美经验。文学语言常蕴含着复杂的含义，暗示着更隐性的思想、感情，语词完全可能传达出与字面义不同甚至相反的含义。而在文学翻译中，尤其应该注意作品前后语义上的暗示性，某一个词、某一个句子，都不是孤立存在的，也不是可有可无、互不相干的，人物的每一句话、每一个行为，都不是无缘无故、没有缘由凭空出现的，在语言的背后，隐藏着一个完整的、各部分紧密相连的形象网络，作者或是在前文留下伏笔，暗示着情节未来的发展方向，或者通过一些表面的现象来暗示出一些更深层的思想。译者应该首先去体会原文语言的暗示意义，让作品中某个地方发出的信号在另一个恰当的地方能够接收到，使其前后相呼应起来，这样整部作品才能形成一幅完整的、有立体感的艺术画卷。

三、文学的基本属性

文学的基本属性包括模糊性、虚构性、真实性、互文性与审美性。

（一）模糊性

语言中词语的意义只是一个疏略的范畴网络。因为语言是一个符号系统，语符与语符下的意义之间不存在一劳永逸的、不变的联系，语符下的意义有可能随语境之变而蜕变、流变，从而形成了一个语义范畴的疏略网络。人类就是按这个语义范畴说话，而范畴的边界则是模糊的。"纯净"的"起点"是多少？有没有绝对的"纯"？纯金为什么是9.999？由此可见语言的模糊性中有自然界的道理。

语言的模糊性也为人们如何阐释、解读、表述开辟了广阔的空间。法国思想家伏尔泰认为，世界上不存在能充分表达出我们所有观念和所有感觉的完美的语言。模糊是自然语言的本质特征。刘再复在1984年第六期《中国社会科学》上发表的《人物性格的模糊性和明确性》一文中指出："文学与科学的一个根本区别，也恰恰在于，科学是依靠数字概念语言来描述的。这种概念特征是科学带有极大的准确性和明确性，而文学是通过审美的语言，即形象、情感、情节等来描述的。这便形成文学的模糊性。这种模糊性在典型性格世界中表现特别明显，可以说，模糊是艺术形象的本质特点之一，也是人物形象的本质特点之一。"语言是文学的载体，因此可以说，模糊亦是文学的基本属性。

什么是模糊？学者的释义也不尽相同。美国哲学家、数学家兼文学家皮尔斯1902年为模糊所下的定义是："当事物出现几种可能状态时，尽管说话者对这些状态进行了仔细的思考，实际依旧不能确定，是把这些状态排除出某个命题还是归属于这个命题。这时候，这个命题就是模糊不清的。"尽管学者们对于模糊的定义见仁见智，但模糊的几点特征是可以肯定的。首先是不确定性。不确定可以表现在语义、句法、形象、语用等方面。如"青年"一词就具有语义不确定性。《现代汉语词典》的定义是："人十五六岁到三十岁左右的阶段。"该定义本身就用了"十五六岁"和"三十岁左右"两个意义不确定词语。而在实际生活中"青年"一词的不确定性更大，高等学校的青年教师通常指45岁以下者；每年一度的青年语言学奖的评奖范围也是在45周岁以下的人；而共青团员的退团年龄为28岁。"一本黄色的书"究竟该书是（1）with a yellow front cover and a back cover，或（2）a pornographic book，还是（3）a telephone dictionary，即便有一定的语境，其语义仍具有不确定性。汉语中许多时间概念词都具有语义不确定性。如"早晨""上午""下午""傍晚""夜晚""凌晨"等。表示判断性的形容词，如"强""弱""胖""瘦""厚""薄""高""矮""大""小"等也具有很大的语义不确定性，数量不胜枚举。其次是相对性。模糊的相对性可因地而异，因时而异，因文化习俗而异，或因主观好恶而异。如"高楼"一词的语义模糊性就因地而异，在纽约40层高楼以上才算高楼，而在华盛顿10层以上即算高楼。"老年"一词的语义模糊具有双重相对性，既因时而异，又因地而异：《管子》中有"60以上为老男，50以上为老女"的说法。因此过去的中国人认为人生70古来稀，而现在耄耋老人大有人在。另一方面，"老年"一词的语义在非洲与在欧洲和北美洲的内涵是不相同的。东西方人在文化传统和价值观上的差异体现在审美观上也有一定的区别：以世界小姐为例，各国的佳丽汇聚一堂角逐世界小姐，甲国的美女之冠在乙国人看来可能不上美，甚至还觉得很丑。即便是世界小姐也不会被各国人民都认可。就传统而言，东方人，尤其是中国人认可的美女应是白皙的皮肤，加上鸭蛋脸，杏仁眼，樱桃小口一点点的五官，而西方人认可的美女则是大嘴，性感加上brown的肤色。可见美女亦是相对而言的。臭豆腐虽臭，但许多人却吃得津津有味，完全是主观好恶和生活习惯使然。

（二）虚构性

读者常见文学作品中的人物飞上天空，穿越时空，返老还童，长生不老，想出常人想不到之策，做到常人难以做到之事。如《西游记》中的孙悟空，变幻万千，无所不能；蒲松龄笔下的鬼女狐仙，神出鬼没，无影无踪；奥地利作家卡夫卡小说《变形记》中的主人公格里高甚至变化成甲壳虫。这些在科幻类小说中是司空见惯的寻常事。然而，在以史实为基本素材的历史小说中也不乏虚构的情节。比较《三国演义》与《三国志》便可发现，虽然前者取材于历史事实，但作者对三国混战的描写并非历史的如实陈述，而是主观化的艺术创造，其中不乏虚构与想象。"这不啻表现在它的'七实三虚'上，就是那些有历史依据的人物、事件、场面、细节描写，也都为主体意识（'拥刘反曹'的封建正统观念与劳动人民的是非善恶美丑标准的混合）所浸透，而予以发生改造、夸饰、变形的表现；'乱世奸雄'的艺术典型曹操不是历史上哪个曹操的本来面目的再现，就是突出例证。"现代历史剧《蔡文姬》的作者郭沫若曾经公开申明："蔡文姬就是我！——是照着我写的。"文学是现实生活的一面镜子，它反映出现实生活，但不是对现实生活的照抄照搬。基于对现实世界的认知与感悟，作家可对现实生活进行主观选择、提炼，通过现象与虚构使之升华为文学作品。故此可以说，虚构是作家、艺术家对其主观性的把握，是其主体性的具体体现。

（三）真实性

真实与虚构似乎是一对悖论。然而，两者却是文学的一对看似矛盾而实则不可或缺的属性。

人们常说，作家、艺术家需要深入人民群众，体验生活。体验生活为何？当然为了获得真实感受。真情源于体验，没有真情便不会有真正的文学。古今中外许多的文学家、艺术家都把真实性看作是为艺术的生命。屠格涅夫曾告诫年轻作家："在自己的感受方面，需要真实，严酷的真实。"当然，就文学创作而言，这儿说的真实指的是艺术的真实，不是对现实生活的自然主义的描摹，而是对现实的反映。战场上的千军万马，展现在舞台上也许只有六七个人，地域时空上的万水千山、日月经年，银屏上出现的仅是些许镜头；人们常见影剧院出现的楹联是："三五人千军万马，六七步四海九州"，"能文能武能鬼神，可家可国可天下"，这便是艺术真实。艺术真实具有一定的假设性，它以假定的艺术情境反映和表现社会生活。这是一切艺术，包括文学创作的共同规律，即便报告文学也是作家透过生活的表层对社会的内涵所作的概括、提炼、升华的结果。

文学创作的真实性是对现实生活的超越与升华，作家只有深入体验社会生活，细细品味其内在的蕴涵，才能提炼出其本质的精髓。对此，高尔基的比喻恰如其分："作者创作艺术真实，就像蜜蜂酿蜜一样：蜜蜂从一切花儿上都采来一点儿东西，可是它所采的是最需要的东西。"艺术真实在诗歌创作中体现得尤为明显。

（四）审美性

对于"美的理解"，东西方美学家们见仁见智，既有共同点，亦有相异处。我国古代哲学家庄子认为，世界上的事物是"各美其美"的："逆旅人有妾二人，其一人美，其一人恶，恶者贵而美者贱。阳子问其故，逆旅小子对曰:其美者自美，吾不知其美也；其恶者自恶，吾不知其恶也。"《庄子·山木》英国哲学家休谟认为，美只存在于鉴赏者的心里；不同的心会看到不同的美。法国启蒙运动的领袖和导师伏尔泰说，如果你问一个雄癞蛤蟆：美是什么？它会回答说，美就是它的雌癞蛤蟆，两只大圆眼从小脑袋里凸出来，颈项宽大而平滑，黄肚皮，褐色脊背。三位哲人的共同认知是"情人眼里出西施，说到趣味无争辩"。尽管它带有个人爱好和主观倾向性，但美属于人类精神层面的认知感受与体验。这一点是三者，也是大多数人的共识。然而生物学家达尔文却认为："如果我们看到一只雄鸟在雌鸟之前尽心竭力地炫耀它的漂亮羽衣或华丽颜色，同时没有这种装饰的其他鸟类却不进行这样炫耀，那就不可能怀疑雌鸟对其雄性配偶的美是赞赏的。显然，达尔文认为动物对美也有鉴赏能力。乍看起来，这种观点具有一定的道理，但事实是，"一只雌癞蛤蟆不会因为雄的青蛙比雄的癞蛤蟆'漂亮'而去'追求'它，一只雄性麻雀也不会拜倒在姣凤鸟的'石榴裙'下。"动物只有性感，而没有美感，雌雄动物相互吸引属于物的自然属性，而非社会属性。美绝不单纯取决于物的自然属性，而是取决于其自然属性与社会属性的融合，取决于两者的关系适应人类社会生活需要的程度与性质。不论是自然美、社会美，还是艺术美都是审美者认知，体验感受的结果。

由此可见美的存在与人的关系密不可分，因为认知体验与感受的主体是人，即审美者。没有审美者也就无所谓美。审美者通过观察、认知、体验，从而获得内心的愉悦与快感。这与文学的作用与功能相一致。当文学作品成功地发挥作用时，便会愉悦读者，使其产生快感，但"文学给人的快感，并非从一系列可能使人快意的事物中随意选择出来的一种，而是一种'高级的快感'，是从一种高级活动，即无所需求的冥思默想中取得的快感。而文学的有用性——严肃性和教育意义——则是令人愉悦的严肃性，而不是那种必须履行职责或必须牢记教训的严肃性；我们也可以把那种给人快感的严肃性称为审美严肃性，即知觉的严肃性"。由此可见，文学作品是一种审美对象，它能激起审美经验。这也是由其审美属性决定的。

（五）互文性

这里讲的互文性并非汉语中的互文修辞格，如："不以物喜，不以己悲"；秦时明月汉时关"等，而是指两个或多个文本之间的相互关系，即文本间性。《牛津英语大辞典》对 intertextuality 的释义是："the relationship between literary texts; the fact or an instance of relating or alluding to other texts"。这与学界对互文性的解读与定义大致相同：巴特声称，"每一篇文本都是在重新组织和引用已有的言辞"。热奈特认为："没有任何一部文学作品中不在某种程度上带有其他作品的痕迹，从这个意义上讲，所有的作品都是超文本的，只不过作品与作品相比，只是程度上有所不同罢了。正如一个人和他人建立广泛的联系一样，一篇文本不是单独存在，它总是包含着有意无意中取之于人的词和思想，我们能感到文本隐含的潜移默化的影响，我们总能从中发掘出一篇文下之文。"故此，首先提出"互文性"概念的法国符号学家朱莉亚·克里斯托娃认定，任何一个文本都是在它以前的文本的遗迹或记忆的基础上产生的，或是对其他文本的吸收和转换中形成的。因此可以认定,"互文性包含了某一文学作品对其他文本的引用、参考、暗示、抄袭等关系,以及所谓超文本的戏拟和仿作等手法。进一步而言,互文关系包含了对于特定意识形态即文学传统的继承和回忆,以及对于文本作为素材所进行的改变与转换方式"。文学界一致认同爱尔兰作家乔伊斯的小说《尤利西斯》就是对荷马史诗《奥德赛》情节的搬用和改造,因为从《尤利西斯》的人物造型中,我们既看到了荷马人物的影子,又看到了乔伊斯的创作天才与灵感。这种借鉴与参考是文学创作中常见的传承性互文。有的作者则明白无误地点明了自己的作品与其他文本之间的关系,如毛泽东的《浣溪沙·和柳亚子先生》;《蝶恋花·答李淑一》等。由此可以较为准确地判断出,一切文学作品都具有互文性,只不过不同的文学作品表现形式不同,互文的程度也不尽相同。

第二节 美英文学的概念

散文在中西文学及文化史上都具有崇高的地位。曹丕说:"盖文章,经国之大业,不朽之盛事。"(《典论·论文》)昆提利安说:"一个演讲好的好人能够拯救国家。"(《修辞学》)他们都把文章(广义的散文)写作置放到关涉国家兴亡的高度。

一、prose 与 essay

"散文"在英语中可以用两个词来表达:一个是"prose",一个是"essay"。"prose"指广义的散文,相对韵文(verse)或诗歌(poetry)等讲究韵律的文体而言,包括文学体裁中的艺术散文和非文学体裁中的实用散文,除诗歌之外的一切非韵文体裁诸如小说、戏剧、传记、政论、文学批评、随笔、演说、游记、日记、书信等等。可见,prose 作为范围更加宽泛的散文,包括了小说性散文(fictional prose)和非小说性散文(non—fictional prose),自然也包括 essay。黑格尔《美学》及苏联什克洛夫斯基的《散文理论》中所论散文即如此。从这个意义上看,"prose"是自有书面语创作以来始终不间断的语言活动,历史悠久,成就斐然。"essay"是较狭义的散文,它在内容上指那些由一件小事生发开去,信笔写来,意到笔随,揭示出了内中微言大义的文章,也指议论时政、评价文学现象的气势恢宏、洋洋洒洒的政论和文论。这些文字大多以严肃的论题、犀利的笔触和雄辩的论证为其特点,一般译为"随笔"。随笔散文历史较短,虽然西方随笔的起源,在古希腊和罗马时代即以正式和非正式的作品形式存在,像那些反对偶像崇拜和抨击教条的作品都是,但直到法国蒙田赋予这一名称,且以深沉、直率和恳切的文章为私人随笔创立了标准,才确立了这一文体。

二、英语 essay 之源

英语散文源于法国蒙田的散文创作。蒙田的《随笔集》共107篇、各篇长短不一，也缺乏有机联系，论述纷然杂陈，结构松散，缺乏中心，天文地理，草木虫鱼，立身处世等不一而足。蒙田将自己的文集定名为"essais"（尝试）。在书中，他旁征博引，将他渊博的知识同个人的生活经验熔为一炉，全书充满睿智，给人以深刻的启发，充满了作者对人类感情的冷静观察。全书用漫谈的口吻写《散文集》，给读者以亲切自然之感。语言朴素纯正，平易通畅，不加雕饰，文章写得亲切活泼，妙趣横生，更兼有思想和形象，事物和色彩的紧密结合，而且不乏诗意。《随笔集》开创了散文体裁的先河，辑录了作者在哲学、宗教、文化、社会、政治、历史等方面的独到见解，显示出了学识的博大精深，与《培根人生论》《帕斯卡尔思想录》一起，被人们赞誉为欧洲近代哲理散文三大经典。

蒙田在思想上受着斯多葛主义、怀疑论以及伊壁鸠鲁等影响。在美学上，他认为美是相对的。从不同民族之间客观存在着的审美差异性方面看，蒙田认为，某一民族视为美的那一东西，其他的民族并不以为美，甚至被看作丑；同一民族中的人也有不同的审美趣味和审美标准。他指出："意大利人认为肥胖是美，西班牙人认为瘦骨嶙峋是美；而我们法国人，有人认为白色皮肤美，有人认为褐色皮肤美；有人认为纤弱温柔美，有人认为健康丰腴美；有人要求娇美，有人要求威严。"因此，美既不存在于客体之上，也不存在于主体之中。世界上没有哪种单纯的作为美而存在的事物，所谓美，只是主体对客体的一种感觉的情感的判断结果，它只存在于主体和客体的相互关系之中，而且，主体起着决定性的作用。这一看法，接近20世纪后期的美学思想。这一结论对于破除中世纪以来的神学美学的独断论有相当大的进步意义，对于20世纪以来的美学研究也具有重要的启示意义。这与文艺复兴时期意大利艺术家大多追求表现"美的范式"、力图发现"美的创作模数"和最符合理想的美的思想大异其趣。在美的标准上，他认为天然之美是理想之美。同文艺复兴时期的其他人文主义者一样，蒙田尊崇大自然及其运行法则。他借用西塞罗的话说："一切符合自然的东西都值得敬重"；"'必须深入了解事物的天然状态并准确认识天然状态要求的东西。'我到处搜寻天然状态的踪迹：因为我们把天然状态的踪迹同人为的痕迹混同起来了。"这种观念也表现在美学思想上，蒙田处处赞赏天然之美，反对人工的矫饰之美："我把那种非自然的、造作的美算在一等的丑陋里。……在我看来，一个又老又丑还拼命涂脂抹粉，磨光打滑的人，比一个又老又丑却顺其自然的人更老更丑。"蒙田对天然之美的崇尚以及对人工的矫饰之美的抨击，足见他美学观点的独特性。不过他又说："形神一致、形神交融是比别的任何东西都更具可能性。"可以从中看出，蒙田追求的是内容与形式的完美统一。在诗学观念上，蒙田认为诗歌应当具有天然之美，反对人工的矫饰之美，主张自然朴实，情感真挚动人。其次，他认为诗歌创作要有独创性。了解蒙田的美学思想，有助于了解他的散文风格。

蒙田的散文写得如谈话般亲切。如对于痛苦和死亡问题，他认为，一个人能正视痛苦和死亡，正确地理解和对待痛苦与死亡，能够超越痛苦和死亡，就能够从痛苦和死亡中充分体悟到人生的乐趣，摆脱由于怕死而带来的恐惧和奴性。人不惧怕死，就能在死亡面前保持理智和自尊自信，就能拥有自由和独立的人格精神。他认为："死亡是人生的目的地，是人们瞄准的目标。如果我们惧怕死亡，每前进一步都会惶惶不安。""因此，如果我们怕死，就会受到无穷无尽的折磨，永远得不到缓解。""既然它是不可避免的，既然它对逃跑者、胆小鬼和勇敢者一视同仁，……那我们就要顽强地面对死亡，同它做斗争。要使死亡丧失对人们的强大优势，我们就要逆着常规走，……把它看作很平常的事。"这与罗素的生命观非常一致，散文风格也极为接近。

三、英国散文的开创

英国真正意义上的随笔就是在文艺复兴运动中受到蒙田《随笔》的影响而诞生的，最初的硕果是培根以蒙田随笔为基石写成的五十八篇《随笔》。《大英百科全书》关于散文的条目就指出："随笔是公元16世纪由蒙田和培根创始的。"蒙田的随笔使英国17世纪初出现了一种不同于精心设计的雄辩文风的新文体：小品文随笔。蒙田的开创性写作及其文笔风格以及对此种文体的术语创造，"给欧洲大陆，特别是英语国家的所有随笔家留下了印记"（《外国作家论散文》）。蒙田的文体，让人倍感亲切，并更加贴近人们的生活，且议论性更加广泛。

蒙田的散文精神和写作意识也改变了英国人对文学写作的态度，他当年在文集扉页《致读者》中说："可以从中重温我个性和爱好的某些特征，从而对我的了解更加完整，更加持久。"经培根的继承，随笔自身的意蕴不断丰富，出现了正式的formal essay与非正式的informal essay之分。所谓正式的指："相对地不带个人情感；作者以权威的身份，或者至少是以学识渊博的人的身份写作，解释主题有条不紊。"而在非正式的essay中，"作品以一种亲切的口气同他的读者讲话，并更加倾向于讨论日常琐事，而不讨论公众事物或专门题目；写作方法是轻松愉快、自我揭露，甚至天马行空的方式"。二者的区分在于个人的色彩和人格的调子（personal note）的不同，即作者情感介入的深浅、主体人格与个性的表露程度及其导致的写作方式各异。林语堂说西人以笔调区分散文时，分出"小品文"（familiar essay）和"学理散文"（treatise），大致相当于正式与非正式之分。其中非正式的essay便为"personal"（个人的）和"亲切""随便"（familiar）所代替。福勒就直接将这种essay定位为"informal"（非正式文体）。

第三节　文学、文章、散文

一、文学与文章

文学是艺术地反映社会生活，表达思想感情，用于社会感化，塑造形象的书面语言。它充分反映出主观世界的方式是艺术的，它的内容是一种艺术认识，主要是以人为中心的社会生活，是整个客观世界的一部分，它所面对的是全人生、全灵魂，它的反映依靠的是形象思维、灵感思维为主，抽象思维为后盾。这一切表明文学的根本是与现实的"隔离"，即文学并不要求与现实保持一致关系，可以与现实保持一定距离。卡勒曾指出过文学文本的"去真实化"性质，认为文学符号对文本之外的指涉性和述行性减弱，或者更确切地说是改变了指涉性和述行性。这一观点揭示了文学重在虚构的特征。而文章以真实的方式反映主客观事物事理，表达主观情志。其内容是一种科学认识，其面对的是全宇宙，是广袤无垠的整个客观世界，即自然、社会、思维三大领域，一切有关三大领域的成果都用文章体裁真实地反映出来。真实地反映主客观世界依靠的是抽象思维为主，形象思维、灵感思维为辅助。由此可见，文章和文学的不同就在于认识内容、反映方式和思维类型不同。

然而，尽管文章与文学有这三点不同，但各自在境界的追求上却是共同的，即在追求情景交融，不著一字等美学品格上是基本一致的。具体到散文作品上，文章散文以其内容的社会真实性区别于文学散文，但又以其形象性和感染力发挥其思想和审美的作用。这便是通常所区别的文学性散文和文章性散文，或广义的散文与狭义的散文。也就是说，二者在文学性上都是一致的，即都可以追求作品的审美价值，强调艺术和审美，讲究修辞和行文，追求境界和美质，以引起读者感知、思维、情感、想象和品味作品情韵、趣味以及形式的美感，获得审美享受，得到审美陶冶，感到美满舒适。黑格尔说过："内容之所以成为内容，即由于它主要包括了成熟的形式在内。"黑格尔把文学与文章的本质揭示得很清楚，也有利于我们的研究。这样，散文的界定最终就落实在文学性上，而不在于是文学还是文章（非文学）。

二、散文与文学

文学散文是一种狭义的散文，指与小说、诗歌和戏剧并列的文体。这种文学意义上的散文是一种题材广泛、结构灵活，注重抒写真实感受、境遇的文学体裁。欲深入了解和准确把握散文与文学的关系，首先需了解文学。

在中国,"文学"一词,首次见于《论语·先进》中记载孔子关于德行、言语、文学三者的分类。皇侃《论语义疏》引范宁说,"文学,谓善先王典文。"杨伯峻《论语译注》说文学"是指古代文献,即孔子所传的《诗》《书》《易》等。"表明孔子所指"文学"为典籍或学术,泛指一切古代文献和学术文化。至司马迁,其《史记·儒林传》说:"夫齐鲁之间于文学,自古以来,其天性也。"又说:"文章尔雅,训辞深厚,恩施甚美。"这里的"文学"仍指学术。梁元帝《金楼子·立言》强调"文质兼重",即求"绮縠纷披"的形式文才和"哀思""情灵"的内容统一。这里的文学特征逐渐突出。至萧统《昭明文选·序》提出了一个严格的"文学"标准:"综辑辞采,错比文华,事出于沉思,义归乎翰藻。"至此,"文学"一词及其内涵基本确立。晚清以后随着西学东渐,西方意义上审美的文学观念在中国开始流行。

在西方,文学作为研究对象是18、19世纪之交欧洲浪漫主义"范型"的产物。正是这种新的"范型"取代了此前的"古典作品研究",使人们专注于文本的创造、形象和审美的层面。浪漫主义诗人以及后来的人文主义批评家注意到文学的创造性、想象性、情感性、形象性、整体性、审美性,使之成为高于其他社会文本的特殊文本。西方严格意义上的"文学"观念只有200年左右的历史。在英语中,文学一词最早出现在14世纪,但是它最初的含义是泛指一切文本材料而非文学。权威的《牛津英语大辞典》给文学下的第一项定义是"书本知识,高雅的人文学识",也就是我们今天的文献、学问之意。实际上文学一词的"文献"含义至今依旧保留在现代英语之中。西方学术机构中的成员著书立说,第一步就是做出一个本课题的研究综述,尽收前人的研究成果,这被称作literature review,其中literature的准确翻译就是文献。在欧洲,直到18世纪末,文学一词都还只是文献之意,紧随其后逐渐过渡到专指有关古典文献的特别知识和研究。最终形成了现代的文学观念,即专门指具有审美想象性的那一类特殊文本。

至于现代意义上的文学,韦勒克在《比较文学的名与实》一文中首先描述了西文中文学一词的起源。他指出文学一词在18世纪中叶经历了一个"民族化"和"审美化"的过程。这个时期在法国、德国、英国、意大利等国家出现的文学一词开始指称以这些国家的语言写成的、具有审美想象性的民族文学作品。比如,伏尔泰在《路易十四时代》中使用了"文学体裁"和"文学传统"等短语,指的就是诗歌和散文等文学作品。莱辛在《有关当代文学的通信》中同样也涉及现代意义上的文学。在英国,约翰逊曾经谈及《国内外文学编年史》和"我们古老的文学";科尔曼认为"莎士比亚和密尔顿"是"古老的英国文学遗产中的一流作家";弗格森(Adam Ferguson)在他的《文明社会的历史》一书中专章讲述"文学史"。此外,其他同时代文人分别在不同场合下使用过诸如"晚近的文学""现代文学""文学的演进""文学简史"之类术语,其含义与我们今天的用法相近。韦勒克还指出,戴尔(Thomas Dale)是第一个英国文学教授;钱伯斯(Robert Chambers)写出了第一本《英国语言与文学史》。华兹华斯在《抒情歌谣集》

序言中使用了"文学的不同时期"等短语；柯勒律治曾经谈及"高雅的文学"；皮科克也论及"希腊和罗马的文学"。福勒在为《文学与文学批评百科全书》所写的《文学》词条中加上了浪漫主义诗人的名字，他指出："关于文学的'民族'与'断代'的用法对发展出审美意义上的'文学'是至关重要的，因为自19世纪以来，（文学的）民族与审美意义并存是很自然的事。"卡勒（Culler）在《文学理论简论》中，着重点出浪漫主义批评家对文学观念的阐述。他认为，是法国批评家史达尔夫人在《论文学》中首先确立了文学作为"想象性写作"的观念。史达尔夫人曾经于1803年至1804年间旅居德国，结识了歌德、席勒、费希特、施莱格尔等人。她深受德国浪漫派文艺观点的影响，是最早把德国古典美学介绍给法国读者的批评家之一。她反对法国古典主义，景仰当时德国文化中的自由精神和个人主义的浪漫艺术理想。对史达尔夫人而言，审美而非古典主义的清规戒律，是艺术性的表现。由此可见在这一时期，文学作为审美与想象的写作在观念上已经充分自觉。浪漫主义对文学一词现代含义的确立功不可没。总的说来，浪漫主义鄙视中产阶级和工业社会，文学则代表有机社会的理想和人的完整统一。因此创造性、想象性、整体性、审美性等价值就附着在文学文本之上，并成为衡量某一类型写作的标准。

在19世纪的英国，文学的确在某种意义上取代了宗教的地位。牛津大学的英国文学教授戈登就曾经提出了用文学来拯救英格兰，并认为英国文学现在有三重任务："虽然我认为它仍然可以给我们以娱乐和教益，但更加重要的是，它拯救我们的灵魂并治愈我们的国家。"把文学看作是一种精英文化，并以之补救时弊，在19世纪英国的重要代表人物是阿诺德。阿诺德鄙视他，称之为"非利士人"的中产阶级，希望以古代希腊"美好与光明"的儒雅精神改造国民，而精英文化中的首选自然是文学。在《当代文学批评的功用》一文中，他认为批评家应该远离世事的庸俗，"文学批评的任务……仅仅是探究世界上曾经知道和想到的最好的东西，并把它昭示于世人，创建真正新颖的思想潮流。"显然，在阿诺德心目中，这种"世界上曾经知道和想到的最好的东西"就是文学。至此，现代的文学观念已经确立，它彻底从文献中分离出来，成为一类最有思想价值的文本。英国学者威多森在《文学》一书中说，在19世纪，英国文学完成了一个"审美拜物化"或"文本拜物化"过程。也就是说，文学成为一种独特之物，而且还具备了某种让人顶礼膜拜的神秘性质。德里达在《这种叫作文学的奇特体制》中认为文学是一种思想建构，是知识领域中"规则"的产物；只不过这种思想性和会规则都镶嵌于文本的内部而难以为人发现。这一观点为我们理解思想意识和教育制度促成"文学"作为"客体"和"研究对象"的产生提供了强有力的理论依据。即使那些至今仍然力图寻找文学"客观性"的批评家如纳普，也不得不承认，文学特征发现有待于人们对"文学的兴趣"。英国批评家伊索普在《从文学研究到文化研究》一书中重点讨论了思想语境和知识框架对"文学"的产生、发展和消亡所起到的关键作用。

三、散文与文章

作为文章学意义上的文章，在中国较早即受到人们重视。先秦以前的文章是与文学交叉的概念，至曹丕，文章与文学仍没有严格区分。至司马迁，"文章"和"文学"两个概念始有所别。南北朝出现了"文""笔"分途说，刘勰《文心雕龙·总术》云："以为无韵笔也，有韵者文也。"梁元帝《金楼子·立言》强调"文质兼重"，即求"绮縠纷披"的形式文才和"哀思""情灵"的内容统一。近代以降，夏丏尊在《文心》中将广义的文章分为"普通文"和"文艺文"两大类，它们的区别在于手法的实写和虚构的不同、题旨的显露和含蓄的不同。谢无量的《实用文章义法·绪言》有"美文"和"实用文"的分别，"美文或主传远，故联音韵，比宫商，以便记诵；主通情和志，故既协歌颂，又必饰以华藻，博其譬喻。实用文则不然，辞达而已"。这即是说，"美文"必须叶音韵，协歌颂，饰华藻，而"实用文"则全无这些讲究。孙俍工《论说文作法讲义》分文体为"实用文"和"美文"两大类，其中"美文"即文艺文体。文章与文学的分途，使文章独立为非文学类语言作品，它的特点是真实地反映客观事物事理，表达出主观情志，用于社会交际。

作为文章品类中的散文，它以优美的文辞、变化的语体、灵活的句式、宽松的节律、自由的篇幅、多样的风格、生动的形象和深远的意境向读者传达作者真实的思想感情和丰富的审美感受。由此便可以自然地导引出文章散文与文学散文的区分，这种区分源自以上文章与文学的区别。

第四节　英语散文的文体特征

一、散文的文学性质

散文身份的认定，无论是理论上的界说，还是采用实例支持，都只能以其文学性质来确定。只要具有文学性，不管是文学还是非文学的散体语言作品，都是散文。刘勰的《文心雕龙》中评论了许多非文学作品，流行的英国文学史，无论是牛津版还是剑桥版，其essay散文部分也收了许多非文学作品，它们的标准都依据文学性而定。所谓"文学性"，除语言上的要求外，形象的刻画、感情的抒发、环境的描写、气氛的渲染、哲理的阐发以及意境的营造都一并受到格外重视。也可以说，文学性就是散文语言中那种自由活泼、生动优美、精练雅致、深刻隽永的表现效果。散文文学性的主要特征是：在记叙、描写、抒情、说明和议论中，文字重修饰，词汇范围宽泛，句式灵活善变，篇幅结构自由，风格多样，意境悠远，情感丰富，题材广泛，艺术因素浓烈，尤其是注重美学上的效果；在艺术追求上，讲究模仿现实，虚构事实，高度想象和大胆创造，它不同于"科学性"的讲究理性，逻辑规范和可反复验证性。散文笔法多样，笔调灵活，追求多样化，尤其强调要有作者个性同语言美质所共同融合成的特殊的笔墨。郑振铎认为"文学作品的范围本来不易严密的划定"，因此他主张以"文学元素"来做取舍的标准。什么是"文学元素"呢？郑振铎所取的是所谓"纯文学"的概念。这种"纯文学"的概念在西方称为"belles letters"，属于为审美目的读写的领域。归结起来，我们把散文的文学性在语言上的特点简单概括为这样几点。

（一）陌生化

陌生化是俄国形式主义文论，指出那种运用反常化手段，让人们改变对词语的"自动化忽视"的惰性，从而更加专注于语言对所描述事物的描绘，而不是为了获得某种抽象。"陌生化"认为，艺术是为了让人们感到真切，而不是为了获得抽象的认识；而若是要让人感受到真切，就应该把艺术程序复杂化，这种复杂化是相对于平常的抽象简缩化而言的，这种复杂化相应地增加了感受的难度，因而人们对它感受的时间就相应地延长了。这种延长人们感受时间的做法，是符合艺术目的的，因为艺术就是为了让人们感受它，玩味它，而不是让人们从它里面获得什么抽象的道理。就比如说，当我们阅读文学作品时，如果发现描述事物或意象的词语不符合我们的理解习惯，也就是说我们以前似乎不是这样描述事物或意象的，这种描述似乎是第一次见到，这时我们就会放慢速度，就不会轻易跳过这个描述的表层了。而这种新奇的描述可以采取两种办法达到：一是在逻辑常规之内描述，二是违反逻辑理性规范，违反语言常规的描述。这样的描述能使人们耳目一新，可以让人们获得更多的艺术感受。陌生化也就是语言的异化，即要求创作者改变自己平常一本正经的面貌，变成"非平常时的自己"，或要求艺术化语言"言在此而意在彼"。

（二）审美性

这主要是在宽泛地审美文化背景下对语言的运用，突出语言的审美创造，按照美的法则来传递艺术信息。

（三）诗性化

诗性化语言可以有三种定义：一是达到了诗一样优美效果。如司空图《二十四诗品》为"纤浓"所下的定义是："采采流水，蓬蓬远春。窈窕深谷，时见美人。碧桃满树，风日水滨。柳荫路曲，流莺比邻。乘之愈往，识之愈真。如将不尽，与古为新。"这本来是论说文体的实用性语言，但作者写得诗意盎然，因而是一种诗意化语言。另一种是指像诗一样运用超常手段创造出来的语言，还有一种就是从内容上看，记录人们对世界及心灵的诗意感受的语言。

在西方，自亚里士多德始，即已开始注意作品的文学性。他认为，一部好的作品应该有头有尾有中间段，不应太长也不应太短；要具备类似有机体那样的完整统一性。后来的浪漫主义诗学也强调有机统一性，并做出了与之相应的情感补充。华兹华斯认为，"一切好诗都是强烈情感的自然流露"，因此，有机统一性还须加上情感表现性才是文学的本质特征。不过表现说并不能涵盖一切文学作品。有些哲理作品，如富有"理趣"和"奇想"的英国17世纪玄学派诗歌，就不以情感表现为己任。所以后来象征主义诗人认为形象才是文学性的核心内容。文学创作就是要有形象思维。形象是文字表达具备艺术性之关键所在，是"情"与"趣"的物质载体，是形式的审美体现。"没有形象就没有艺术。"

俄国形式主义批评家、结构主义语言学家雅柯布森（Roman Jacobson）在20世纪20年代正式提出"文学性"一术语，意指文学的本质特征。他从现象学原则出发，为文学知识的对象是"文学性"（literariness），而不是那些与文学相关的历史、传记、社会或者心理的东西，因此要弄清文学的"本质"（essence），考察是什么把那些被当作文学的文本从其他交往形式中区别出来，或者说，是什么把它们变成了语言艺术作品，"文学性"就成了唯一的标准。他认为，"文学研究的对象并非文学而是'文学性'，即那种使特定作品成为文学作品的东西。"在他看来，文学性指的是文学文本有别于其他文本的独特性，如果文学批评仅仅是关注到文学作品的道德内容和社会意义，那是舍本求末。文学形式所显示出的与众不同的特点才是文学理论应该讨论的对象。他还进一步指出，文学性的实现就在于对日常语言进行变形、强化甚至歪曲，也就是说要"对普通语言实施有系统的破坏"。

艾肯鲍伊姆于是认为，把"诗的语言"和"实际语言"区分开来，"是形式主义者处理基本诗学问题的活的原则"。事实上，现实主义者也认为，文学性主要存在于作品的语言层面，与现实主义观点并不矛盾。

英国批评家伊格尔顿通过比较如下两个句子通俗地解释了"诗学原则"："你委身'寂静'的、完美的处子。""你知道铁路工人罢工了吗？"即便我们不知道第一句话出自英国诗人济慈的《希腊古瓮颂》，我们仍然可以立即作出判断：前者是文学而后者不是。两者在外观形式上有如此巨大的差别：第一句用语奇特，节奏起伏，意义深邃。第二句却平白如水，旨在传达信息。因此一旦语言本身具备了某种具体可感的质地，或特别的审美效果，它就具有了文学性。而什克洛夫斯基又认为，对于某些散文作品来说，形象并非决定性因素。历史上众多的说理文、布道辞、书信和某些哲学、历史著作并没有过多地使用具体可感的形象，但是仍然极为可读，又不失为艺术性很高的"文学"。如果仅仅用"形象性"衡量一切，就难免以偏概全，把许多优秀作品拒之文学殿堂门外。

德里达在《这种叫作文学的奇特体制》这篇访谈中专门讨论过文学性的问题，他说：

文学性不是一种自然的本质，不是文本的内在属性。它是文本与某种意向关系发生联系之后的产物。这种意向关系就是一些约定俗成的规则或社会制度中的规则；它们并没有被明确意识到，但镶嵌于文本之中，或成其为一个组成部分或意向层面。他指出："如果我们仍然使用本质这个词的话，那么可以说文学的本质是在读与写的历史过程中作为一套客观规则而产生的。"这里的"意向关系"一术语具有浓厚的现象学色彩。如同胡塞尔把"现象"限定为我们意识中出现的对象，德里达把文学现象也看作是某种社会意识框架中出现的对象。这就是说，某些约定俗成的规则和社会制度对于文学性的建构起到了关键作用。

总而言之，人们对文学性极为关注，也论述深刻。无论是雅柯布森强调的"形式化的言语"(formed speech)，什克洛夫斯基倡导日常语言的"陌生化"，托马舍夫斯基注重"节奏的韵律"(rhythmic impulse)，还是英美新批评派致力于诗歌语言的描述与研究，布鲁克斯的"悖论"和"反讽"，泰特的"张力"，兰色姆的"肌质"，沃伦的"语像"，瑞恰慈的"情感语言"，燕卜逊的"含混"等等诗学概念，实际上都是从语言和修辞的角度描述文学性的构成。毛姆在《清楚·简洁·和谐》中说："据我所知，只有我们的语言才让人们感到有必要对这类散文起个名字，叫作华章，如果这类文章没有特色，那就没有必要起这个名字了。"很精辟有力地揭示了散文的文学性特质。

依据这样的理解，我们就不管是属于文学中的抒情、记叙或描写，还是文章中的议论、说明或事务性文字，只要是具备了文学性，就应该看作是散文。

如屈莱顿的戏剧文论、弥尔顿的政论和吉辛的《四季随笔》，如果按照文体的划分标准，前者属于政论和议论文章，后者属于文学中的散文佳品。其实它们都具有文学性，因此都是散文作品。另如斯威夫特、奥韦尔、罗素、怀特赫德等著名文论家和政治家的文章也都是杰出的散文作品。而一些著名小说家或戏剧家的名著，作品中也不乏地道而精美的散文段落，也可以当作散文来读。

我们以怀特的作品为例。怀特对物种和气候的细致观察与描述对达尔文产生过深远影响，并对其科学研究提供了具体方法论指导。他的《塞尔彭自然史》本不应该进入文学选读的领域，国外几乎所有纯文学的选集都没有收录他的作品。人们心中仿佛存在一种默契，应该把他划归到自然科学领域。然而，《塞尔彭自然史》经历200多年而畅销不衰，这绝不是自然科学所能解答的谜。虽然部分纯学术性书籍能够在一定时期内引起轰动，对人类社会生活带来了巨大影响，但它们往往经不起时间长河的拣选。除了专业研究工作者以外，还有多少人会去翻阅200年前的自然科学巨作呢？人类科学技术的飞速发展很快就将那些学术著作抛在了历史的轨道上。如此"残酷"的事实，仿佛无法解释"怀特现象"。在信息时代的今天，《塞尔彭自然史》为何依旧是经久不衰的畅销书呢？我们理当试着从作品的文学性上寻找答案。书中的文字，清新凝练，仿佛沉闷的房间敞开了一扇窗户，让人顿感一种遥远、飘忽的芬芳。在18世纪理性思潮的激烈冲击中，难得有人将公众的注意力引向纯自然的画卷。与18世纪说教性质的主流文学截然不同，怀特人为地营造了具有浓郁英国风味的世外桃源，不同读者可以从中得到不同的心灵感受，这种"天我合一"的意境本是中国传统文化的一部分，但在西方因未成传统而尤其明显的难能可贵。不过这种风格比中国文化更进一步的是，怀特将培根所倡导的科学实验和观察，结合到人类对自然的情感流露中，这种独特的方式是怀特对西方文学的重大贡献，它的影响是深远持久的，而最直接的贡献就是文学的魅力促进了科学（博物学）的发展，使人类意识到他们本身是自然中的一个组成部分。同时，怀特的作品也为19世纪浪漫主义的兴起提供了素材，使"自然"这个主题在英国文学中得到了强化，产生了与德国、法国浪漫主义稍有不同侧重面。再次，在今天的科普作品中，我们还能感受到怀特给整个西方文化带来的或多或少的余热，例如美国《国家地理》系列影片，备受欢迎的法国影片《鸟的迁徙》等。美国浪漫主义诗人、评论家洛维尔认为，"自然赋予了这些作家简单的技法，使他们从廉价的素材中创造出愉悦感，而这些素材廉价得连我们中最穷的人也唾手可得；善良的山野仙女教他们用稻草编织出黄金的衣服"。英国浪漫主义大师科勒律治在怀特的《塞尔彭自然史》边页上写下了"a sweet delightful book"的字样。怀特的创作是从心开始，这是浪漫主义的精髓，而非18世纪那种头脑（head）的创作。

二、"诗意的沉思"——散文的美学特质

"诗意的沉思"即指散文内容与形式上美学特质加思辨维度，思想加诗意的美学理念。在西方，欧洲浪漫主义文学注重以纯粹的文学美或艺术性为标准，提出散文是"诗意的沉思"。这一基本特征也称为"诗思同构"，它既是内容与形式的高度统一，又是求真与求美的浑然一体，是追求作品最完美理想的必经之路。仅是有匠气十足的诗意，而没有丰富的内涵，诗意就会成为"焉附之毛"；同样，内容虽好而不能诗化地表现，也就味同嚼蜡。两者必须完美结合，才符合美学的最高准则。培根认为，诗与美好的人生本来就是一体的，诗境就是人生的最高境界。他觉得诗意是关注人生的诗意，人生是追求诗意的人生。因而培根散文很好地体现了"诗思同构"的美学原则，即用诗的语言在哲理的高度全新解读社会与人生，把社会与人生的最高境界营造为诗的化境。在海德格尔看来，"在"存在于语言中，但并非存在于普遍的语言中，更不是存在于技术话语之中，而是存在于诗意的语言中。只有诗的话语才能展示"在"的意义，一个多姿多彩的、充满生气的世界。只有这种语言才能告诉人们"事情本身"的样子。思、语言、诗，是海德格尔为现代文学的这一（理想）特征做出的归纳，所谓诗意的沉思指明文学中的哲学意义，沉思是散文原本的方式。这一论述表明应该从文学的这一关节点去更深入领会作为独立文体时散文的基本特性。

（一）诗意

周作人的《美文》中认为散文是"记述的，是艺术性的，又称作美文，这里边又可以分出叙事与抒情，但也很多两者夹杂的"。他还提及要以爱迪生、阑姆、欧文、霍桑、高尔斯威西、吉欣、契斯透顿等英语文学家的美文为样板。他的《论文章之意义暨其使命因及中国近时文论之失》中更明确地说文章有三不可缺者，为神思、感兴和美致。这美致即艺术性（artistic），包括章句、声律、藻饰、熔裁等结构方面，也包括"其精微之理，则根诸美学者也"。早在1903年，王国维写《论教育之宗旨》时，就引进"真善美"概念。他通过康德、席勒、叔本华关于"美"的超功利性思想，认为"美之为物，不关于吾人之利害者也"。他们是从"美"的角度谈诗意的。吴尔芙在其《狭窄的艺术之桥》中说："生活的很大而且很重要的一部分，包含在我们对于玫瑰、夜莺、晨曦、夕阳、生命、死亡和命运这一类事物的各种情绪之中……我们渴望着理想、梦幻、想象和诗意。"诗意的追求是中西散文写作共同的追求。

（二）沉思

本雅明（Walter Benjamin）举措莱格尔说的"思索是人追求修养的最早艺术"，揭示出作为文学理念的散文的精神特性："冷静地反思"。这就标志着现代文学的哲学倾向，它既是浪漫派的看似矛盾实则深刻的理论主张，又是启蒙运动以来的理性主义思潮的影响，都旨在将沉思方式赋予文学。他在《经验与贫困》中明确指出，早期浪漫主义思潮十分关注文学的"反思性"特征，把艺术确定为反思媒介，原因是艺术及一切精神领域中的一切因素都表现出反思的特性，包括幽默也是反思的。也就是说"反思是原本的、建设性的"，所构成的是作品的本质，因此反思是艺术的基础、艺术的理念，这就是浪漫派艺术理论极力推崇反思的创造性之根由。文学的本质在于反思，他们认为小说是文学中的最高反思形式，不过证明这一点却是由于小说中散文特点，也就是说散文才是确定文学个性的基础，这一方面是因为散文因素使文学（小说）表露出它的原本有弹性的、不受限制的特点，表露出了它的全面能力，而使文学成为扩展的文学、无限的文学，所以浪漫派把散文称为文学的理念，认为散文是文学形式的创造性的土壤；另一方面，艺术家是充满激情的，但当他表达即写作时却基于冷静的理性，所以本雅明又说："当浪漫主义者表达真正的艺术创作物的不可毁灭性这一定理时，他们想到的是经过创作的、充满散文精神的作品。"散文精神是作品的核心，是冷静的——理念就是冷静的——和反思的，所以他认为荷尔德林"艺术的冷静"这一定理，"是浪漫派艺术哲学的基本思想"，"冷静"表明它与哲学的方法和反思的方法之间有着明显的联系，这种观点认为冷静决定着艺术的本质："作为艺术原则，反思最强烈地表现在散文中，散文在语用上恰恰是冷静的比喻名称。作为思维的、谨慎的态度，反思是极度兴奋之反思，是柏拉图的心醉神迷之反思。"浪漫主义理论家诺瓦利斯将反思比喻为

"照耀在最早文学之上的一束光",是"一种向内的歌唱：内心世界。话语—散文—批评"。揭示了作为文学理念的散文其反思的冷静特性以及最终通往批评的领域。表明反思的冷静特性完全作为散文的精神而体现于文学理念中,这种将反思纳入文学理论的观念对文学的发展产生了深远的影响。

三、用谈话的方式表达作者心灵的独白

　　谈话的方式表明散文写作只是个人的自由行为,是作者与读者处于平等和谐之情境中的交流。蒙田赋予 essay 的这种特点加深了文学的魅力。英国 19 世纪的文学家又一次或者说更加深切地理解了这一点,散文再次成为文体变革的先锋。兰姆在 19 世纪的创作,便使人们意识到,散文"是一种个人艺术,一种作者和读者之间单独交谈的艺术"。他再一次将蒙田奠定的作者——读者的亲切平等关系发挥到极致。闲话、谈话的方式,是蒙田派散文的基本类型。有评论家在谈论兰姆对于英国文学的独特意义时指出："他排除了为了改造世界而泛泛对整个社会发言的旧式新古典主义姿态,也放弃了把文人当作哲人和超常者的柯尔律治式现代姿态"(巴特勒)。蒙田的散文即用满不在乎漫不经心的态度和亲切随和的语气,使写作的回归内心和关注读者保持了平衡。本森在《随笔作家的艺术》中说："蒙田的吸引人之处在于他那个性的魅力：他的坦率,情趣,敏锐的观察,对人和风习的亲切了解。但凡是他所深感兴趣的东西,他必忠实记载,无所顾忌但又临文审慎,永远是随笔作家的本色,因为随笔艺术的精髓即在于道出作者欣欣然有所会心之处,而不用担心此事究竟是否值得博雅君子一顾。""他所描写的乃是生命的光焰,而非人生的荣耀,因此,他从不把什么东西看作是低俗不洁净的"。兰姆之后,19 世纪后半叶 20 世纪初的著名散文家有彻斯特顿、林德、吴尔芙等人。他们的散文在总体倾向上已发生改变,论理文的发展趋势超过小品文,使得个性和闲谈的文体特点趋于淡化。吴尔芙认为这个时代,个性的藏匿成了散文的主要特点,因为"这个自蒙田时代以来不时在散文中出现的作者自身,随着查尔斯·兰姆的逝世而放逐异乡"。海什力特在《谈平易文体》中将平易文体和华丽文体对列而论,提倡的是"毫不掩饰地表达思想","像任何人通常谈话那样",自然亲切,有说服力且清楚明晰,用词合度自如,新颖而活泼,但是不滥用华丽辞藻。从 17 世纪的 plainstyle 到 19 世纪的 familiar style,这里的 familiar 不同于 plain 的明晰、清楚、朴素、直率,其亲切、熟稔、随意、不拘格套、娓娓叙谈,更强调作者的写作姿态、表述方式,尤其是增强了对读者的关注程度。由此最终完成了英国散文的文体建构。吴尔芙论现代散文时说散文家应该把自己"给予"读者,应使"他所写下的每一个字都渗透了个性的精神",并尤其需要"坚定不移的信念",因为"这种信念能将须臾之声,通过任何的语言的朦胧领域,上升到具有永恒的联姻的永久的结合的境地"。

　　这种谈话的写作方式,方重在《"英国"小品文的演进与艺术》中概括 essay 的特

征时说道："其一，是个人的坦白的态度；其二，闲适的恳切的格调；其三，内容以日常的形态，意想，或各自的情感与经验为宜。"这一概括揭示出了英国散文写作的个体性和写作的随意性。

个体性是指散文重在反映作家个体特征，独立自由地抒发自己的内心感受，表现个人心灵。作家坚持个性，是作品得以保持其生命活力的重要因素之一。被巴特勒称为"作者的在场"。从风格的角度上来讲，风格就是作者的个性在作品中的充分显露，这也能够说明个性在散文中的重要地位。吴尔芙说散文家"所给予的当然是他自己"，"散文必须把我们包围起来，并在现实面前拉起一道帷幕"，他还说蒙田"全力抓住人间之美"，他对人生的一切琐事的关注都能在他独立的灵魂之光辐照下，显示出"借助想象之力加以改造的那种奇异力量"(《论现代散文》)。从蒙田起散文家所能给予散文的就是作者自身，正是这"自己"使"所写的每一个字都渗透了个性的精神"蒙田认为自由、隐逸和清净是散文的必要前提，他说："我们要保留一个完全属于我们自己的自由空间，犹如店铺的后间，建立起我们真正的自由和最重要的隐逸和清净。"(《一个正直的人》)在这帷幕之后或店铺后间，散文家才有望经由自由的隐逸和冷静的思索而实现自己真正内在的要求使命。一个真正了解自己的人，最终才能让自己的灵魂飞腾起来。由此可见，散文的这种力量，从蒙田开始就一直是散文家梦寐以求的，散文的所有努力都为了使人们领略到"灵魂如何不断投下她的光影，使得真实的东西变为空洞，使得脆弱的东西变为坚固，使得白日充满了梦幻，使得幻影像实际存在的事物一般令人激动"(吴尔芙《蒙田》)这表明散文就是作者自己的表现，自己"灵魂和生命的表现，人类的个性，一个人的本质的自我，乃至他的最深经验和最高理想的表现"。所以韩德说，对于散文，"人格是它的首要条件"阿罗诺维茨曾经在《论知识分子》中用"边缘性"来指称这种个体性。边缘的位置指的是远离权利体系，而能对社会现存结构体系保持批判的立场。

保持这种"边缘性"，是因为这"是一种外在的、超然的和自治的优势地位，从这里可以观望、监视以及审查那些群内人"。正是这样的位置才使得自由传播"个人的声音"的要求更加强烈。鲍曼称现代知识分子为批判立场异常坚定的"文明边缘"者，"是永远的流浪者，是普存的异乡人"。沃尔斯在美学权威主义批判中论及时代与作品、政治行动与诗意的沉思时，提出应该以"纯内在性的姿态面对时代"，主张"到场但并不参与"。他们把文学的本质揭示得再明确不过了。日本的厨川白村说 essay 是"自己告白的文学"，在"essay，比什么都要紧的要件，就是作者将自己的个人的人格的色彩，浓厚地表现出来"。"乃是将作者的自我极端地扩大了而写出来的东西，其兴味全在于人格地调子（personalnote）"。再一次揭示了散文写作的个体性质。

随意性就是散漫，闲适。厨川白村在《出了象牙之塔》中论随笔 essay 时说："如果是冬天，便坐在暖炉旁边的安乐椅子上，倘在夏天，则披浴衣，啜苦茗，随随便便，和好友任心闲话,将这些话照样地移在纸上的东西,就是essay。兴之所至,也说些以不至于头痛为度的道理罢。也有冷嘲,也警句罢。既有humor(滑稽),也有pathos(感愤)。所谈的题目,天下国家的大事不待言,还有市井的琐事,书籍的批评,相识者的消息,以及自己的过去的追怀,想到什么就纵谈什么,而托于即兴之笔者,是这一类的文章。"厨川白村这一说法源自蒙田及西方essay的观察,将这一文体作为"闲谈的艺术"。随笔必须读起来轻松而不干瘪,恬淡而不琐碎。他说essay的意思就是"用闲谈式的散文阐明一个见解、判断或经验",就是"同一个假想的读者之间的交谈",是"一种精雕细琢、微妙深奥的炉边谈话"(《散文与随笔》)。写《小品文作法论》的史密斯则将这种文体特质优美地形容为"其思想于闲话的水中,然后请读者喝下去",这才是这一文体令人倾倒迷恋的原因。正如罗素(Bertrand Russell)在《快乐的哲学》中所说,那些服膺"快乐哲学"并深谙悠闲的价值的人,即有闲阶级,尽管有种种的缺陷,但"它贡献了近乎全部的我们所谓的文明。它培养了艺术,发现了科学;它著书立说,发明了各种哲学和纯化了社会关系。甚至被压迫者的解放也往往由此而发。没有有闲阶级,人类绝对不会从野蛮状态中解脱出来"。

四、散文的渗透性

散文的渗透性是指散文在任何文体中都有其立足的地方。本雅明指出浪漫主义者把散文称为文学的理念,认为文学理念有其个性,而要确定这种个性,没有比散文更为深刻,更为贴切的了。他说:"表露出它的原本有弹性的、不受限制的特点,表露出它的全面能力。只有它的成分的组合是无规则的,而它的秩序,它与整体的关系仍是不变的。它之中的每一点魅力都四面传播"。这样文学就很有希望成为扩展的文学,无限的文学,所以散文被认为"是文学形式的创造性的土壤,所有这些形式都经过中介,把它作为它们的创作源泉而分解于其中"。德国浪漫主义者诺瓦利斯发现散文因素是使文学得以扩张、奔放的特征存在。由于它的存在,文学各组成部分之间没有了密切的联系,也就不受特别严格的节奏法则的约束。它因此获得了表现有限事物的能力,并使其整个结构都表露出它是流动的产物。英语中prose fiction,prose drama以及prose poem等概念都表明散文文体渗透性的普遍存在。

因此,除了小品文这种严格意义的散文,所有体裁的作品也都要运用到散文。在诗作中我们也同样看到散文的运用,如桑德伯格的诗中通常有散文的段落,他的《人民,是的》便由散文介绍、趣闻轶事和韵文构成。科学文章需要散文进行说明,展开论证。小说中的议论、抒情需要散文。萧伯纳在戏剧创作中运用"无拘无束地自由运用演说家、传道士、辩护律师和行吟诗人的全部修辞和抒情的技巧"(《易卜生主义精华》)写散文,使得散文不再像以前那样从属于戏剧,而是变成了戏剧的主宰。他的剧本几乎没有多少情节，而以讨论社会问题为主，舞台变成了讲坛，人物不断辩论，任何一段台词，一节文章，都用散文的笔墨。写得清澈见底，雄辩有力，而语言是平易文雅符合语言习惯的普通话。萧伯纳的散文还特别注意速度和节奏，这又使他的文章不仅给人以教育，而且给人以乐趣。作为戏剧大师，萧伯纳所写下的著名散文《贝多芬百年祭》，以高超的艺术手法，写得形象生动，语言酣畅淋漓，让人从主观上感受到一代音乐大师的不朽的人格、精神和艺术魅力，体味伟人给予读者的震撼。尤其是作者生动、优美、诗化的语言，饱含着作者浓重的情感。例如"但是在听过贝多芬的第三里昂诺拉前奏曲之后，最狂热的爵士乐听起来也像少女的祈祷那样温和了。""最狂热的爵士乐"是何等的疯狂，"少女的祈祷"是何等的温柔，在贝多芬的音乐面前，两者的等同突显的是贝多芬音乐的激情。"他有一架不听话的蒸汽机的风度"，在轧路机前面再加上修饰语"不听话"就可见贝多芬的个性了。文章在文笔上矫健、酣畅、激荡人心，爱因斯坦说：萧伯纳作品中的一个字，就像古典音乐大师乐谱里的一个音符——这就是大师的语言魅力，更需要我们潜心地去体味。

　　散文的渗透源自散文语言是每一个语言运用者的基本功。写散文，不仅是散文家的专利，也是所有文学家和文章家的语言艺术修养。许多小说家、诗人和剧作家都是散文大师。如诗人雪莱的理论著作《诗辩》(A Defense of Poetry)为英诗提出了追求真理和美的创作原则，表达了诗歌应为社会及人类的进步服务的美学观点。赛尔顿写诗，也是散文能手，所写《不幸的旅人》用民间的语言写漫游城乡的见闻，是英国第一部散文式流浪汉小说。弥尔顿是大诗人，同时又以散文著称。德莱顿是王政复辟后期驰骋文坛，集桂冠诗人、散文家、剧作家于一身的大家。20世纪上半叶，雄踞英美诗坛的艾略特也写下了的文学批评散文。诗人格雷的书信被视为英国散文中的精品。勃朗蒂的《简·爱》结尾部分字字扣人心弦，回环往复，颇有一种"曲径通幽处""清溪深不可测"的散文艺术的效果。西德尼被德莱顿誉为"格言散文大师"，菲尔丁的作品有"散文体戏剧史诗"之称，欧·亨利被誉为20世纪"曼哈顿桂冠散文作家"。凯鲁亚克发明了"自发式散文"写作法，梅勒开创新闻故事散文体。理查逊的小说《克拉丽莎》通篇采用书信的形式写成，人物克拉丽莎栩栩如生，对现代小说也产生了巨大而又深远的影响。英文小说起源于18世纪，而理查逊则是英文小说之父。

五、散文的文学性及其翻译

　　散文的文学性要求译者具有文学和审美意识，要求所译出的作品具有美的效果，否则就是失败的译文。要使译文具有美感，具备文学鉴赏性，译者必须充分发挥出再创造的能动性，全面认识原作之美并充分传达其美。逐字死译原文，很难赋予译文以文学性。意大利美学家克罗齐在他的美学名著《美学原理》中从美学角度讨论翻译，强调言语行为之不可重复性，文学作品不能完全移植（但丁也说过文学不可译的话），文学翻译只能是艺术的再创造。他认为，翻译不可能完美地展现原作面貌，这是因为语言凭直觉产生，言语行为依照潜在的思维出现，并对思维加以扩展和修改。因此，每一言语行为都是无先例的、创新的。严格地说，没有哪句话是可以完全重复的，因为时间已经过去。翻译的目的是解决言语不可重复的矛盾，它受语言内在规律的支配，不可能达到完美的地步。所以，翻译不应"冒充可以改造某一表现品为另一表现品，如移瓶注酒那样。"

因此，散文的文学性要求翻译必须再创造。由于完全相等于原作表达方式的翻译不可能存在，翻译的结果不是比原作少一点，就是多一点。理想的翻译应该是：译者读到一篇原文，把它放到回炉即思维中，让它和译者本人的思想性格融为一体，然后创造出新的表达形式，这样，译文就不可能不带有译者风格的痕迹。

卡什金认为译者的创造性表现在以下三个方面：

（1）选择作者和作品；

（2）制定处理原作的基本方针；

（3）寻找把译者享有的权利即创造自由同应尽的义务即应受的限制加以有机集合的途径。

这一观点为译者的创造性提供了理论依据。

第二章 英美文学发展简史

第一节 英国文学简史

英国文学源远流长,经历了一个长期、复杂的发展演变过程。在这个过程中,文学本体以外的各种现实的、历史的、政治的、文化的力量对文学产生影响,文学内部遵循自身规律,经历了盎格鲁-撒克逊、文艺复兴、新古典主义、浪漫主义、现实主义、现代主义等不同的历史发展阶段。

一、古代英国文学(5世纪初—11世纪)

如同世界上许多民族的文学一样,英国最初的文学不是以书面形式存在,而是以口头形式传诵的。在古英语文学中,英格兰岛的早期居民凯尔特人及5世纪入侵的盎格鲁、撒克逊和朱特人,起初都没有留下书面文学,主要为凯尔特人创造的口头文学。这些故事与传说经口头流传,并在讲述中不断得到反复加工、扩展,最后才有写本。公元5世纪时,原住北欧的盎格鲁、撒克逊和朱特三个日耳曼部落入侵英国,创作了游吟诗歌。盎格鲁-撒克逊人的史诗《贝奥武甫》(Beowulf)是古英语文学中最具影响力的作品,也是中世纪时整个欧洲最早用当时一种民族语言写成的长篇诗作。《贝奥武甫》讲述主人公斩妖除魔、与火龙搏斗的故事,具有神话传奇色彩。这部史诗取材于日耳曼民间传说,随着盎格鲁-撒克逊人传入英格兰。如今留存最早的抄本于8世纪初叶出自不知名的英格兰诗人之手。当时的英格兰正处于从中世纪的异教社会向以基督教为主导的新型社会过渡的历史时期,因此,《贝奥武甫》还在一定程度上反映公元7、8世纪英格兰社会生活的风貌,呈现出新旧生活方式的混合,兼有氏族社会时期的英雄主义与封建社会时期的理想,既体现出异教的日耳曼文化传统,又带有基督教文化的印记。《贝奥武甫》被认为是英国的民族史诗,是英国最早的文学作品,它与法国的《罗兰之歌》及德国的《尼伯龙根之歌》并称为欧洲文学的三大英雄史诗。

公元5世纪末期西罗马帝国陷落之后,欧洲结束了古典时代,进入中古时代和漫长的中世纪。6世纪末到7世纪末,由于肯特国王阿瑟尔伯特皈依基督教,该教僧侣开始以拉丁文著书写诗，其中以盎格鲁-撒克逊神学家和历史学家比德（Bede，672—735）所著《英国人民宗教史》最有历史和文学价值。阿尔弗雷德大帝后来将该书从拉丁文翻译成古英语，成为历史上用古英语进行翻译和创作散文的第一人，被赞誉为"英国散文之父"。除此之外，他还翻译了古罗马哲学家波伊提乌以柏拉图思想为理论依据的名著《哲学的慰藉》。阿尔弗雷德对英国文学最重要的贡献，是在他的指导下开始编写并且在他死后由他人继续编写的《盎格鲁-撒克逊编年史》。该编年史记载了从9世纪中叶到1154年的英国历史，包括了有关盎格鲁-撒克逊和朱特人的英雄史诗《贝奥武甫》和《朱迪斯》，以及一些抒情诗、方言诗、谜语和宗教诗、宗教记叙文、布道词。从中可以清楚明确地看出古英语向中古英语的演变，是英国文学史上第一部重要的散文著作，其简洁明快的散文风格对后世作家产生了巨大影响。

二、中世纪英国文学（1066年—15世纪末）

（一）概论

公元1066年，居住在法国北部的诺曼人在威廉公爵带领下横渡英吉利海峡，打败哈罗德国王，成为英格兰的统治阶层。诺曼人占领英格兰后，封建等级制度得到强化，法国文化占据主导地位，法语成为宫廷和上层封建贵族社会的语言。这一时期文学开始流行模仿法国的韵文体骑士传奇，传奇文学专门描写高贵的骑士所经历冒险生活和浪漫爱情，是英国封建社会发展到成熟阶段一种社会理想的体现。在整个中世纪，亚瑟王及其绿衣骑士们的传奇故事不断出现在史书或文学作品里，第一个把亚瑟王传奇故事收集起来并使之初具某种系统的是杰弗里（Geoffre of Monmouth，1100—1154）。约1154年，诗人韦斯在杰弗里的影响下，以法文形式写出了《布列颠人的故事》（le Roman de Brute）一书，该书在半个世纪以后又成为诗人莱亚曼（Layaman）的长诗《布列颠》（Brut）的张本，这是用英文写成的，他是说法语的诺曼底人征服英国后第一位用英文写作的著名诗人。此后的《高文骑士与绿衣骑士》（Sir Gawain and the Green Knight，1375—1400）最有艺术价值，被认为是英国文学的先祖，作品以亚瑟王和他的属下一个"圆桌骑士"的奇遇为题材，歌颂勇敢、忠贞、美德，这一时期风行的浪漫传奇形式文学。

14、15世纪的中古英语文学更具多样性，除了法国乃至意大利的种种因素对这一时期的文学有重要影响以外，也因英国内部尚未形成集中统一的文学而呈现出诸多地域色彩。在北部和西部地区，用古英语的口头韵诗体写成的寓言依然盛行，其中最著名的是威廉·兰格伦（约1330—约1400）的《农夫皮尔斯》（Pierce the Ploughman，一译《农夫彼得之梦》），他把教堂语言和概念化为俗人能理解的形象和比喻，用天堂、地狱和生活的寓言，用梦幻的形式和寓意的象征，写出了1381年农民暴动前后的农村现实，笔锋常带严峻的是非感。作品以中世纪梦幻故事的形式探讨人间善恶，讽刺社会丑行，表达对贫苦农民的深切同情。作品结构十分散漫，但富有独创性，是集空幻、有趣、感情真挚于一体的好诗，与乔叟温文尔雅的风范不同，其用韵比较粗俗，是后世流行的头韵用法。此外，浪漫传奇作为这期间的一种主要文学样式，是中世纪骑士精神的产物。《高文爵士和绿衣骑士》以亚瑟王与其圆桌骑士的传奇故事为题材，歌颂勇敢、忠贞等美德，是中古英语文学中最为精美的作品之一。传奇文学专门描写高贵的骑士所经历的冒险生活和浪漫爱情，体现出了英国封建社会发展到成熟阶段的一种社会理想。另外，中古英语时期，口头文学也占据一席之地，民间抒情诗以及讲述历险故事的民间歌谣是这一时期下层人民喜闻乐见的文学样式。总而言之，15世纪并不生产文学性很强的诗歌，而主要是一个民谣的伟大时代。许多流传下来的最好的英格兰韵文和苏格兰民谣都使用的是15世纪的语言，民谣的内容涉及恋爱故事、类似于罗宾逊的奇迹探险、人物传奇等等，与中世纪盛行的叙事诗及浪漫传奇有着十分明显的联系。民谣对英国的文学产生了重要的影响，具有真正诗歌一样的魅力。

（二）主要代表人物及作品

1. 乔叟

乔叟（Geoffrey Chaucer，1343—1400）是中古英语文学最重要的代表人物，也是英国文学史上出现的第一位大诗人。乔叟以其诗体短篇小说集《坎特伯雷故事集》（The Canterbury Tales）和其他长短诗集成为英国文学的重要奠基人，被认为是英国文学史上除莎士比亚之外最重要的文学大师，同时他也是这一时期最优秀的译者。乔叟之前的英国文学更多地隶属于历史，而非艺术，但乔叟的出现改变了这一现状，他如一颗耀眼的星在平庸的英国文学界脱颖而出，其横溢的才华使其出类拔萃、鹤立鸡群。此时期国王查理第二当政，以法语为高雅身份的象征，甚至在一定程度上蔑视英文，当时英语被视为一种不登大雅之堂的粗俗语言，致使当时大多数英格兰文人用拉丁语或法语创作。乔叟以诗人敏锐的目光，从属于中古英语的伦敦方言中发现其旺盛的生命力，无论翻译或创作，都坚持以这种语言为表现工具并把它提高为英国文学语言。因此，乔叟有"英国诗歌之父"之称，是英国文学史上现实主义奠基人和为文艺复兴运动开路的伟大诗人，乔叟的出现标志着以本土文学为主流的英国书面文学历史的开始。

乔叟首创英雄诗行，即五步抑扬格双韵体，对英诗韵律做出了很大贡献。他的不朽名作诗体短篇小说集《坎特伯雷故事》是从许多源头之中获取灵感，但又在一条主线下统一起来的故事集。这部作品包括"总引"、二十一个完整故事、三个残篇、"结语"和故事之间的"引言"和"尾声"。该书以去坎特伯雷朝圣为线索刻画了三十位来自英国层的香客，他们中有骑士、修士、修女、修道院长、托钵修士、教士、商人、海员、学士、律师、医生、地主、磨坊主、管家、店铺老板、伙房采购、自耕农、厨师、法庭差役和卖赎罪券的教士等，这些人几乎涵盖了英国所有社会阶层和各主要行业，同时故事的体裁也几乎囊括了当时所有的体裁，既有高雅的宫廷爱情传奇、虔诚的圣徒传，也有粗俗不堪的市井故事、宗教寓意的说教故事、布道词，以及动物寓言等，因此，英国著名诗人德莱顿认为该书具有"上帝的丰富多彩"，是中世纪晚期英国社会的缩影。乔叟的文笔精练优美，流畅自然，他的创作实践将英语提升到一个较高的文学水平，他的作品是中世纪用英语写作的代表，促进了英语作为英国统一的民族语言的进程。

乔叟通晓拉丁语、意大利语和法语，曾翻译、改编了《特罗伊勒斯和克西达》《骑士的故事》《弗兰克林的故事》《法庭差役的故事》和《大学生的故事》。此外，他还翻译了《玫瑰传奇》《贞洁的女人传奇》和波伊乌提的全部作品。对此，法国诗人德尚（Eustache Deschamps）将乔叟誉为"翻译大师"（grant translateur）。乔叟的翻译为英语翻译打开了广阔的前景，并为确立英语成为文学语言，对英国文学的发展做出了卓越的贡献。如果没有乔叟大胆而富有创造性的实验与探索，英语语言的成熟和英语文学的繁荣还得推迟相当长时期，而莎士比亚等伊丽莎白时代那些杰出的文学家的成就，恐怕也将会大打折扣。

2. 高尔

高尔也是中世纪英国文学的一个代表人物，他的作品不管是在语言上还是思想上都能与乔叟相媲美。高尔是一个沿袭传统的韵文诗人，他用法语、拉丁语和英语写作，但是他不注重诗歌的音乐性。他的代表作有《沉思之镜》《原野的呼声》《恋人的自由》等作品，其中《沉思之镜》是用法文写的一首长诗；《原野的呼声》是用拉丁文写的古典挽诗对句体的一首长诗，《恋人的自由》是用英文写的一首长诗。《恋人的自由》（Confessio Amantis=Confession of a Lover）模仿宗教忏悔的体裁，共八卷及引言一篇，大体上使用的是每行八音节双行押韵体，近三万四千行。在引言里，高尔旧调重弹，佞言世风日下，除了祈祷与忏悔之外无可救药，他笔锋一转，谈到爱情。五月一天清晨，林中散步，邂逅维诺斯与丘比特。丘比特不理会他，维诺斯看他是困于情场中的人，便把他交付给她的祭司"天才"，令他在祭司面前忏悔，坦述他在爱情上所犯的过失。"天才"便教导他七大罪及其补救之道，并且施用到爱情方面，谈到每一项目便讲一个或一个以上的故事作为实证（exemplum），一共讲了一百多个故事，故事来源有古典的也有中古的。最后维诺斯再度现身，举起镜子让他照照他的华发，让他知道他已年迈，不宜于再谈情说爱，令他离去她的宫廷。这一部作品是用一个简单的结构连缀起若干故事，高尔的文笔是流畅的，中间不乏优美的诗句，但是过于正式，缺乏幽默且忽略了人物描写的细腻情节，因而显得枯燥。

3. 马洛里

陶玛斯·马洛里（Thomas Malory，1408—1471）是十五世纪散文作家的巨擘，他的《亚瑟之死》（LeMorte d'Arthur）成了亚瑟传奇中最有影响力的一部作品。《亚瑟之死》是玛洛利留下来的唯一作品，而且是他在狱中之作。此书所述包括亚瑟王的诞生，毕生经过，与其作为，以及他的高贵的圆桌武士之冒险事迹，寻获圣杯的经过，以至终于悲惨的全部死去，永离尘圜。因此，以《亚瑟之死》作为书名显然是不合适的，全书之名应按马洛里自己的卷末题记所云："亚瑟王及其高贵的圆桌武士之故事"（The Book of King Arthur and of his noble knights of the Round Table），但此书流传至今，一直被称为《亚瑟王之死》。《亚瑟王之死》使众说不一的零散故事终于规范化，从而形成一部记述自亚瑟王出世至他遁居仙岛时止的完整故事体系，也使这部书成了后世作家引用亚瑟王故事的摇篮。亚瑟王的故事在不同程度上反映了当时的各种社会影响，体现出人们的各种愿望与理想。在英国古代史上名震一时的亚瑟王和他的气概豪迈的圆桌骑士们，为后世遗留下一些蕴涵深刻的传奇故事。随着时间的快速流逝，这些传奇故事浸染了一种神话色彩，与古希腊神话和基督教圣经一道形成英美文学的三支伏流，对英美文学产生了深远持久影响。《亚瑟王之死》词句优美，今天读起来依然明白易懂，成为英国小说的雏形。

三、近代英国文学（16—18 世纪初）

（一）伊丽莎白时代暨文艺复兴时期的英国文学

伊丽莎白（Elizaberth，1533—1603）时代正值文艺复兴。文艺复兴的文化和学术开创了现代的自然研究和自然科学，也开启了文学创作的新气象。此时的英国是一个文学高峰的时代，文学创作可谓百花竞艳、万紫千红，而最突出的是诗歌和戏剧。

1. 诗歌

怀亚特（Sir Thomas Wyatt，1503—1542）和萨里（Henry How—ard Surrey，1517—1547）首先揭开了伊丽莎白时期的文学序幕，二人从意大利为英语带来了一种新鲜的形式。怀亚特翻译并模仿彼特拉克的短诗，为英国的诗歌开辟出了一个优良的传统，他还尝试着用其他韵律方式创作。他的爱情抒情短歌，以感情真挚，语言自然见称。萨里以其《伊尼德》译本将最初的无韵诗——即后来莎士比亚和密尔顿的十行诗——带进了英国文学。

西德尼（Sir Philip Sidney，1554—1586）集诗人、小说家、批评家、宫廷人士、军人于一身，是十六世纪最有人望的作家之一，被誉为最能代表这一时代之理想的高雅之士（ideal gentleman）。西德尼的一生都奉献给了诗词，他的短诗感情相当真挚，而真诚的感情正是文学中最重要的价值所在。西德尼工于十四行诗，并且使之成为英文诗的自然形式。十四行诗在当时是非常流行的诗体，高雅的绅士和专业的诗人像学习剑术一样，热衷于学习十四行诗的创作。其中一些十四行诗注重形式，极具优雅的格式，而另一些则是富含热情的佳作。西德尼第一部英文体十四行诗系列《阿斯特洛和斯蕾拉》（Atrophel and Stella），对莎士比亚产生了重要影响。另外，西德尼最具代表性的作品主要有三部：《阿凯地亚》（Arcadia）、《阿斯脱菲与斯苔拉》（Astrophel and Stella）、《诗的辩护》（The Apologie for Poetrie）。其中，《阿凯地亚》是一部具有时代特征的作品，莎士比亚的《李尔王》（King Lear）一剧中的情节即来自于此。散文之中加入了不少诗歌韵语，约有八十首。主要的故事是关于两对情人的悲欢离合，而故事的发展和琐细情节的穿插却极为繁复，开卷几页是写牧人的浪漫故事，随后就荡开文笔，写到海难，写到乡绅之家，写到国家大事，写到国王宫掖，牧人成了配角，每卷末的牧歌（eclogue）成了插曲。武侠冒险与谈情说爱的成分在书中平分秋色，而西德尼兴之所至还要利用各个机会大作其政治的哲学的文章。总而言之，此书性质并不单纯。在文学方面，极充实缛丽之能事，句子长，里面有过多的直喻隐喻和奇思幻想，有过多的拉丁语法，有过多的描写与刻画，使得现代一般读者可能无法卒读。但是这全是当时的人所最喜爱的东西，西德尼用那样的文字写那样的题材是很平常的一回事。

斯宾塞（Edmund Spenser, 1552—1599）是继乔叟之后第一个运用绝妙的概念和技巧处理艺术主题的英国诗人，被兰姆称为"诗人中的诗人"。他翻译和创作了许多歌颂爱情和女王的诗歌。1579年斯宾塞发表了他的《牧人日记》，这在英国诗歌史上是一件具有重大意义的事件。它宣告了一流诗人的诞生，紧接着问世了《短诗集》和精品寓言长诗《仙后》（The Faerie Queen）。《仙后》既有人文主义关怀，也有新柏拉图主义的神秘思想，还带有清教伦理和资产阶级爱国情绪，情节结构和人物塑造仿古罗马史诗和骑士传奇文学。赛宾塞备受推崇的原因不仅是他的诗中蕴含的力量，还在于他对韵律、节奏和形象具有遥不可及的天赋。即使不能通读《仙后》（除了诗人、学者和考据者，没有人能够通读），只要随意翻开任何一章，都能够遇到像古代挂毯般璀璨的诗句。那些"陈旧的语调和过时的言辞"曾被同时代的人所诟病，却为他的辞章平添了许多色彩。此外，斯宾塞还是一位非常高产的诗人，他的作品还有《牧羊人日志》（The Shepherd Calendar）、《达芙娜依达》（Daptmaida）、《情诗集》（Amoretti）、《婚礼颂》（Epithalamion）等多首诗或诗集。琼森（Ben John—son, 1572—1637）生前在英国文学史上享有的威望是无人可比的，他是稍晚于莎士比亚被同时代的其他诗人赞誉为"歌之王"的大诗人。他擅写社会讽刺诗剧，是当时最遵守古典观念的剧作家，经常指责其他剧作家只懂迎合"低俗客"的鄙陋趣味。琼森擅长使用喜剧来谴责罪恶与愚行，使得许多人称他的剧本为纠正喜剧（corrective comedy）。他的诗歌不仅有优美的形式和精当的遣词，而且蕴含着优雅的感情和压制的热情。或许因为琼森的博学多识使他的悲剧略显沉重迟缓，但是在他的歌谣中，他的博学犹如被优雅有力的翅膀载着自由飞翔，他的声音如云雀般清脆动听。琼森对于古典诗歌所作的贡献，对他自己的诗歌以及追随他的人的诗歌产生了全面的影响，这些皆缘于琼森从不盲目因袭古人，他学习古人并能取其精华为我所用。琼森深受贺拉斯、卡特拉斯、马西阿尔的影响，将其视为楷模，同时他也敬佩罗马的诗人，相信他们对艺术对称美的要求，让英国诗歌具有重要意义。伊丽莎白时代的诗歌有流于怪诞的危险，琼森则借助自身的权威使诗歌虽然有规则却不生硬，考究却不因袭传统，清晰却不流于俗泛。此外，琼森在戏剧方面也是成绩斐然。他的剧作《人人高兴》嘲弄了那个时代的弊端，是一部非常有力度的"风俗喜剧"。他的学者风范在悲剧《西亚努斯斯的覆灭》和《卡塔林的阴谋》中略有体现，在这两个剧本中，琼森没有卖弄文学，但剧中的悲剧感是深刻的。琼森的罗马剧在人物的塑造和语言的运用上丝毫不逊色于莎士比亚。他的罗马剧《蹩脚诗人》是莎士比亚和其他诗人都无法写出的，在整个17世纪，琼森的名声和威望都在莎士比亚之上。

邓恩（John Donne，1572—1631）是玄学派诗歌的代表人物。玄学派诗歌的特点是采用奇特的意象和别具匠心的比喻，集细腻的感情与深邃的思辨于一体，以善于表达活跃躁动的思绪和蕴含哲理而独树一帜，但其语言质朴而且口语化。玄学诗派在诗歌艺术上独辟蹊径，对现代主义诗风产生过巨大的影响。邓恩作为权威人物与琼森风格迥然相异，他是一个含糊的、注重内省，不遵守诗歌韵律的人，而琼森在言行举止上都是一个古典主义者，虽然很少受到约束，却仍然注重诗歌的形式。邓恩是最具原创性的英国抒情诗人之一，其诗歌代表了英国17世纪玄学派诗歌的巅峰成就，他的代表作有《挽歌与讽刺诗》（The Elegiesand Satires）、《歌谣与十四行诗》（The Songs and Sonnets）。他的模糊性和神秘性使得人们很难更好地了解他。他在青年时代写过许多恋歌和讽刺诗，后来他成了一名著名的传教士，并把写诗的热情转移到宗教诗的创作上。邓恩的诗作的音律往往参差不齐，格律不严，在大多数情况下，他的诗篇之所以美妙是因为他的热情。但他也能够写出和约翰逊一样格律齐整的诗篇。

弥尔顿（John Milton，1608—1674）的一生跨过了整个17世纪的四分之三，他是他那个时代的文坛巨匠，也是继莎士比亚之后主要的英国诗人。他以炽烈的感情、壮丽的想象、优美的语言使17世纪英国无韵体诗歌达到一个新的美学高度。雪莱在《诗辩》中将弥尔顿与荷马、但丁并列称为三位伟大的史诗诗人。在英国资产阶级革命中，弥尔顿担任克伦威尔政府的拉丁文秘书和共和国国会议员，先后写下了《论出版自由》（Areopagitica）、《科马斯》（Comus）、《为英国人民声辩》（Pro Populo Anglicano Defensio）等遒劲有力的政论文参加斗争，为英国资产阶级革命的正义性辩护，使整个欧洲为之震惊。继而创作《沉思的人》（Penseroso）、《快乐的人》（L'Allegro）、《利西达斯》（Lycidas）等足以使他在英国抒情诗中占有重要地位的精致美妙的短诗。其中《利西达斯》是他最感人的诗篇，这是哀念逝去的朋友的挽歌，与雪莱的《阿多尼斯》和丁尼生的《怀念》并称为英国文学中的三大哀歌。弥尔顿晚年在双目失明的情况下以惊人的毅力创作了三部伟大作品：《失乐园》（Paradise Lost）、《复乐园》（Paradise Regain）和《力士参孙》（Samson Agonistes）。其中《失乐园》像但丁的《神曲》，还不如说它更像古典作品本身。《失乐园》是弥尔顿根据《创世纪》中寥寥数言的故事，创作出来的具有十二个篇章的宏大的无韵诗。《失乐园》的语言非常优美，以至于它被奉为诗歌艺术的范本，其结构、表达方式、繁多的隐喻和象征又使它带有了异教的色彩。由于诗人的才情缺乏自省精神，而使得有些语句单调枯燥以外，就整篇诗作而言，《失乐园》仍不失为"雄壮的文体"。

2. 戏剧

16世纪的后半叶，英美文学中最繁荣的是戏剧。英国戏剧起源于中世纪教堂的宗教仪式，取材于圣经故事的神秘剧和奇迹剧在十四五世纪英国舞台上占有主地位，随后出现了以抽象概念作为剧中人物的道德剧。到了16世纪末，戏剧进入了全盛时期。马娄（Christopher Marlowe，1564—1593）是莎士比亚之前最重要的戏剧家，他冲破旧的戏剧形式的束缚，创作了一种新戏剧，成为新剧的先驱。他的剧作歌颂知识，财富和无限的个人权利，反映出了新兴资产阶级力图摆脱封建束缚以求发展的强烈愿望。他短暂的创作生涯共留下六部剧作，《迦太基女王狄多》（与托马斯·纳什合作）、《帖木儿大帝》（上、下部）、《浮士德博士的悲剧历史》、《马耳他岛的犹太人》、《爱德华二世》和《巴黎大屠杀》。不过马娄的声誉主要取决于《帖木儿大帝》、《浮士德博士的悲剧历史》和《马耳他岛的犹太人》这些以一个主人公为中心的悲剧。其中《帖木儿大帝》的重要性不仅在于它是马娄的成名作，而且在于它吹响了"英国文艺复兴时期戏剧革命的第一声号角"。在这部剧作之中，作者第一次成功地将无韵的素体诗运用于人物的对白。全剧分上下两部，第一部讲述帖木儿如何战胜一个又一个敌人，从默默无闻的牧羊人首领成为亚洲最有权势的征服者的过程，第二部则主要在展示他在面对不可抗拒的死亡时的悲哀。马娄笔下的帖木儿是独特的文艺复兴式想象的产物。他目空一切，具有将整个世界置于自己控制之下的决心和勇气，永无止境地寻求个人意志的实现。虽然帖木儿最终孤苦伶仃地死在心上人的墓前，但是他试图颠覆一切现存秩序的壮举，却将文艺复兴时期得到高度提升的人的主体性发挥到了极致。该部作品被琼森誉为"马娄伟大的诗章"。莎士比亚（William Shakespeare，1564—1616）是欧洲文艺复兴时期英国最伟大的剧作家和卓越的人文主义思想的代表，他以奇伟的笔触对英国对建制度走向衰落和资本主义原始积累的历史转折期的英国社会做了形象、深入的刻画。他的创作按思想和艺术的发展分为三个时期：历史剧和喜剧时期（1590—1600）、悲剧时期（1601—1608）和传奇剧时期（1609—1613）。莎士比亚的历史剧是在16世纪80年代流行于英国戏剧舞台上的编年史剧发展而来的。这种历史剧的产生与广受欢迎有两个重要的客观原因，一是现实政治的需要，再就是当时大量历史著作的出版。前者为其产生提供契机，后者则为其产生提供了重要依据。莎士比亚主要的历史剧包括反映从百年战争中期到玫瑰战争结束之间近一个世纪英国历史的两组四部曲。第一组是由《亨利六世》上、中、下三部和《理查三世》组成，再现了英国历史上著名的玫瑰战争的全程。第二组由《理查二世》《亨利四世》上、下部和《亨利五世》组成，叙述了从理查二世登基到亨利五世去世近半个世纪的英国君王荣辱兴衰的历史。其中，最出色的是《亨利四世》上、下部。该剧主要表现了亨利登上王位之后国内的政治纷争与战乱。但是，值得注意的是，《亨利四世》的主人公并不是亨利四世，而是他的儿子哈尔王子。可以说，使得《亨利四世》有别于莎士比亚其他历史剧的根本就在于，它展示了似乎玩世不恭的哈尔王子转变成令人尊敬的哈里国王的过程。剧中的故事情节沿着两条平行的线索发展，是其中最重要的一部，尽管它的主题带有圣经的意味，但是与其说它像但丁的《神曲》，还不如说它更像古典作品本身。《失乐园》是弥尔顿根据《创世纪》中寥寥数言的故事，创作出来的具有十二个篇章的宏大的无韵诗。《失乐园》的语言非常优美，以至于它被奉为诗歌艺术的范本，其结构、表达方式、繁多的隐喻和象征又使它带有了异教的色彩。由于诗人的才情缺乏自省精神，而使得有些语句单调枯燥以外，就整篇诗作而言，《失乐园》依旧不失为"雄壮的文体"。

莎士比亚喜剧的代表作有《仲夏夜之梦》《威尼斯商人》《皆大欢喜》和《第十二夜》。其中，最具代表性也最广为人知的喜剧作品是《威尼斯商人》。这部喜剧以古代传说为基础，巧妙地将两个原本互不相干的故事严丝合缝起来，使得它们完美地形成一体并呈现出一个充满浪漫主义气息的幻想世界。剧中除夏洛克之外的所有人物都是这个世界的享有者，公正、宽恕、友谊是他们的主要价值观和行为准则，明显具有文艺复兴时期人文主义者理想化的倾向。尤其是鲍西娅，她集财富、智慧和美貌于一身，被认为是莎士比亚笔下最成功、最完美的人物之一。

莎士比亚悲剧中最为人称道的是四大悲剧《哈姆莱特》《奥瑟罗》《麦克白》和《李尔王》，其中尤其是《哈姆莱特》，不仅代表着莎士比亚本人戏剧创作的最高成就，而且还被视为整个文艺复兴时期文学创作的顶峰。在这些作品中，莎士比亚虚构的是无常、凶险、充满死亡的悲剧世界，表现以主人公的死亡而告终的人间灾难。除了四大悲剧之外，莎士比亚创作的爱情悲剧《罗密欧与朱丽叶》也是他最受欢迎的剧作之一。该剧不仅具有其早期喜剧《爱的徒劳》和《仲夏夜之梦》中的那种有时显得做作的抒情风格，而且在人物刻画方面标志着剧作家艺术上的成熟。该剧取材于亚瑟·布鲁克的抒情长诗《罗米尔与朱丽叶的悲剧》，当然故事的源头还可以追溯到更早的时候。另外，值得注意的是，与莎士比亚后来的悲剧不同，罗密欧与朱丽叶的悲剧是命运所致而不是由人物性格的悲剧缺陷所引发。尽管两个情人存在自身的弱点，但最终毁掉他们的是他们所面临的社会条件。

莎士比亚传奇剧创作于剧作家戏剧生涯的最后阶段。他用娴熟的艺术手法将喜剧因素与悲剧因素糅合在一起，借用传统的浪漫传奇的形式，创作出《泰尔亲王佩力克里斯》《冬天的故事》《奥瑟罗》《辛白林》等四部以圆满的结局化解悲剧性矛盾冲突的传奇剧。其中，《暴风雨》是最为人称道的一部，论者一般认为，该剧是莎士比亚总结自己一生的压卷之作,表明了剧作家用道德感化的方式改造人类社会的愿望。

韦伯斯特(John Webster,1580—1625)的《马耳费公爵夫人》恐怖而令人心碎,所蕴含的感情非常强烈,以至于冲破了诗和韵律的束缚。兰姆评价道:"《马耳他公爵夫人》中描绘了一种令人昏乱的庄严肃穆的哀伤情感。"韦伯斯特的另一部力作《维多利亚·科隆波拉》,讲述一位美丽的女子,她所到之处必定会带去死亡和灾难。这部剧作对于死亡和毁灭的冥想,阴森恐怖,呈现出了一种病态,但是却达到了和希腊悲剧或者莎翁悲剧相媲美的程度。

(二)詹姆斯王朝期间的英国文学

詹姆斯王朝时期也称王政复辟时期,指共和时期后1660年王政复辟后的文学。许多现代的典型文学形式包括小说、传记、历史、游记、新闻报道等在这一时期开始成熟。当时,新的科学发现和哲学观念以及新的社会和经济条件开始发挥作用,还出现了大量以政治、宗教为主要内容的小册子文学。

王朝复辟后,新古典主义使学风气为之一变。这一时期,文坛最受欢迎的作家是班扬,他的《天路历程》(The Pilgrim's Progress,1678)视为英国近代小说的发端。作品采用梦幻的形式讲述宗教寓言,但揭开梦幻的面纱,展现在读者面前的是17世纪英国社会的一幅现实主义图景。作品用朴素而生动的文字和寓言的形式叙述了虔诚教徒在一个充满罪恶的世界里的经历,对居住在"名利场"的上层人物作了强烈的谴责。这里有清教主义的回响,而作品的卓越的叙事能力又使它成为近代小说的前驱。虽然叙事写得十分真实,但技巧上却是采取寓言形式,这是一种新散文,这是班扬作为本时期重要的散文家所作的贡献。

这种新散文,实际也是写实小说这一新的文学样式的先驱。18世纪写实小说兴起,不能不说班扬有很大的文学贡献。这一时期,英国抒情诗的代表人物有德莱顿(John Dryden,1631—1700)和蒲柏(Alexander Pope,1688—1744)。德莱顿驰骋文坛,集桂冠诗人、散文家、剧作家于一身,曾经一度左右着伦敦文坛,成为叱咤风云的人物。德莱顿在英国文学史上成就非凡,以至于他的名字成为他所处文学时代的代名词。由于他对押韵对句定型的贡献而成为18世纪英国诗坛的鼻祖,成为诗歌和散文真正的革新家。他的《戏剧论》以及其他论文是英国文学批评史上和英诗体著作中划时代的作品。德莱顿之后的世纪是散文的时代,而他则是开山鼻祖。他的重要作品是《一切为了爱情》(All for Love)。蒲柏是一位以讽刺诗见长的伟大诗人,善于用庄重华贵的语言形式表现滑稽可笑的生活内容。他的诗以精雕细琢、优美动听悦耳、诗体变化纷纭著称,特别是英雄双韵律诗,成为当时人们学习的样板。代表作有《书信》和《讽刺》。

复辟时期的君主对文学的重视,在很大程度上推动了诗歌艺术的快速发展。"桂冠诗人"这一王室御用诗人称号,就始于詹姆斯一世。德莱顿、华兹华斯、丁尼生等人都曾授予这一称号。这一时期的诗歌创作，除了邓恩为代表的玄学派，主张诗歌描写爱情、田园生活与宗教感情，强调诗人个人的内心感受，以意象奇幻取胜，还有骑士派的诗作，主张诗歌以爱情为主题，宣扬及时行乐。这些诗人与戏剧家、散文家的共同创作为王政复辟时期的文坛吹来了一股清风。

（三）启蒙时期的英国文学

18世纪社会的相对稳定和启蒙主义思想的传播，使英国文学出现新的盛况，写实小说的兴起，相继涌现一批作家和作品。启蒙时期的重要作家有笛福（Daniel Defoe, 1660—1731）、斯威夫特（Jonathon Swift, 1667—1745）、菲尔丁（Henry Frelding, 1707—1754）等，他们既是启蒙运动的思想家，也是启蒙文学家。他们把文学创作看成是宣传教育的有力工具，致力于反映人民大众的日常生活，描写普通人的英雄行为和崇高精神，深刻揭露批判封建社会腐朽与黑暗，甚至曝光出资产阶级的缺点。

笛福是18世纪英国现实主义小说的奠基人，有英国"小说之父"之誉，第一部小说《鲁滨逊漂流记》（Robinson Crusoe）是流传最为广泛的英文作品，也是英国近代小说的开山之作和现实主义小说的创始之作。斯威夫特的《格列佛游记》（Gulliver's Travels, 1726）中寓含的讽刺力量是英国文学或者其他任何文学都难以企及的。这部书一直吸引着各类读者，除一般普通读者欣赏其情节的奇幻有趣，其讽刺的犀利深刻外，历史学家看出了当时英国朝政的侧影，思想家据以研究作者对文明社会和科学的态度，左派文论家摘取其中反殖民主义的词句，甚至先锋派理论家把它看作黑色幽默的前驱。菲尔丁的作品善写广阔的社会画景，巧于运用讽刺，对当时英国上层社会进行了深刻讽刺。他的小说代表了18世纪英国现实主义小说的最高成就，是现实主义小说的进一步发展，并且是英国文学史上第一个比较系统提出现实主义小说理论的作家。菲尔丁因其书信体小说、散文体史诗、第三人称叙事等小说创作的突破被誉为"英国小说之父"。理查逊（Samuel Richardson, 1689—1761）继承了笛福的现实主义传统，同时，他又特别注重人物的感情描写，从而产生了现代小说一种新的文学类型——感伤主义文学，他的书信体小说《帕米拉》（Pamela）即是这一体裁的代表作。他擅长用一系列书信讲述一个连续的故事，从而树立了英国的"书信体小说"。他的书信体小说描写家庭生活，刻画人物内心活动，推动了浪漫主义运动在18世纪末的兴起。斯特恩（Laurence Stern, 1713—1768）是感伤主义文学主要代表，宣扬感情的自然流露，强调个人和社会的不可协调，认为文学的主要任务是描写人的内心世界和变化无常的情绪。因此对当时小说的模式感到不满，义无反顾地进行革新，在《项狄传》（The Life and Opinions of Tristram Shandy）中打破传统小说的框架结构，摒弃以时间为顺序的创作方法，以一种全新的小说文本来描述主人公内心世界。《项狄传》被认为是"世界文学中最典型的小说"。评论家曾经指出20世纪小说中的意识流手法可以追溯到这部奇异的小说。斯特恩的文学实验为英国小说艺术注入了新活力，开后世现代派小说先端，可谓英国最早的实验性写作的大手笔。

18世纪的诗歌创作也是一派繁荣景象，不仅有世纪初的蒲柏和汤姆逊在创作，就是一些散文名家，如斯威夫特、约翰逊、哥尔德斯密斯和蒲柏，也善于写诗。葛雷（Thomas Glary，1716—1771）也是这一时期重要的诗人。他的诗作中以《墓园挽歌》（ElegyWritten in a Country Churchyard，1750）最为著名，该诗发表后引来诸多仿作，一时形成所谓"墓园诗派"。

《墓园挽歌》因为凝集了一个时期中的某种社会情绪，加上以完美的形式表达了这种情绪，在一定程度上解决了如何革新旧传统的问题而具有较高的艺术价值，因而被誉为英国18世纪甚至英国历来诗歌中最好的诗。

四、现代英国文学（18世纪—1960年）

（一）浪漫主义时期的英国文学

英国浪漫主义文学的主要成就体现在诗歌和散文上。作为浪漫主义文学的典型代表，它们表现出一些共同特征。首先，着重抒发出对理想世界的热烈追求，有很强的抒情色彩。浪漫主义的繁荣与作家对社会现实的失望有关，因此特别重视对个人理想的描绘，表现主观世界，抒发强烈的情感。其次，崇尚自然，歌颂自然。浪漫主义作家在卢梭"回归自然"口号的影响下，致力于对自然景物的描写。但与古典主义不同的是，浪漫主义诗人特别强调的是充满野性的自然界，旨在从中去获取在人类社会难以获得的对人性的认识。这种自然情结产生于浪漫主义诗人对工业化进程的忧虑，它诉诸情感和想象，反对理性对自然天性的束缚和扭曲。再者，重视中世纪民间文学，提出"回到中世纪"的口号，从中世纪民间文学中学习灵活自由的表达方式及风格特点，汲取民族民主因素的养分，作为自己创作的借鉴和楷模。此外，在艺术表现手法上，浪漫主义作家喜欢运用热情奔放的语言、瑰丽的想象、夸张的手法、大胆的幻想、怪异的情节、鲜明的形象，将神话色彩和异域情调与普通的日常景象交织在一起，形成对照。在格律方面，浪漫主义诗歌是英国文学史上第二个"诗歌的黄金时代"，对世界文学的影响极为深远。

这一时期，浪漫主义诗歌的代表人物有华兹华斯、柯尔律治、拜伦、雪莱、济慈等，它们以各自不同的方式丰富和阐释了"几乎无限多样性的浪漫主义的主导原则"。尤其是拜伦、雪莱、济慈三大诗人将浪漫主义推向高潮，把浪漫主义诗歌带入一个更为广阔的境界。拜伦、雪莱、济慈三人各有特色，但是都忠诚于法国革命的理想。拜伦是出于对暴政的反感和叛逆，因此他的诗作表现出追求自由、反抗压迫的精神，注重揭露现实。其作品以东方叙事诗和拜伦式英雄著称于时，最显著的艺术特点是辛辣的讽刺，锋芒指向18世纪末19世纪初欧洲广阔的社会人生，而把讽刺、叙事、抒情三者融为一体，更是他独特才能的突出表现。拜伦的讽刺诗《审判的幻想》被誉为"英国文学史上最成熟、最完整的政治讽刺诗之一"。雪莱是着眼于未来的理想社会，他的诗风自由不羁，惯用梦幻象征手法和远古神话题材。雪莱的浪漫主义理想是创造一个人人享有自由幸福的新世界，他注重对未来的描绘，并试图在创作中描述对人类远景的看法，被恩格斯称为"天才的预言家"。济慈具有资产阶级民主思想，向往古代希腊文化，幻想在"永恒的美的世界"中寻找安慰。他的诗篇被人们认为完美地体现了西方浪漫主义诗歌的特色，成为欧洲浪漫主义运动的杰出代表。

这一时期，在散文方面有开创历史小说新领域的司各特（Sir Walter Scott，1771—1832）和开创风俗小说天地的奥斯汀（Jane Austen，1775—1817）等人的创作。司各特创作的历史小说内容涉及从十字军东征起，经过17世纪英国资产阶级革命到18世纪君主立宪时期为止的历史事件。司各特擅长在艺术虚构的同时引入历史真实的细节，情节曲折，富于传奇色彩，从而使得他的小说成为18世纪和19世纪英国文学现实主义和浪漫主义两种不同趋向的完善和发展，为他赢得了"西欧历史小说之父"的声誉。司各特的去世标志着英国浪漫主义的结束。奥斯汀的作品不触及重大社会矛盾，而是以女性特有的观察力，以女性作家特有的敏锐和细腻刻画英国乡村中产阶级的生活和思想，描述了她周围的小天地，尤其是绅士淑女间的婚姻爱情风波，富有戏剧冲突，深受读者欢迎。她的小说突破了18世纪末19世纪初的"感伤小说"和"哥特小说"模式，展现了当时尚未受到资本主义工业革命冲击的英国乡村中产阶级的日常生活和田园风光，在英国小说史上具有重要意义，深受当代批评家的注意。

（二）维多利亚与现实主义时期的文学

维多利亚时代的英国小说主要以现实主义为特征。作为整个欧洲现实主义文艺思潮的一部分，维多利亚时代的现实主义小说表现的是普世意义上的生活经验。实际上，其关注、描写乃至预期的读者对象都是中产阶级，表达的是中产阶级的价值观。现实主义最基本的特征是真实地描写现实，小说家往往采用编年史式的叙述结构、单一的叙述视角和写实的手法，刻意营造一种照相式逼真。在维多利亚小说家中，狄更斯、萨克雷、勃朗特姐妹、乔治·艾略特、特罗洛普、哈代等人是杰出的代表，他们直面社会现实，表现出强烈的使命感、道德感和忧患意识，将笔触伸向社会的方方面面，描绘出一幅幅维多利亚时代社会生活画卷，塑造出众多栩栩如生的人物形象。他们的作品不仅包含丰富的思想和社会内容，还使得现实主义小说的写作技巧达到炉火纯青的地步。除了现实主义主流以外，维多利亚时期的小说还呈现出多样化发展态势。除以罗伯特·史蒂文森为代表的新浪漫主义小说家表现出对冒险和异域风情的浓厚兴趣之外，廉价犯罪小说、侦探小说也都曾红火一时。

此外，这一时期的诗歌依然堪与小说平分秋色。作为对19世纪初期浪漫主义感情泛滥的反拨，维多利亚时代的诗歌表现出凝重、典雅的诗风。该时期可以称为大诗人的只有丁尼生和勃朗宁，他们不仅以充满使命感和忧患意识的叙事长诗挑战同时代的小说家，而且还以技艺精湛的短诗流传一世。

（三）批判现实主义文学

19世纪七八十年代后期出现了哈代、高尔斯华绥等巨匠，他们运用社会心理小说和社会讽刺剧等形式，对资本主义社会的政治、道德、宗教和文化等方面作了淋漓尽致的揭露和批判，这便是批判现实主义文学。批判现实主义作家们以手中的笔反映工业资产阶级发展后的社会生活，揭露了资本主义社会人与人之间的冷酷关系和资产阶级的伪恶善良。英国19世纪的批判现实主义小说，是文学成就最高的文体，因为小说一直是中产阶级最喜欢的文类，它的形式较有弹性，除了呈现现实生活的情况外，也提供一个想象的世界。小说中的道德寓意也多符合中产阶级读者的期盼，人性本善，善有善报，恶有恶报。作者也多批判有钱人为富不仁，对穷人寄予同情。哈代（Thomas Hardy，1840—1928）是维多利亚时期的最后一位小说家，他的小说一直以故乡多塞特郡和该郡附近的农村地区作为背景，早期作品描写的是英国农村的恬静景象和明朗的田园生活，后期作品明显变得阴郁低沉，带有悲观情绪和宿命论色彩，其主题思想是无法控制的外部力量和内心冲动决定着个人命运，并造成悲剧，代表了19世纪末20世纪初英国以"幻灭"为主题的小说创作。代表作有《德伯家的苔丝》（Tess of the D'Urbervilles，1891）和《无名的裘德》（Jude the Obscure，1896）。康纳德是一位承前启后、伟大而深刻的作家，被誉为英国的文学语言大师，他的创作处于现实主义和现代主义交替的时代。他继承了英国小说创作的优秀传统，又在许多方面进行大胆开拓，表现出鲜明的现代主义特征。他的小说展示了西方扩张主义转型的历史过程，并对此进行反思，其主要作品"为最杰出的维多利亚小说与最出色的现代派作家提供了一个过渡"。进入19世纪的后30年，英国小说依然活力不衰，题材范围继续扩大，有梅瑞狄斯、劳瑟福德、莫里斯、吉卜林等代表人物。小说的艺术性也有新发展，如詹姆斯和康拉德等都十分讲究小说艺术。梅瑞狄斯的文采，勃特勒的犀利，莫里斯的以古朴求新鲜，吉卜林的活泼和嘲讽，都使英国小说更加丰富多彩。

（四）现代主义文学

在1910年至1940年的30年间，英国文坛发生了巨大变化，一时之间流派林立，理论更迭，五花八门的实验主义作品竞相问世。一批追求革新的作家争先恐后地登上文坛，以标新立异的艺术手法反映现代意识和现代经验，英国文学史上迎来了又一个辉煌灿烂的黄金时代。这便是半个世纪之后才被人们了解和接受的现代主义文学思潮。这一时期的重要作家有福斯特（E.M.Forster，1879—1970）、萧伯纳（George

Bernard Shaw，1865—1950）、高尔斯华绥（John Galsworthy，1867—1933）、叶芝（WilliamButler Yeats，1865—1939）、奥威尔（George Orwell，1903—1950）、戈尔丁（William Golding，1911—1993）、艾略特（T.s.Eliot，1888—1965）、劳伦斯（David Herbert Lawrence，1885—1930）、乔伊斯（James Joyce，1882—1941）、吴尔芙（Virginia Woolf，1882—1941）以及曼斯菲尔德（Katherine Mansfield，1888—1923）等人。他们对于资本主义社会的政治、道德、宗教和文化等方面作了淋漓尽致的揭露和批判，表现出强烈的社会责任心和对极权主义威胁的忧虑。与此同时，用敏感的笔触发掘出人物内心深处细微的变化，揭示人生欢乐与痛苦的真情。

此外，战后英国小说创作出现了一个令人瞩目的现象——妇女作家的崛起，她们的创作不仅有从女性视角去表现当代妇女在男权社会所受的压抑以及女性自我意识的觉醒一面，还有回避女性自我意识，以非性别化的作家身份去观察世界、表现生活一面。主要代表人物有莱辛（Doris Lessing，1919—1994）、斯帕克（MurielSpark，1918—1996）和默多克（Iris Murdoch，1919—1999）等人。其中，莱辛是战后英国最杰出的妇女作家，她的作品带有强烈的现实主义倾向和鲜明的时代特色，立足于人和社会，反思当代政治和文化思潮，并从不同的角度反映人和社会的真实现状。

五、当代英国文学

第二次世界大战结束后，英国文学并没有因为战争的破坏出现真空。在小说方面，一些在战前已经成名的作家如沃、格林、伊丽莎白·鲍温等笔耕不辍，继续推出有影响的作品。到了50年代，戈尔丁成为文坛新宠，他的《蝇王》以探讨人性的本质为主题，用象征主义的手法表达他对西方社会悲观主义的看法。这一时期，还出现了一批"新现实主义"小说家，他们的特点是用新的主题和题材表现传统观念中发生的变化。金斯利·艾米斯、韦恩和布赖恩等所谓"愤怒的青年"小说家在作品中发泄他们对英国社会等级森严、贫富不均状况的愤怒与不满。这些小说家的作品虽然展示了50年代英国社会的真实状况，但在艺术上并没有什么创新。进入60年代，实验主义开始在英国兴盛起来。福尔斯在《法国中尉的女人》中革新传统的小说观念和叙述技巧，成为英国最为著名的实验主义小说家。当时积极从事小说形式实验的重要作家包括威尔逊、德雷尔、伯吉斯等人。他们的努力使得60年代成为"最富创造性、最生机勃勃的年代"。在"后现代主义思潮"冲击下，这一时期的B.S.约翰逊、安·奎因、和加布里尔·贾希乔维希等作家以极大的热情进行小说形式的创新。不过这些作家的形式革新只是喧闹一时，他们的作品因过于偏离传统而难以流传于世。

此外，60、70年代以来，女性小说家的队伍随着女权主义运动的发展迅速壮大，莱辛、默多克、斯帕克、拜厄特、德拉布尔、布鲁克纳等是其代表人物，她们当中有些人同时还属于实验主义小说家的队伍，可见女性作家的革新意识与男性作家相比丝毫也不逊色。80年代以来，新一代英国小说家迅速成长，其中的佼佼者有马丁·艾米斯、斯维夫特、艾克罗伊德、巴恩斯和麦克尤恩等人，他们各具特色的创作将英国小说带入了一个极富创造性的时代。这一时期另外一个令人瞩目的现象是少数族裔小说家异军突起，他们富有特色的表现素材和手段，给英国小说创作注入新的活力，其中尤其以拉什迪、石黑一雄和奈保尔成就最大，被并称为"英国文坛移民三雄"。

60年代以后，英国诗坛呈现出多元化趋势，没有出现过大的文学运动，诗人的创作个性更加突出。这种多元化表现为诗歌流派纷呈、地方性诗人群体的涌现、女性诗人和少数族裔诗人的崛起，以及诗歌日益走向大众。当代北爱尔兰诗歌是20世纪末英国诗歌中最重要的组成部分之一。希尼的诗歌在描写北爱尔兰乡村生活风物的同时，探索物质与精神的深入交流和融会，具有极其鲜明的民族色彩和纯美的语言风格。

英国的戏剧在战后初期总体上呈现一种不景气的局面。直到50年代，贝克特的《等待戈多》和奥斯本的《愤怒的回顾》的创造又重新拉开英国戏剧新高潮的序幕。这两位剧作家的创作分别代表50年代英国戏剧的两个主要方向：荒诞戏剧和写实主义戏剧。品特于50年代登上剧坛，在将近半个世纪里，创作了不少优秀作品，奠定其战后英国戏剧最重要剧作家的地位。60年代以来，英国戏剧已经摆脱传统戏剧体裁的束缚，斯托帕德善于用滑稽、闹剧的手法表现严肃的思想，谢弗的剧作着重用视觉形象和声效形式来烘托人物间和人物内心的冲突。韦斯克、邦德、黑尔、格里菲斯等人的剧作关注现实社会和政治，取得令人赞誉的成绩。

第二节　美国文学简史

美国文学与英国文学虽然都是英语文学，但它仍有着自己的特点。首先，美国文学并不像英国文学那样源远流长，经历了长期、复杂的发展演变过程，它几乎是和美国自由资本主义同时出现，因而较少受到封建贵族文化的束缚。其次，美国文学与英国文学各有自身的精神风貌，这是由于美国早期人口稀少，有大片未开发的土地，为个人理想的实现提供了很大的可能性，使美国人民有着不同于英国人民的性格特征。这种性格一方面体现在美国人民富于民主自由精神，个人主义、个性解放的观念较为强烈，这在文学中有突出的反映，一方面也体现在英国作家敏感、好奇，往往是一个浪潮未落，另一浪潮又起，日新月异，瞬息万变，作家们永远处在探索和试验的过程之中。20世纪以来，许多文学潮流起源于美国，给世界文学同时带来积极的与消极的影响。还体现在许多美国作家来自社会下层，这使得美国文学生活气息和平民色彩都比较浓厚，总的特点是开朗、豪放。再次，内容庞杂与色彩鲜明是美国文学的另一特点。

美国是一个多民族的国家，移民不断涌入，各自带来了本民族的文化，这决定了美国文学风格的多样性和庞杂性。美国文学发展的过程就是不断吸取、融合各民族文学特点的过程。同时，个性自由与自我克制、清教主义与实用主义、激进与反动、反叛和顺从、高雅与庸俗、高级趣味与低级趣味、深刻与肤浅、积极进取与玩世不恭、明快与晦涩、犀利的讽刺与阴郁的幽默、精心雕琢与粗制滥造、对人类命运的思考和探索与对性爱的病态追求等倾向，不但可以同时并存，而且还形成了十分强烈的对照。从来没有一种潮流或倾向能够在一个时期一统美国文学的天下。

一、近代美国文学（1590—1810 年）

（一）殖民地时期的文学（1590—1750 年）

殖民时期主要是印第安人和早期移民两支文化。印第安人是北美洲的土著居民，当欧洲人发现新大陆的时候，他们仍处于是原始公社制度各种不同的阶段。印第安人在向大自然的斗争中创造了属于自己的文化，主要是民间口头创作，包括神话传说和英雄传说。由于他们没有文字，这些传说后来才得以整理问世，并启发了后世美国作家的灵感。最初的殖民地文学在很大程度上是宣传性作品，它们出自殖民者之手，出版地点主要在英国，其目标读者也是包括英国在内的欧洲大陆的人们。这些作品记录殖民者横渡大西洋的经历，描述"新"大陆的地理环境，着力渲染美国广袤的土地和丰饶的自然物产，详细叙述当地印第安人的情况，希望引起英国政府和商人投资开发的兴趣，并吸引更多的人参与投资进程。在此以后，清教徒为寻找宗教自由来到新英格兰建立了殖民地，他们所信仰的宗教信念为此后美国整个民族意识和文化产生了深远的影响。因此，这一时期虽然是美国文学的初始阶段，但其多元化的风格已初露端倪，大体上可以分为殖民地叙事文学、殖民地叙史文学、殖民地清教文学、殖民地诗歌、殖民地其他散文五大类。第一位美国作家是史密斯（John Smith，1580—1631），他的作品是关于新大陆的报告文字《新英格兰记》（1608），诞生于弗吉尼亚。美国诗人诞生于 17 世纪，主要有布雷德福德（William Bradford，1590—1657）、温斯罗普（Edward Winslope，1550—1678）、布拉兹特里特（Anne Bradstreet，1612—1672）和泰勒（Edward Taylor，1645—1729）。诗歌在这一时期有不少创作，但清教思想的影响使得作品多以叙述真实事件的形式，显得冗长乏味。此外，在独立革命之前，以记录反映个人经历为主的日记、书信、游记等文学作品甚为流行。这些看似简单的叙事文学抒写了作者对美洲殖民生活的感想，生动地再现了北美殖民地的种种社会风貌。

（二）独立革命时期的文学（1750—1810 年）

独立革命时期是美国民族文学开始形成的时期。独立革命期间充满反抗与妥协乏间的尖锐斗争，迫使作家们采取政论、演讲、散文等简便而又犀利的形式投入战斗，这些无畏的战士为了战斗的需要锤炼自己的语言艺术。此时期的诗歌也具有强烈的政治性，大量的革命歌谣出自民间。不过，在北美殖民地人民争取独立的岁月里，政治成为社会生活的中心舞台，那些有影响的作者都不是专业作家，而是独立革命的战士和参加者。

独立革命时期的美国文学不同于殖民地时期处处反映清教精神，而具有浓烈的政治论辩风格，均带有深厚的政治色彩。独立时期在整个美国文学史上具有极为特殊的意义，斗争中产生了大量的革命诗歌和散文，造就了美国头一批重要的散文家和诗人，为日后美国文学的独立发展创造了基本前提。有小说家和戏剧家们努力从历史和文化上说明美国的辉煌传统，与弗瑞诺等人在诗歌领域的爱国主义精神相呼应，力图缔造美国的民族文学。当然，这一时期的美国文学仍带有浓厚的欧洲风格。

二、现代美国文学（1810—1945年）

美国独立后，真正意义上的美国文学开始经受炼铸、形成。作家们吸取了欧洲浪漫派文学的精神，对美国的历史、传说和现实生活进行描绘，一些以美国为背景、美国人为主人公的作品开始陆续出现，美利坚民族的内容逐渐丰富和充实起来，民族文学开始诞生。自此以后的100余年间，美国文学蓬勃发展，前前后后经历了浪漫主义、现实主义和现代主义文学等几个明显的发展阶段。

（一）美国浪漫主义文学

1. 早期浪漫主义时期的文学

早期浪漫主义代表人物有欧文（Washington Irving，1783—1859）、库珀（James Fenimore Cooper，1789—1851）、坡（Edgar Ailan Poe，1809—1849）、布莱恩特（William Cullen Bryant，1794—1878）、朗费罗（HenryWadsworth Longfellow，1807—1882）等人。其中，欧文是美利坚合众国建立后的第一个美国职业作家，他的创作打破了美国对英国文化的依附，成为美国文学的先驱，开创了美国的浪漫主义文学运动，被称为"美国文学之父"。欧文熟知殖民地时期的逸闻掌故，虽然旅居欧洲多年，但其作品的场景都在美国，因此他的创作致力发掘北美早期移民的传说故事。在他的小说中，"美国文学"这一概念第一次浮出水面。

欧文致力于发掘出北美早期移民的传说故事，开创了美国短篇小说的传统，但是，作为美国文学史上第一个发掘与表现美国历史和风土人情的作家，他却认为美国缺乏文学创作的素材，因而面向欧洲寻找他的写作灵感。这种观念在库珀那里也得到了印证。库珀是美国文学的奠基人之一，他认为美国自然单调，人民性格天真，历史短暂平和，因而缺乏文学创作所需要的素材。他明确指出，弥补这种遗憾的途径之一是到历史中挖掘无尽的宝藏。因此，库柏的散文作品也是关于英国田园式生活的，包括他的札记、政论。坡是第一位在小说和诗歌领域都取得显著成就的美国作家,他的作品触及前人少有涉及的心理学领域,并且将神秘、幻想等元素融入小说创作之中。他的创作不同于那些满怀乐观向上的时代精神作家,色彩较为阴暗,但是他在诗歌、短篇小说和理论批评方面达到了新的水平,标志着美国民族文学的多样性和在艺术上的发展。他的创作被欧洲文学界誉为诗歌和小说创作风格的开拓者。布莱恩特是第一位赢得杰出诗人荣誉的美国人。他创作了大量象征美国独立和民主政治的诗歌,与欧文开创美国散文新时代一样,布莱思特开创了美国诗歌的新时代。评论家阿诺德称其诗作为"语言最完美、最简洁的诗歌"。朗费罗致力于介绍欧洲文化和浪漫主义文学,一生创作了大量抒情诗、歌谣、叙事诗和诗剧,有"革命诗人"之称。同时,他还是美国史上第一个名扬海外的美国诗人。

2. 先验主义与后期浪漫主义文学

19世纪30年代以后是后期浪漫主义的创作,其理论是先验主义,代表人物有梭罗(Henry David Thoreau,1817—1862)、爱默生(Ralph Waldo Etnerson,1803—1882)、霍桑(Nathaniel Hawthorne,1804—1864)、迪金森(EmilyDickinson,1830—1886)、麦尔维尔(Herman Meville,1819—1891)、惠特曼(Walt Whitman,1819—1892)、罗威尔(James Russel Lowell,1819—1891)及荷尔默斯(Oliver Wendel Holmes,1809—1894)等人。其中,迪金森与惠特曼被称为19世纪美国最伟大的两位诗人。迪金森的诗作充满灵性和智慧,结构精巧,深入心灵,与当时的美国社会显得格格不入,很多诗作都以死亡为主题,并带有揶揄的意味。主要作品是《艾米莉·迪金森诗集》(ThePoems of Emily Dickinson)。惠特曼是美国现代文学开创者之一,他以丰富、博大、包罗万象的气魄反映了广大劳动群众在民主革命时期的乐观向上精神。他歌颂劳动,歌颂大自然,歌颂物质文明,歌颂"个人"的理想形象;他的歌颂渗透着对人类的广泛的爱。诗人以豪迈、粗犷的气概蔑视蓄奴制和一切不符合自由民主理想的社会现象。英国小说家劳伦斯曾评价惠特曼说:"他是第一位向人类的灵魂高于肉体的陈词滥调开炮的人"。他那种奔放不羁的自由诗体,同他的思想内容一样,也是文学史上的创新,产生了广泛的影响。

(二)美国现实主义文学

19世纪下半叶的美国文学受到欧洲文学思潮的影响,产生具有美国特色的现实主义。美国现实主义的大本营是美国文学的中心波士顿,代表人物是当时的文学泰斗豪威尔斯。由于美国自身的文化和文学传统,美国的现实主义表现得更加多元化。这个时期是美国文学建立自己文学身份的时代,在小说、诗歌等方面逐渐形成了美国文学的基本特征。

1. 小说创作的高潮

19世纪下半叶是美国小说获得大发展的时期，在这个时期，以马克·吐温为代表的美国小说家用小说的形式树立了美国的文化形象，和惠特曼、迪金森一起奠定了美国文学的根基，使美国文学第一次具有和欧洲文学传统不同的文学身份。南北战争之后美国小说转向现实主义，强调可信性和真实性。这个时期是美国小说最有活力的时期，不仅作品数量剧增，其内容题材也反映了社会生活的方方面面。而且，现实主义作家们也表现出了不同的风格。马克·吐温代表了西部边疆现实主义的高峰，完美融合了地方色彩小说和民间传说的幽默，反映的现实最朴实原始。与之相反，詹姆斯的心理现实主义往往使读者进入主人公的大脑来观察他的思维。豪威尔斯采用的则是英国式的现实主义，并且已经不时显露出自然主义的痕迹。克莱恩、诺里斯和德莱赛的自然主义反映了原始资本主义过渡到垄断资本主义给社会造成的触目惊心的后果，他们在批判的力度、描写的深度上都远远胜于同时代的现实主义小说家。

2. 诗歌的新发展

19世纪开始后的很长一段时间里，美国文学仍然受到英国和欧洲文化的左右，诗歌也不例外。美国诗人和小说家一样，一直在思考着如何在形式和内容上表现他们所面对的新世界。布赖恩特在世纪初提倡真正"美国"式的诗歌理论和实践，在十几年后，爱默生在《美国学者》中进一步发挥了这种主张，在《论诗人》中指出了新世界诗人的特点和做法。爱默生的主张显然影响了惠特曼，惠特曼的革命性在于他用诗歌形式树立起一个美国和美国人的形象。另一个足以代表美国精神的诗人是迪金森。"她是美国诗人中成功地联系起19世纪抒情诗歌——坡、麦尔维尔、爱默生的传统——和惠特曼所倡导的自由体诗歌的第一人"。威廉斯认为她和惠特曼代表了19世纪美国心灵拓荒最高的才智。但是，他们的风格却迥然不同，惠特曼是大海大河滔滔，骄阳当空；迪金森则是小桥流水，月明星稀。惠特曼大气磅礴，更多关心的是宏观世界；迪金森细致入微，更多注重的是微观世界。正如斯托弗所说："惠特曼的诗歌是通过他持续的、为了包罗万象而向外冲刺的努力而取得的，而迪金森的诗歌是通过她迅疾的零散的洞察而取得的。"然而，作为当时美国精神的代表，他们却有着一个鲜明的共同点，即在诗歌艺术的追求上执着勇敢，在任何时候都不会趋时媚俗，宁可遭受占主流地位的保守诗人、评论家、编辑、出版家乃至读者的误解、讽刺、嘲笑，甚至抨击，却毫不妥协地与传统的诗歌美学决裂，表现出了一个创新者所必需的胆略和气魄。这也是世界上独领风骚的大诗人所具备的基本气质。

此外，和地方色彩小说一样，这一时期出现了数量颇多的地方色彩诗歌，比较有代表性的就是西部诗歌。由西部开发所产生的西部精神曾被认为是蓬勃向上的美国民主精神的体现。哈特的诗歌曾经风靡一时，的确也给美国诗坛带来一股清风。

3. 戏剧的进一步发展

现实主义出现之前的百多年间，风靡美国戏剧舞台的是情节剧。情节剧继承浪漫主义传统，倚重剧情的跌宕起伏，而人物大都类型化、脸谱化，剧作家只在惊奇神秘、情感宣泄上下功夫。这种剧对现实的反映流于表面，很少顾及人物心理刻画，对剧本艺术本身也疏于发掘。内战之后，尤其是19世纪70年代之后，这一现象得以改变。戏剧更加注重演出效果和强调事先的总体策划，为满足现实主义戏剧的需要，演出时常常使用具体真实的道具，一些特殊的效果如大火、洪水等要求更加逼真。此外，在早期现实主义的影响下，剧作家们逐渐摆脱情节剧的俗套，转向美国本土的社会现实，寻常百姓的日常生活，以及大众化的生活语言，表现"未被美化的真实"。对欧洲浪漫主义戏剧传统的摆脱也是美国剧作家逐渐本土化的过程，表现在他们对美国社会现实的特别关注。

（三）美国自然主义文学

到19世纪90年代，在欧洲现实主义与自然主义文学的影响下，一批新兴的作家从许多方面反映社会消极的一面，自然主义的思潮开始盛行。克兰（Ste—phen Crane, 18 71—1900）是自然主义代表作家，他的长篇小说《街头女郎梅姬》（Maggie : A Girl ofStreets）是美国第一部自然主义小说，很多细节都取自贫民窟的真实生活，使用了贫民窟的语言，逼真地反映了美国大城市最下层人们的生活状况。他的第二部小说《红色英勇勋章》（The Red Badge of Courage）被称为美国的第一部反战小说，同时，该作品也被视为克兰的代表作。诺里斯（Frank Norris, 1870—1902）也是美国自然主义重要的作家，他追随左拉和自然主义派的榜样，强调遗传和环境在人生中起着决定性的作用，竭力主张小说家的责任就是描写在自然环境影响下的寓言式的人物。他的作品促进了美国自然主义流派的形成，其中最出色的是《小麦史诗》（The Epic of the Wheat）三部曲中的第一部《章鱼———一个加利福尼亚的故事》（The Octopus）。此外，自然主义流派的重要作家还有伦敦（Jack London, 1876—1916）、德莱塞（Theodore Dreiser, 1871—1945）、凯瑟（Willa Cather, 1873—1947）、威廉斯（William Carlos Williams, 1883—1963）等人。这些作家都对美国文学的成熟做出了重要贡献。总而言之，20世纪初这段时期因其文学题材之丰富、内容之新颖、技巧之大胆创新，被人称为美国文学的"第二个文艺复兴时期"。尤其是20世纪20年代是美国文学史上伟大的十年，占有独特的地位。大量的文学作品，充分地反映出时代的精神面貌，值得后世传诵。

（四）美国现代主义文学

美国文学经过19世纪中后期的"文艺复兴"之后迅速走上了民族文学的发展道路，并且一直保持了良好的发展态势，不断推陈出新。至20世纪初，它已经成为世界文学不可忽视的一支生力军。开始逐渐影响到世界文坛。自20世纪开始，美国进入了一个新的发展时代。在国际性的"现代主义"文艺运动影响下，各种文学样式相继登场，出现了各种流派并立的局面。

1. 美国现代诗歌的发展

美国诗歌在19世纪末20世纪初基本上处于沉寂时期。随着两位划时代的诗坛巨擘迪金森和惠特曼的相继去世，美国诗坛被一些模仿英国浪漫主义末流诗歌的"风雅派"所垄断。美国诗歌的不景气局面持续了相当长的一个时期，好在还有一些诗人比较倾向于诗歌意象和表现形式的革新，他们的诗歌革新举措和1912年门罗创办的《诗刊》共同触发了一场新诗运动，从而结束了美国诗歌的沉寂期。自此，一批新诗人纷纷登上美国诗坛，开创了美国现代诗歌的传统。个性化的诗歌创作，是这一时期的突出特点。各种诗歌派别如"垮掉派""黑山派""纽约派""具体派""自白派"和"新超现实主义派"纷纷出现。这些派别各有主张，但其共同点是企图摆脱艾略特的"非个性化"的影响。新一代的诗人直抒胸臆，突出个人因素，具有一种"现时性"。他们强调美国特色，不再视伦敦为英语诗歌中心；他们干预政治，不再以超然物外而自傲；他们反对权力机构，蔑视传统规约，他们的诗歌描写吸毒、性爱（包括同性爱）、精神分裂与对自杀的眷恋。这一切，可以看作是对西方机械化、标准化、非人性化的社会的一种反叛。

在这段被称为文艺复兴大写新诗的历史时期，美国诗歌最大的收获之一是艺术形式的百花齐放：象征派、印象派、未来派、超现实主义诗、日本俳句、五行诗、多音散文诗、散文诗、新吟游诗和跳跃幅度大而诗行破碎的自由诗等。它们不但构成了新诗的新范式，而且提供了新诗的多样化的新方法，表现了新诗的创造性和活力，从而把新诗提高到了前所未有的地位。新诗的贡献在它在风格上作了许多革命性变化，这种变化的成果依然被后现代派诗人所接受、所使用，尤其他那经济、具体、通俗口语、悖论的艺术手段依然被当代诗人所运用。新诗的另一个突出的成果是把自由诗体作为主要的艺术形式确立了下来。

此外，由于门罗的倡导，《诗刊》抛弃了一切成见，注意提携新人，一时成了介绍不知名诗人的作品、促进诗歌运动的重要媒介，也为美国诗歌培养了一批诗歌新秀。这一时期著名的诗人有艾略特（Thomas Stearns Eliot, 1888—1965）、庞德（Ezra Pound, 1885—1972）、弗罗斯特（Robert Frost, 1874—1963）、桑德堡（Carl Sandburg, 1878—1967）、卡明斯（E.E.Cummings, 1894—1962），威廉姆斯（WilliamCarlos Williams, 1883—1963）等人。他们分属于不同的流派，但共同点是都致力于表现现代资本主义社会中越来越突出的人的异化，并或多或少流露出彷徨和悲观的情绪。

2. 美国现代小说的发展

第一次世界大战爆发前，美国文化界普遍是一片欢乐的景象。美国文化的中心从具有浓厚清教传统的波士顿转到了芝加哥和纽约，这一转变强有力地推动了美国文化的进一步开放，也标志着美国文化界开始摆脱清教的严格束缚。在这一转变过程之中，不仅欧洲的现代主义思潮相继流进美国，而且国内形成了新的政治团体和艺术团体，发展了一种放荡不受约束的新文化。这个时期的美国文学一方面出于激动和喜悦回应新的社会进程，因而引吭高歌，对新世纪作别样的礼赞；另一方面又保持了一种颓唐的怀疑态度，认为一种新的使人类丧失人性的社会力量正日益冲击和改变着美国人的生存环境及昔日的观念和偶像，因而显得格外冷峻与沉郁。

欧洲现代主义思潮的传入给美国青年们带来了巨大的影响，他们在尊崇和仿效欧洲现代主义文化的同时强烈渴望欧洲文明。然而，残酷的战争击碎了他们的精神支柱，在情感上受骗的同时也对前途丧失了信心。他们自我放逐，被称为"迷惘的一代"。主要代表人物有海明威、菲茨杰拉德等。他们旅居欧洲，并在吮吸了欧洲现代派的文学滋养后发展了各自的风格。他们所取得的举世瞩目的艺术成就使20世纪20年代成为美国有史以来小说创作最辉煌的时期，大大促进了美国现代主义文学的繁荣。与此同时，美国南方的一部分小说家也对战后美国做出了应有的反应。在他们的作品中滋生了一种怀旧情绪，留恋一种文明秩序和道德传统，因此被称为"逃逸派"作家。当时活跃在南方的女作家波特虽不属于这一派，但是以其独树一帜的创作在美国小说史上留下辉煌一笔。而1930年，刘易斯首次夺得了诺贝尔文学奖，成了举世瞩目的美国小说家，更是结束了美国文学被蔑视的局面，也标志着美国文学已经完全走向了全世界。然而，随后爆发的经济危机却又将美国民众推向了绝望的边缘。一些正直的作家拂去20世纪20年代失望和迷惘的尘埃，将个人的哀愁转向社会文题的探讨。他们在目睹了经济危机造成的种种社会弊端之后开始接触马克思主义、社会主义。一部分进步作家开始设想一种可以代替资本主义的新的社会秩序，于是"左翼文学"应运而生。"左翼"小说家的出现又使美国小说沿着更加激进的道路发展。他们同其他小说流派一道共同构筑了20世纪三四十年代色彩斑斓的美国小说世界。

3. 美国现代戏剧的发展

美国戏剧在进入20世纪后迎来了其发展的"黄金时代"。现代主义在戏剧方面的代表人物是被誉为"美国戏剧之父"的奥尼尔，他的剧作受到了象征主义、表现主义和弗洛伊德主义的影响。奥尼尔是新戏剧运动的主力，他对美国社会的合理性表示怀疑，在题材和技巧上为美国戏剧开辟了一条全新的道路，创造了美国现代的悲剧。他用现实主义白描手法，寻找自我、反映人类的孤独。在欧洲先锋派文艺思潮的影响下，他又用象征主义手法写了《琼斯皇帝》《毛猿》《上帝的儿女都有翅膀》等，在更为广阔的背景下表现了现代美国生活的那些被扭曲了的心灵。当20世纪20年代意识流方法在小说中广泛应用时，奥尼尔也开始探索如何把这种方法用在戏剧舞台上，写有《奇异的插曲》和《素蛾怨》，都获得成功。奥尼尔是位严肃的剧作家。他对戏剧创作有明确的认识,"戏剧就是生活",戏剧反映生活,揭示生活的本质并传达给观众。奥尼尔的剧作涉及美国社会生活的不少侧面,他不直接写社会冲突,而侧重写这些冲突对人内心的影响以及因此而导致的悲剧。除奥尼尔之外,这一时期的杰出剧作家还有安德森、莱斯、海尔曼、怀尔德等人。在他们的戏剧思想影响下,美国相继出现了一系列紧扣时代脉搏,不受到商业化倾而向左右的高品位戏剧作品。这些剧作不仅注重艺术性,而且注重思想性。

三、当代美国文学(1960年至今)

当代美国文学在题材内容和文学种类上更为丰富多样。从诗歌和戏剧看,虽然没有大师级杰作,但大量的作品也构成了绚丽多彩的局面。诗坛既有先锋派与新形式主义诗歌的新旧并举,又有日记体与抒情系列的长短共存。戏剧仅只是以现实题材而论,就广泛涉及政治、社会、家庭、种族、理想等多个方面。至于小说,如英国评论家马尔科姆·布雷德伯里(Malcolm Bradbury)所说:"已经成为由各种不同声音朝多个方面呼吁的组合。"在这个"组合"中,现实主义长篇在蓬勃发展,由"极简派"小说代表的短篇发展到了一个新阶段。处于潮落阶段的后现代派小说,又与其他形式文学共同衍生出如"电脑小说"一类新型作品。妇女小说重在借助现实主义以外的手法来探索女性的自我建构。此外,除了少数民族小说展示出辉煌外,科幻小说的发展也令人瞩目。这一时期科技的高度发展激发了人们对科幻小说的兴趣。同时,科技领域的日益复杂化和专业化也促进了科幻小说水平的提高。较之于早期科幻作品,这一时期的科幻小说内容更丰富,更吸引人,风格更多样。虽然仍有人不重视科幻小说,但它们已作为一种文学类型进入了文学的"主流"。这些作品从各个不同的侧面反映出美国社会生活和文化心理状态。

此外,创作主体也呈现出多元化趋向,少数民族文学异峰突起是其显著特点之一。这次少数民族作家群的崛起具有全方位态势,即不仅黑人作家,其他如印第安和华裔作家也取得了前所未有的成就。他们不再以被排斥者身份向白人讲述"自己的"故事,而是力求从有别于白人的角度与白人一起讲述"美国的"故事。在他们的作品中,对民族感、民族文化的弘扬,对自我建构、历史和世界的关注取代了单纯的社会反抗意识。应该说,这一时期的少数民族文学是以不曾有过的积极主动姿态,用自己灵活多样的艺术形式和手法、深厚的历史文化意蕴丰富、影响到了美国文学,为美国文学带来了活力、生机与新的方向。

第三章 英美文学的分类

第一节 散文文体

一、英美散文发展历史

英美散文史分期既然是研究其演变的历史,那么首先就应该当作一门历史去考察,遵循历史学原则,贯彻落实有关历史分期的方法。英美散文作为英、美文学的一大分支,与英、美文学史一样,有自身发展的历史,是一门"依据时间以为变迁"的学科,因此研究英、美散文的翻译,首先便是了解英、美散文发展的历史。只有了解其历史,才能准确把握其创作及风格特点与语言文化特色,正确解释某一特点时期的散文内容、风格及特点,在翻译实践中,在讨论如何翻译时才具有针对性。并且处于不同分期阶段的散文创作总是受到历史事实或现象的制约,呈现出了不同特征和面貌。因此,对于具有史学意义的散文发展史研究来说,历史发展的分期问题至关重要。

(一)英国散文发展历史

1. 古代英国散文(5世纪初—11世纪)

在古英语文学中,英格兰岛的早期居民凯尔特人和其他部族没有留下书面文学作品。直到6世纪末,基督教传入英国,出现了宗教文学,僧侣们开始用拉丁文写书。其中比德用拉丁文写所著的《英国人民宗教史》(731年)既有难得的史实,又有富于哲理的传说,受到推崇,并译成了英文,英国散文的历程由此开始。这种以拉丁文书写散文的风气在英国延续了数个世纪,散文大都用拉丁文写,或是从拉丁文翻译成英文,主要的内容是关于历史与宗教方面的,比如摩尔用拉丁文写的《乌托邦》,特里维莎翻译的《世界全史》和《物之属性》等。此后,丹麦人入侵,不少寺院毁于兵火,学术发生凋零。至9世纪末,韦塞克斯国王阿尔弗雷德(King Alfred,849—899)用古英语翻译了比德的拉丁语著作《英国教会史》、波伊乌提的《哲学的慰藉》以及《圣经·诗篇》。阿尔弗雷德还大力振兴学术,组织一批学者将拉丁文著作译为英文,并鼓励编写《盎格鲁–撒克逊编年史》(Anglo Saxon Chronicle),这是一部伟大的古英语散文著作，是用英国当地语言写史的开始，也是英国散文创作的真正起点，它所开创的散文传统甚至影响到了马洛、黎里、弥尔顿以及培根等散文大师。

2. 中世纪英国散文（1066年—15世纪）

中世纪散文经历了11世纪至15世纪的漫长历程，在这个时期，散文主要用于传记，如圣·玛格丽特（St Margaret）、圣·凯瑟琳（St Katharine）、圣·朱丽安娜（St Julianna）传记以及修女指导书籍《安克林·鲁利》（Ancrene Riwle）。散文写作的这种传统一直到15世纪，如佩科克（Reginald Pecock）的《镇压者》（The Repressor, 1455）。这一时期，更为重要的是翻译奠定了散文的基础。英国文学的丰饶最开始获益于对外国文学的翻译和吸收。1066年诺曼人入侵，带来了欧洲大陆的封建制度。此后，翻译的散文逐渐丰富起来。

比如早期的散文作家和翻译家特烈维沙（John Trevisa，约1342—1402），他翻译过自然科学百科全书。他用散文体翻译，译笔朴素有力，有时译得直，有时译得活。他说："在一些地方，我用单词对单词，主动式对主动式，被动式对被动式，词序也原封不动。但在另一些地方，我必须改变词序，并用主动式译被动式，有被动式译主动式。有的地方，我必须给某个词附加说明，以解释词的含义。然而，尽管做了这些改动，其基本含意却保持不变。"

因此他的翻译开辟了世俗散文的新天地，同时也奠定了英国散文的基石。特烈维沙被认为是他所属那个时代最伟大的翻译家，1609年詹姆斯国王版本的《圣经》的序言里写道："早在理查德二世的时期，约翰·特烈维沙就已经把福音书翻译成英语。"随后他为柏克莱伯爵将《圣经》中的几个部分翻译成法语，包括《启示录》，这一部分被他的赞助人刻在了柏克莱城堡教堂的天花板上。他很可能是约翰·威克利夫（John Wycliffe）所组织翻译的《圣经》早期版本的撰稿人之一。在翻译艺术上，特烈维沙也为后世留下了极其珍贵的遗产。他在翻译《圣经》的时候，简单而生动，不像在翻译《圣经》，更不像威克利夫的风格。许多他所用的词现今仍然在使用，例如表示剧院和地方两个词：theatre，place。

3. 近代英国散文（1500年—18世纪初）

近代散文经历了文艺复兴、伊丽莎白、王朝复辟等重要时期。阿农曾说："诗歌是古时的黄昏，散文则是近代的黎明。"表明近代是散文发展的一个重要时期。在此期间，经过16世纪体式的确立到17世纪小品文的诞生，散文经过反复磨炼和实验，最终以成熟的文体出现在英国文学之中。

4. 现代英国散文（18世纪—1954年）

（1）新古典主义时期的散文。18世纪被称为英国文学史的"散文世纪"，散文在这个时代是如此优美，以至于遮盖了诗歌的光芒。众多的散文大师诞生在这个时代，散文也得到了广泛的运用，而且各类散文作品竞相发展：报刊中有艾蒂生和斯梯尔，文学批评中有约翰逊，传记中有鲍斯威尔，哲学中有休谟，政治中有伯克，历史中有吉本，美学中有雷诺兹，经济学中有史密斯。

（2）启蒙主义时期的散文。启蒙是18世纪欧洲的一种影响极大的进步思潮。由于资产阶级取得政权后，需要对旧时代过来的人民进行教育，使之胜任历史所赋予的使命，这样，散文的发展成了时代的需要。除此之外，还由于启蒙主义者崇尚理性，理性成了一切的标准，所以这是一个缺乏激情的时代，不是产生伟大的诗篇而是诱发以说理为主的散文的时代。而读者也似乎更喜欢散文，因为它比诗更能全面地反映时代的风貌。启蒙运动带来了英国散文的新发展，散文家们表现出了启蒙主义精神，他们既推进了散文艺术又开拓了散文创作新领域。

（3）工业革命时期的散文。英国资产阶级革命胜利后，原始资本积累更加迅速。18世纪下半叶，在工业生产中出现并开始使用机器，这就标志着工业革命的开始。工业化的大生产给大自然和农村的传统生活带来了破坏，也带来了人际关系上的冷酷和丑恶，这便导致散文创作中感伤主义抬头，接替古典主义的散文创作。感伤主义是一种情感气氛，其核心便是一种悲天悯人的同情心。感伤主义在文学的题材、体裁和艺术手段等方面开拓了新的天地，创造了建立在人的个人家庭和生活的冲突上的心理小说和"流泪喜剧"等文学样式，并将日记、自白、书简、游记、回忆录等形式运用于小说创作。代表作家有斯特恩、汤姆逊、扬格、葛等。政治与经济哲学上有休谟、斯密和穆勒。他们的理论体文章包括了哲学、科学、美学、政治学、经济学之类文章，被称为"知识分子散文"。

（4）浪漫主义时期的散文。19世纪是英国散文发展的新阶段，也是英国散文发展的一个关键时期，无数影响世界流传海外的散文大家也成长在这个时代。浪漫主义是迥异于18世纪的优雅含蓄的一种新文风，其散文多注重文笔的优雅，把散文推向"美文"的境界。华兹华斯和柯尔律治发表《抒情歌谣集》再版序言，作为浪漫主义宣言标志着浪漫主义的诞生，他们也写下了杰出的散文，如《华兹华斯诗歌的缺点》（Defects of Wordsworth's Poetry）。

（5）维多利亚（1819—1901年）时期的散文。19世纪50—70年代，是英国自由贸易资本主义发展的鼎盛时期，更是大帝国高峰时期，英国率先完成工业革命，科学、文化、艺术出现繁荣的局面。维多利亚时代的散文读起来极具美感，因为19世纪正是英国散文大家的时代，在散文创作上，有吉辛和布莱克默等。

（6）现实主义散文。在现实主义注重再现客观现实图景所遵循的艺术原则下，散文提倡客观地观察现实生活，按照生活的本来面貌精确地创作。

（7）批判现实主义散文。批判现实主义是欧洲19世纪文学艺术领域占主导地位的文艺思潮，代表作家有狄更斯，他的作品关心社会上的重大问题，笔调幽默风趣，真实的细节与诗意的气氛相结合，加上他对语言的莎士比亚式的运用，使其作品为英国散文艺术做出了独特的贡献。另有萨克雷，他以文雅的笔法讽刺上层社会的贪婪和欺诈。马克思论英国的狄更斯、萨克雷等批判现实主义小说家时说："他们用逼真而动人的文笔，揭露出政治和社会上的真相；一切政治家、政论家、道德家所揭露的加在一起，还不如他们揭露的多。"并称当代欧洲作家里萨克雷是第一流的大天才。

（8）写实主义散文。写实散文偏重于描绘客观现实生活的精确的图画，而不是直接抒发自己的主观理想和情感。同时也注重在深入细致地观察、体验现实生活的基础上，对客观事物加以典型化，强调从人物和环境的联系中塑造典型性格。代表作家有本涅特、威尔斯、高尔斯华绥、萨基等。

（9）多元风格的散文创作。19世纪末英国散文创作异彩纷呈，现实主义与实验主义交错重叠，妇女作家和少数外籍作家异军突起，使英国散文艺术呈现出多元化发展的趋势，如散文家和文艺批评家布罗克著有《现代散文集》。

（10）现代主义（1918—1945年）散文。英国散文创作自20世纪始进入了现代主义时期。现代派在描写现代人的心理方面有自己的独到之处，并在表现手法上确实有不少重大突破。吴尔芙在《对当代文学的印象》谈到20世纪文学创作时，指出由于社会生活和文学观念的变化，在20世纪对新出现的作品往往难以做出准确估价，甚至褒贬之间差距很大，这是20世纪文学中的特殊问题。她认为由于20世纪文学创作处于试验阶段，不可能出现纪念碑式的鸿篇巨制，只有一些精彩的"断章残篇"能够流传后世，但是它们可以起到一种铺垫作用，为未来的杰作做出充分准备。

5. 当代英国散文（1960年至今）

毛姆是20世纪英国最伟大的作家之一，其创作丰富，题材多样，作品受法国自然主义影响，著名的有自传体小说《人类枷锁》、长篇小说《月亮和六便士》，散文作品有回忆录《总结》《作家笔记》和《回顾》等，都以其清新的风格和优美流畅的文字著称。毛姆论散文与风格的文字，本身也是优美的散文。毛姆对文风有着特别深刻的认识，他在《清楚·简洁·和谐》（Lucidity.Simplicity.Euphony）一文中对风格作了精辟的阐述，许多思想和观点很有价值。他认为："你要是能写得清楚、简洁、和谐而又生动，那就到了炉火纯青的地步，可以与伏尔泰相媲美了。"

（二）美国散文发展历史

1. 近代美国散文（1500年—18世纪）

美国散文诞生于英属北美殖民地时期。1608年，史密斯（Captain John Smith，1580—1631）借用书信的形式，发表了一篇关于新大陆的报告，实为报告文学散文，题目为《新英格兰记》，其大部分内容为"殖民地第一次在弗吉尼亚开拓以来发生的各种事件的真实介绍"。他在描写美国的作品中囊括了主题、事件、人物、地点、神话传说和想象等。这一切构成了美国文学的基本要素。这部书被称为第一部用英语写作的美国文学作品,被很多人如饥似渴地阅读,史密斯也因此成为第一位美国作家。1612年,史密斯又写了《弗吉尼亚———一个乡村的描述》。此后他一共出版了8部作品,多是描述新英格兰以及在他的财富。当时的读者多是清教徒,他们能够接受书中真实事实的部分,而对书中过于花哨和浮夸的描述极为反感。认为史密斯对事实缺乏成熟的思考,似乎只是神话和历史。史密斯之后,在南部和中部殖民地区也涌现出了一批新的作家,他们为18世纪的美国文学做出了伟大的贡献,形成了美国文学的理性时期和革命时期。其中包括科顿(John Cotton.1585—1652),他所写的书有力地说明了清教徒理论,反映了清教徒关注权利和威信胜于民主;还有威廉姆斯(Roger Williams,1603—1683)写有《开启美国语言的钥匙》一书,内容是研究印第安语言的。

在北美殖民地人民争取独立的岁月里,政治成为社会生活的中心舞台,使得散文发挥了它应有的作用,也促进了散文创作。比如爱德华兹著有《自述》和《神圣事物的形影》(Images or Shadows of Divine Things),这些著作传达了他的信仰,那就是,上帝通过把自身扩散到时间和空间中而创造了世界;山石、树木花草、飞禽走兽以及人,都是上帝自身的体现;人作为上帝的一部分而具有神圣性质;在人的灵魂和大自然中,神圣的上帝无处不在、无所不容;世间的一切都是精神的体现。而随着1781年独立革命战争的结束,美国散文创作发生了重大变化。自19世纪初的100余年间,美国文学蓬勃发展,经历了浪漫主义、现实主义和自然主义等几个十分明显的阶段,散文也清晰地走着这条道路

(1)早期浪漫主义散文。伴随着政治上的独立,文化开始独立,民族文学开始诞生。这一时期涌现出富兰克林(Benjamin Franklin,1706—1790年)、亨利(Henry,1736—1799年)、潘恩(Thomas Paine,1737—1809)、杰弗逊(Thomas Jefferson,1743—1826年)、弗瑞诺(Philip Freneau,1752—1832年)、坡(Edgar Allan Poe,1809—1849)、库珀(James Fenimore Cooper,1789—1851)、欧文(Washington Irving,1783—1859)等一大批优秀的创作者。他们的文章行文质朴无华却字字珠玑,都为战斗的需要锻炼了自己的语言艺术。虽然这些有影响的散文写作者不是专业作家,而是独立革命的战士和参加者,但作为革命文人仍然写出了许多激励人民热情的散文杰作。这便造就了美国头一批重要的散文家。

富兰克林是美国第一位重要的散文作家。这时期他的重要作品是《自传》,书中详细地叙述了自己的奋斗历程,记载了他自己严格要求自己的事迹。富兰克林的经历是典型的"美国成功故事",是"美国梦想"实现的雄辩证明。他用清晰、幽默的文体传播科学文化,激发自力更生的精神,他的爱国热忱和关于自学、创业的言论,对于美国人民的人生观、事业观和道德观产生了深远持久的影响。富兰克林的作品体现了一个启蒙主义者的思想观点,显示了一个新兴资产阶级代表的立场、学识和风度,不少人把他视为实现"美国梦"的楷模。他的散文流畅清晰、言简意赅、朴素精妙,非常

明显是受到 18 世纪英国散文家艾迪生（Addison）和斯迪尔（Steele）的影响。

美利坚合众国建立后的第一个美国职业作家欧文就是一位著名的散文家。在他的《睡谷传说》（The Legend of Sleepy Hollow）中的一段：

It was, as I have said, a fine autumnal day; the sky was clear and serene, and nature wore that rich and golden livery which we always associate with the idea of abundance.The forests had put on their sober brown and yellow, while some trees of the tenderer kind had been nipped by the frosts into brilliant dyes of orange, purple, and scarlet.Streaming files of wild ducks began to make their appearance high in the air; the bark of the squirrel might be heard from the groves of beech and hickory nuts, and the pensive whistle of the quail at intervals from the neighbouring stubble—field.

林纾的译文是：

沉时为萧晨，秋色爽目：蓼苍穹，四面黄绿，曲绘丰稔之状。林叶既赭，时亦成丹，夜来霜气浓也。夜鹜作群，横亘天际而飞；松鼠盘枝，啧啧作声。金橘之根，鹌鹑呼偶，时时趋出树外。

对照译文，林以亮在《翻译的理论与实践》中做了这样的评价："这不是'意译'与'直译'的问题，这更不是'信、达、雅'的问题，而是翻译者的人生观和对文学的境界的体会和理解力的问题。"从人生观和文学修养上评价译文，本是不错。不过欧文字的雅洁流畅和简练缜密确能从林纾重雅驯的桐城笔调中流露出不少消息。

（2）中期浪漫主义散文。南北冲突时期，散文依然是最重要的创作形式，这时期的代表作就是布莱特利（John H.Bradey，1815—1870）的散文集《幸福时光》（Hour in the Sun）。

2. 现代美国散文（18 世纪—1960 年）

现代散文最大的变化是改变了写作方式。莱维（Matthew Levy）在《消费性写作》中反对传统的生产性写作（productive writting），即所有的写作都有一个共同的过程，有一种千篇一律的"产品"。而"消费性写作"不讲究写作过程，觅材取材也不受任何限制，注重读者的感受。具有"消费观点"，读者需要什么就写什么。这种写作有点像超现实主义，不需要有经历或体验方面的常规。它讲究的是接受理论，更加注重读和写的关系。这种模式的倡导者认为，写作是一种神秘的和美学的文本消费，而不是一种肮脏的工业生产过程。

3. 当代美国散文（1960 年至今）

散文创作的当代性既体现在风格、语言、形式上的原创，也包括思想和精神的价值。具体地说，就是用作品对历史和现实的社会文化问题、对人的生存状态进行深刻的反思。在风格上，散文的现代性既有反传统、语言转型、情感的直接流露一面，更有社会改革的宏大背景，体现出了当代散文的后现代主义风格。这样的风格既有西方现代艺术的目标，又有"后殖民"的国际文化语境。主要作家有梅勒（Norman Mailer）、凯勒（Helen Keller）、卡森（R.Carson）、波兰德（Hal Borland）、怀特（Edward Brooks White）、萨尔顿（May Sarton）等等。主要作品有兰瑟姆的批评著作《新批评》《世界的躯体》；卡森的《海风下》《寂静的春天》《海之边》；波兰德的《大解冻》；萨尔顿的自画像文集《我认识的一只凤凰》、回忆录《梦幻的作物》以及日记等。

怀特是当代美国最优秀的散文作家，有散文集《天天都是星期六》《这儿就是纽约》《我罗盘上的方位》以及《散文选》等多部。怀特的散文有的描写乡村生活，再现田园景色和自然风光，抒情真挚，夹叙夹议，文笔优美。比如他的《再度游湖》（Once More to the Lake）写得情景交融，意境优美。《散文与散文家》是其《散文选》的前言，以风趣的语言阐述了他对散文的独到看法。

二、"散文"的英语表达

"散文"在英语中有两个词可以表达：一个是"prose"，一个是"essay"。"prose"指广义的散文，相对韵文（verse）或诗歌（poetry）等讲究韵律的文体而言，包括文学体裁中的艺术散文和非文学体裁中的实用散文，除诗歌之外的一切非韵文体裁诸如小说、戏剧、传记、政论、文学批评、随笔、演说、游记、日记、书信等等。由此可见，prose 作为范围更加宽泛的散文，主要包括了小说性散文（fictional prose）和非小说性散文（nonfictional prose），自然也包括 essay。黑格尔《美学》及苏联什克洛夫斯基的《散文理论》中所论散文即如此。从这个意义上来看，"prose"是自有书面语创作以来始终不间断的语言活动，历史悠久，成就斐然。而"essay"指的是较狭义的散文，它在内容上指那些由一件小事生发开去，信笔写来，意到笔随，揭示出内中微言大义的文章，也指议论时政、评价文学现象的气势恢宏、洋洋洒洒的政论和文论。这些文字大多以严肃的论题，犀利的笔触和雄辩的论证为其特点，一般译为"随笔"。随笔散文历史较短，虽然西方随笔的起源，在古希腊和罗马时代即以正式和非正式的作品形式存在，像那些反对偶像崇拜和抨击教条的作品都是，但直到法国蒙田赋予这一名称，且以深沉、直率和恳切的文章为私人随笔创立了标准，才确立了这一文体。

三、散文的特征

所谓特征，指的是一事物区别于其同类事物的质的规定性，是共性与个性的统一。散文作为一种独立的文学体裁，作为一个集合概念，一方面其特征应是所有的散文个体所共有的，具有普遍性；一方面应是其他文学品类所没有的，具有独特性。

（一）散文的文体特征

散文的特性主要表现在以下三大方面：

1. 讲究真情实感

散文的传统一般是说真话，叙事实，写实物、实情。因此散文多写真人真事，真景真物，而且是有感而发，有为而作。"真挚地表现出自己对整个世界独特的体验与感受，这确实是散文创作的基石。"散文中抒写最多的是作者的亲身经历，表达的是作者所见所闻，所感所触，富有个性与风采的生命体验与人生情怀。散文是作者发自内心的真情倾诉，是作者与读者之间一种推心置腹的交谈。

2. 选材广泛

散文选择题材有广泛的自由。生活中的某个细节、片段、某个侧面均可拿来抒写作者特定的感受与境遇，而且凡是与某一主题有关的材料，也均可拿来使用，因此散文所表现出来的内容是异常丰富多彩的。与其他文学体裁相比，散文选择题材几乎不受什么限制。比如，缺乏集中矛盾冲突的题材难以进入戏剧，缺乏比较完整的生活事件与人物形象的题材难以进入小说，而散文则不受这些方面的约束。事无巨细，上至天文地理，下至社会人生，小到花鸟虫鱼、身边琐事，大到民族命运、历史巨变，均可作为散文题材。但是，散文的题材广泛是从总体而言的，具体到一篇散文来说它的内容却是一定的、单一的，并不表现为"形散"。

3. 文体结构自由

一切文体都是没有固定章法的，而是贵在创新。开头结尾，层次段落，过渡照应，这些东西如果一味追求章法，就毫无艺术可言了。散文的创作更是如此，散文的创作不像小说创作那样，要塑造人物形象，设计故事情节，安排叙事结构，也不像戏剧创作那样要突出矛盾冲突，要讲求表演的动作性。散文可描写，可议论，可抒情，灵活、随意是它最为鲜明的长处。不过，散文的结构尽管没有严格的限制和固定的模式，但其创作上的灵活、随意并不意味着散乱无序，其选择题材与抒情表意需紧紧围绕着一根主线展开，这便是人们常讲到的散文需"形散而神不散"。也就是说，运笔自如，不拘成法，散而有序，散而有凝。

（二）散文的语言特征

与其他文学样式相比，散文没有太多的技巧可以借用，因此在艺术表现形式上，主要依靠语言本身的特点。散文语言的特点主要体现在以下几个方面。

1. 节奏感强

散文向来讲究节奏感，在语音上表现为声调的平仄或抑扬相配，无韵有韵的交融，词义停顿与音节停顿的融合。在句式上表现为整散交错，长短结合，奇偶相谐。整句结构整饬，使语义表达层次分明，通顺畅达；散句结构参差不齐，使语义表达显得松散、自然。长句结构复杂，速度缓慢，可以把思想、概念表达得精密细致；短句结构简单，速度迅捷，可以把激烈活泼的情感表现得生动形象。并且，奇偶相谐则使整散句式、长短句式经过调配后在行文结构上显得错落有致，在表情达意上显得跌宕起伏。

2. 简洁练达

林语堂曾说过:"简练是中文的最大特色。也就是中国文人的最大束缚。"简洁的散文语言一方面可以传达出作者所要表达的内容,另一方面还能高效地传递出作者对待人情物事的情感与态度。它不是作者雕饰苛求的结果,而是作者平易、质朴、纯真情感的自然流露。散文语言的练达既指措辞用语运笔如风,不拘成法,随意挥洒,又指作者情感表达的自由自在,酣畅自如。学者林非论及散文语言时指出:"如果认为它也需要高度的艺术技巧的话,那主要是指必须花费毕生艰巨的精力,做到纯熟地掌握一种清澈流畅而又蕴藏着感情浓度和思想力度的语言。"因此说,简洁与练达相辅相成,共同构建出散文语言艺术的生命线。

3. 口语化与文采化

散文一般多是以写作者的亲身经历与感受,作者用自己的姿态、声音、风格说话,向读者倾诉,与读者恳谈,从而彰显出娓娓道来的谈话风格与个性鲜明的口语化特征。"口语体"的散文语言因其平易质朴而显得自然无华,因其便于交流而显得亲切,因其富于个性化而显得真实。但是,"口语体"的散文语言并非意味着没有文采,不讲文采,它往往有"至巧近拙"的文采。散文家徐迟认为:"写得华丽并不容易,写得朴素更难。也只有写得朴素了,才能显出真正的文采来。……越是大作家,越到成熟之时,越是写得朴素。而文采闪烁在朴素的篇页之上。"

四、散文的类别分析

根据英语散文发展的脉络,散文通常被分为正式散文和非正式散文两大类。现代散文题材广泛,内容涉及市井生活、社会历史、政治斗争、人物速写、绘景议事等方方面面。表现形式不拘一格,可为杂文、小品文,亦可为随笔或报告文学等。而散文主要具有记叙、描写、说明、议论四大功能。

(一)记述

记叙文,顾名思义,记述本人的亲身经历或作者所见所闻的奇闻轶事,所记之事或为新近的事,或为陈年旧事。同时包括何时、何地、何人、何事等要素,但记叙文并非单纯地讲故事,而是通过叙述故事将自己的感受与体验准确无误地传达给读者,使其如临其境,在不知不觉中体味其甘苦,接受作者对人生乃至对社会的见解。翻译时一定要译出原作的笔调和作者的个性。如史蒂文森的《骑驴旅行》(Travels with a Donkey),叙述自己一段亲身经历,记叙中流露出自己对世界、对人生以及对政治的看法,描述的虽是细微的事物,却反映了深刻的社会现象。我们以其中的一段为例:

In a little place called Le Monastier, in a pleasant highland valley fifteen miles from LePuy, I spent about a month of fine days.Monastier is notable for the making of lace, for drunkenness, for freedom of language, and for unparalleled political dissension.There areadherents of each of the four French parties—Legitimists, Orleanists, Imperialists, and Republicans—in this little mountain—town ; and they all hate, loathe, decry, and calumniate each other.Except for business purposes, or to give each other the lie in a tavern brawl, they have laid aside even the civility of speech.This a mere mountain Poland.In the midst of this Babylon I found myself arallying—point ; every one was anxious to be kind and helpful to the stranger.This was not merely from the natural hospitality of mountain people, nor even from the surprise with which I was regarded as a man living of his own free will in Le Monastier, when he might just as well have lived anywhere else in this big world ; it arose a good deal from my projected excursion southward through the Cevennes.A traveler of my sort was a thing hitherto unheard of in that district.I was looked upon with contempt, like a man who should project a journey to the moon, but yet with a respectful interest, like one setting forth for the inclement Pole.All were ready to help in my preparations ; a crowd of sympathizers supported me at the critical moment of a bargain ; not a step was taken but was heralded by glasses round and celebrated by a dinner or a breakfast.

译文：在位于中央山脉15英里以外的风景宜人的高原山谷中，有一个名叫蒙纳斯梯尔的小地方。我在那里消耗了大概一个月的晴朗日子。蒙纳斯梯尔以生产花边、酗酒无度、口无遮拦和空前绝后的政治纷争而闻名于世。在这个山区小镇里，法国四大党——正统派、奥尔良党、帝制党与共和党—都各有党徒。他们相互仇恨，厌恶，攻击，诽谤。除了谈生意，或者在酒馆的口角中互相指责对方说谎之外，他们说起话来一点不讲文明。这里简直是个山里的波兰。在这个巴比伦似的文明之都，我却成了一个团结的中心。所有人都迫切地想对我这个陌生人表示友善，愿意帮忙。这倒不仅是出于山区人民的天然好客精神，也不是因为大家惊奇地把我看成一个本可以住在这一大世界的任何一个地方，却偏偏自愿选中蒙纳斯梯尔的人。这在很大程度上因为我计划好了要向南穿过塞文山脉旅行。像我这样的旅行家在全区内简直是一个未曾听说过的怪物。大家都对我不屑一顾，好像一个人计划要到月球旅行似的，不过又带有一丝敬重和兴趣，就像我是一个将出发到严寒的北极去冒险的人。大家都愿意帮助我做各种准备；在讨价还价的关键时候，一大群同情者都支持我。在采取任何步骤之前都要先喝一顿酒，完了之后还要吃一顿晚饭或早饭。

（二）描写

在散文构建中，描写是一种将感知转变成言语的艺术。所有的描写都涉及两大要素：一是所见所闻之景物是何模样，二是所言之人的举止言行、外貌形象。在描写过程中，抒情浓烈，一切被描写的对象都是作者情怀的外在体现。作品写景为的是创造气氛，寄托作者的心境，抒发作者的情怀，写物为的是托物言志，寄寓自己的精神与志趣，写人为的是凸显形象，表达作者对于生活的感受和认识。

比如高尔斯华绥的《开满鲜花的荒野》(The Flowering Wildness)：

She looked swiftly round the twilit room.His gun and sword lay ready on a chair!One supported disarmament, and armed children to the teeth!His other toys, mostly mechanized, would be in the schoolroom.No; there on the window still was the boat he had sailed with Ding, its sails still set; and there on a cushion in the corner was "the silver dog", aware of her but too lazy to get up.

原文的细节描写就是为了揭示出女主人公观察事物细致入微的性格。"No"后面用两个"there"引导的分句，说明女主人公视线的转换。

（三）说明

说明文具有很强的实用性，在散文中占有很大比重。说明文通常直接或间接地回答 How（如何）和 Why（为何）两类问题。因此，主题的展开靠的是逻辑分析而非时空铺陈。说明的主题可以是人、事、物或某种观点概念，无论是什么内容，作者需要的是思考、阐释、分析、说理。并且为了将问题说明并令人信服，作者通常采用比较、对照、类比、分析、假设、推断、阐述因果等手法谋篇布局。因此，说明文通常结构严谨、措辞精当、逻辑缜密。这是译者必须要关注的重点。

说明笔法就某一主题阐述和发挥，其结构严整，逻辑力强，文字精确。如纽曼主教的《绅士的界说》(Definition of a Gentleman)：

Hence it is that it is almost a definition of a gentleman to say he is not who never inflicts pain.This description is both refined and, as far as it goes, accurate.He is mainly occupied in merely removing the obstacles which hinder the free and unembarrassed action of those about him; and he concurs with their movements rather than takes the initiative himself. His benefits may be considered as paralled to what are called comforts or conveniences in arrangements of a personal nature; like an easy chair or a good fire, which do their part in dispelling cold and fatigue, though nature provides both means of rest and animal heat without them.The true gentleman in like manner carefully avoids whatever my cause a jar or a jolt in the minds of those whom he is cast—all clashing of opinion, or collision of feeling, all restraint, or suspicion, or gloom, or resentment, his great concern beingn to make every one at their ease and at home.He has his eyes on all his company; he is tender towards the bashful, gentle towards the distant, and merciful towards the absurd; he can recollect to whom he is speaking; he guards against unseasonable allusions, or topics which may irritate; he he is seldom prominent in conversation, and never wearisome.He makes light of favors while he does them, and seems to be receiving when he is conferring.He never speaks of himself except when compelled, never defends himself by a mere retort; he has ears for slander or gossip, is scrupulous in imputing motives to those who interfere with him, and interorets everything for the best.He is never mean or little in his diputes, never takes unfair advantage, never mistakes personalities or sharp sayings for arguments, or insinuates evil which he dare not say out.

显而易见，这是一篇典型的说明文，在这篇文章中既为绅士下了一个简短、精练的定义，又从各个具体方面来列举其表现，并且二者密切呼应。

（四）议论

议论文与说明文的相同之处在于两者都含有分析推理，但最大的不同也在于推理，说明文中的推理是为了阐释说明主题，而议论文中的推理则是为了得出重大结论，为说服他人或读者。因此，议论文中的核心部分——推理由演绎和归纳两部分构成。总体而言，演绎是由

普通到特殊案例的推演，由此得出特殊结论；而归纳则是由特殊案例总结归纳出普遍规律。

两者的结合一般可收到比较理想的效果。比如，英国哲学家罗素的名篇《老之将至》（How to Grow Old）写道：

Some old people are oppressed by the fear of death.In the young there is a justification for this feeling.Young men who have reason to fear that they will be killed in battle may justifiably feel bitter in the thought that they have been cheated of the best things that life has to offer.But in an old man who has known human joys and sorrows, and has achieved whatever work it was in him to do, the fear of death is somewhat abject and ignoble.The best way to overcome it—so at least it seems to me—is to make your interests gradually wider and more impersonal, until bit by bit the walls of the ego recede, and your life becomes increasingly merged in the universal life.An individual human existence should like a river—small at first, narrowly contained within its banks, and rushing passionately past boulders and over waterfalls.Gradually the river grows wider, the bank recede, the waters flow more quietly, and in the end, without any visible break, they become merged in the sea, and painlessly lose their individual being.The man who, in old age, can see his life in this way, will not suffer from the fear of death, since the things he cares for will continue.And if, with the decay of vitality, weariness increase, the thought of rest will be not unwelcome.I should wish to die while still at work, knowing that others will carry on what I can no longer do, and content in the thought that what was possible has been done.

罗素劝导老年人不要害怕死亡，以自己为例，提出个人的感受："知道别人会继续我未竟的事业，再想到我已竭尽了所能，也就感到心满意足了。"这样用自己的心愿来

打动读者，亲切感人，寓情于理，更具说服力。

第二节　小说文体

一、小说发展历程

（一）中国小说发展历程

关于中国小说的起源，众说纷纭、各持己见，直至今日仍然没有定论。中国古代文艺理论史中，关于小说的认识经过几个典型的发展阶段。代表性的有这样几种：《庄子·外物篇》中最早出现"小说"一词，"饰小说以干县令，其于大达亦远矣。"此处的"小说"与"大达"相对，指的是琐屑的言谈、无关政教的小道理。东汉班固的《汉书·艺文志》中认为："小说家者流，盖出于稗官，街谈巷语、道听途说者之所造也。"这种观点认为：古代皇帝为了解民情风俗，让稗官在民间收集各种故事或传说，并在途中问清楚这些传言的褒贬倾向，稗官将这些"街谈巷语""道听途说"的民间故事和传说记录下来，并整理成书面文字，呈给上级，这就是最初的小说。班固关于小说的记载影响到了后世很多人，但是班固所记载的"小说"侧重于"稗官"对故事或传说的记载，并没有准确反映出小说的概念。唐代著名史学家刘知几在其《史通·杂述》中提出小说是"史氏流别"的观点，同时他认为《吕氏春秋》《淮南子》《晏子春秋》《抱朴子》等散文多以叙事为主，认为这些诸子散文含有小说因素。鲁迅在《中国小说史略》中则提出中国小说起源于神话，鲁迅这一论断在学术界极具权威性和影响力，很长时间以来，在小说起源问题上都是一种占主导地位的观点。也许是因为鲁迅在文学上的地位很高，鲁迅提出这个观点后，一般文学史、相关小说史论著等等，都采用这个观点。比如70年代北京大学中文系编写的《中国小说史》认为中国小说的起源，是"上古时代的，神话传说"。另外，关于小说的起源，也有学者认为，中国的小说源自中国的史传。中国小说的正式形成应该是在唐代（公元618—907），其标志就是唐传奇的出现。唐传奇在情节结构、人物刻画方面更为成熟，是中国小说成熟的标志。在唐朝以前的小说形态也不可忽略，其主要有以下几种形态。

1.古代的神话

女娲造人、神农氏尝百草、夸父逐日等，这些神话有的与中国历史的起源发展相联系，有的展示出古代中国人与自然做斗争的面貌，包含很多虚构和幻想成分。

2.诸子散文和史传

春秋战国时期的诸子散文中有很多情节完整的故事，并初步刻画出了一些人物形象。最后是汉代的史传文学。比如创作于西汉时期的《战国策》在记载战国时的政治局面中，穿插了"画蛇添足""南辕北辙"等现在仍广为流传的寓言故事。

3. 志怪小说

魏晋南北朝时期的志人志怪小说，这段时期的志人志怪小说不仅记载了当时奇闻轶事，对后世小说产生极其重要影响，如明朝小说家罗贯中的《三国演义》就受到志人志怪小说的影响。

4. 宋元话本

宋代话本反映的主要是市民的意识形态，说话的底本自然是书面的，"捏合""髓意点染"等都是有意识地创作虚构。宋元话本是当时的"说话"（讲故事）人演讲说故事所用的底本，分为短篇"小说"和"长篇讲史"两种。这些话本多用接近口语的白话写成；发扬了志怪、传奇等古代小说的优良传统，在思想性和艺术性上都有突出成就；作品的描写对象扩大到社会各阶层。宋元话本是在唐宋说话艺术的基础上形成的最早的白话小说，它的产生是中国小说史上的一件大事，标志着中国小说进入了一个崭新的发展阶段，对明清章回小说的发展有着极为重要影响。

到明清时期，中国的古典小说发展到顶峰，出现了四大名著：《红楼梦》《三国演义》《水浒传》《西游记》。近代后，中国的小说在西方影响下，艺术手法多种多样，题材也逐渐丰富。

（二）西方小说的历史渊源

西方文学受古希腊神话的巨大影响，几乎各个文学形式都可以追溯到希腊神话。希腊神话中的故事不仅情节完备，还有生动逼真的人物形象。《荷马史诗》中也有大量故事，比如赫拉克勒斯建立了十二件大功的故事，伊阿宋夺取金羊毛的故事等等。公元前6世纪的寓言故事和历史散文都对西方小说的形成有重要影响，如《伊索寓言》《希腊波斯战争史》等。除此之外，这个时期还有长篇小说的雏形，即以古罗马作家阿普列尤斯的《金驴记》为代表的小说。在此之后，欧洲小说的发展趋于缓慢，直到14世纪文艺复兴兴起后，西方小说正式形成，并且快速发展起来。

14世纪前期，薄迦丘的《十日谈》采用了框架结构和短篇小说的形式，掀起短篇小说创作的高潮。西班牙文艺复兴小说的顶峰塞万提斯的《堂吉诃德》是一部现实主义巨作，对西方后来的现实主义创作有重大影响。经过文艺复兴的召唤，西方的文学进入一个新的发展时期，此后出现了风格多样的创作流派，有些流派的创作风格影响很大。虽然17世纪和古典主义时期主要成就是戏剧，但是依旧有著名的小说创作：德国作家格里美尔豪森的《痴儿西木传》，班扬的寓意小说《天路历程》等等。18世纪文学和启蒙运动中的冒险游历小说作品很多，比如丹尼尔·笛福的《鲁滨逊漂流记》、斯威夫特的《格列佛游记》等，19世纪出现了浪漫主义小说、批判现实主义小说，20

世纪的现实主义小说，现代主义小说等，涌现了大批的著名作家和具有世界影响的小说作品。

综上所述，中西方小说的源头都可以追溯到神话传说，并且在后来的发展中逐渐完善。中国小说发源早，但在后来的发展中，在艺术手法方面没有重大突破，而西方小说在创作方面不断标新立异。所以，中西方在19世纪末、20世纪初开始频繁交流后，中国在西方的影响下，在小说创作方面积极吸取西方的创作手法。尤其是1978年中国实行改革开放政策后的小说，极为丰富多样，出现了各种形式的小说，比如"寻根小说""新历史小说""意识流小说"等。

二、小说的类别

"小说"一词最早见于《庄子·外物》："夫揭竿累，趣灌渎，守鲵鲋，其于得大鱼难矣，饰小说以干县令，其于大达亦远矣。"但鲁迅认为《庄子》所用的"小说"一词指"琐屑之言，非道术之所在，与后来的小说固不同"。东汉初年，桓谭在《新论》中提及小说："小说家合丛残小语，近取譬论，以作短书，治身理家，有可观之辞。"桓谭此语为小说下了定义，并承认其是一种文体，但与今天"小说"的定义存在一定的差异："一种叙事性的文学体裁，通过人物的塑造和情节、环境的描述来概括地表现社会生活。一般分为长篇小说，中篇小说和短篇小说"。所谓长篇、中篇和短篇是就篇幅而言的。小说除了可以按照篇幅来分类，还可以按照文艺流派和题材进行分类。

就文艺流派而言，小说又可分为现实主义小说、浪漫主义小说、意识流小说和哥特式小说等不同流派。但不管是哪类小说，通常都具备"情节""人物"和"场景"三大要素。长篇小说因容量大、情节比较复杂，通常涉及开端、发展、高潮、逆转和结局五个阶段。复杂的情节自然会涉及众多的人物，因此，不同人物的语言特色也千差万别。就其话语的语体等级而言，可以是高等级，亦可以是低等级的。也就是说，可以是高雅华美的语言（如李汝珍的《镜花缘》），也可以是朴实无华的语言（如以赵树理为代表的山药蛋派的作品）；而就其话语多样性而言，小说令其他文学体裁难以望其项背。

如果就单从题材而言，小说则是通常分为历史小说、社会小说和传记小说。历史小说的中心人物、事件和背景都源于历史，有程度很高的史学性，如司各特的《艾凡赫》（*Ivanhoe*），狄更斯的《双城记》（*A Tale of Two Cities*），罗贯中的《三国演义》等，社会小说强调社会和经济状况对人物和事件的影响。社会小说时常蕴含显性或隐性的社会变革的主题，如 H.B. 斯托夫人的《汤姆叔叔的小屋》（*Uncle Tom's Cabin*），斯坦培克的《愤怒的葡萄》（*The Grapes of Wrath*），吴敬梓的《儒林外史》等。传记小说系指记载演义真实人物事迹的小说，比如罗马尼亚作家雷安格的小说《童年的回忆》，D.H

劳伦斯的小说《儿子与情人》(Sons and Lovers)，金敬迈的小说《欧阳海之歌》等。

对于长篇小说而言，其可以包括所有其他文学体裁的话语形式，而其他题材则不可能使用小说的所有表现形式。以长篇小说《红楼梦》为例，其中不仅有叙述、对话，而且还有散文、戏曲，同时还包括了诗、词、曲、赋等多有表现内容形式。

因此，小说的翻译对译者提出了极高的要求：小说翻译要求译者不仅能译散文、对话，而且能译诗、词、曲、赋，不仅能赏识典雅华美之辞，而且能辨析粗俗龌龊之言。不同等级的词语在塑造小说人物形象时有不同的功能与作用，这一点对小说作者固然重要，但对小说译者更为重要。

三、小说的特征

小说讲究相对完整的故事情节，注重刻画人物形象，常用背景交代和环境描写来反映社会现实，表达作者的思想感情。

（一）小说文体特征

小说与情节叙述、人物刻画、环境描写紧密相连。这里就从这几方面分析一下小说的基本特征。

1. 情节完整连贯

情节"是一种把事件设计成一个真正的故事的方法"。情节是按照因果关系组织起来的一系列事件。情节也是小说生动性的集中体现。与戏剧情节、叙事诗与叙事散文的情节相比，小说因其篇幅长、容量大，不受相对固定的时空限制，可以全方位地描绘社会人生、矛盾冲突、人物性格，其情节表现出连贯性、完整性、复杂性与丰富性的鲜明特点。

2. 人物刻画细致入微

人物描写是小说的显著特征，也是小说的灵魂。诗歌、散文可以写人物也可以不写人物，但小说必须要写人物。着重刻画人物形象是小说走向成熟的主要标志之一。小说的容量较大，描写人物不像剧本那样受舞台时空的限制，也不像诗歌那样受篇幅的局限，更不像报告文学那样受到真人真事的约束，它可以运用各种艺术手段，立体地、无限地、自由地对人物进行多角度、多侧面与多层次的刻画。小说可以具体地描写人物的音容笑貌，也可以展示人物的心理状态，还可以通过对话、行动以及环境气氛的烘托等多种手段来刻画人物。

3. 环境描写充分具体

小说中的环境主要包括人物活动的历史背景、社会背景、自然环境和具体生活场所。小说中的环境描写具有多方面的功能：它可以烘托出人物形象，突出人物性格，通过环境描写，可以交代人物身份，暗示人物性格，洞察人物心理；它有助于展示故事情节，通过环境描写，可以随时变换场景，为故事情节的展开提供自由灵活的时空范围；它可以奠定作品的情感基调，具有象征等功能，比如，灰暗或明亮的环境描写可营构出作品沉闷压抑或欢快舒畅的情感基调。小说享有的篇幅与时空自由，使其可以充分发挥环境描写的艺术功能。

（二）小说的语言特征

在所有文学体裁中，小说的语言是最为接近大众语言，但又有区别于大众语言的方面，它是在大众语言基础上的审美艺术升华。其特点主要体现在这样几个方面：

1. 叙述视角

小说通俗地说就是讲故事，因而小说语言就是一种叙述故事的语言。传统的小说理论注重小说的内容，最关心"讲述的是什么故事"，主要研究小说中故事的构成要素，即情节、人物、环境。现代的小说理论则关心"怎样讲述故事"，研究的重心转向小说的叙事规则和方法及叙事话语的结构和特点。一般而言，小说中的"叙述者"可以采用第一人称，也可以采用第三人称。19世纪及其以前的传统小说基本上采取两种叙述视角：一种为作者无所不知式的叙述；另一种为自传体第一人称式的叙述，即用第一人称按"我"的观察进行叙述。现代小说创造了从作品中某一人物的视角叙述故事的技巧，即让作品的一切叙述描写都从这个角色的观察和认识出发，不同的叙述视角会产生不同的审美艺术效果。

2. 形象与象征

小说语言通常不是通过抽象议论或直述其事来表达内容，而是通过使用意象、象征等方法来形象地说明事理，表达思想观点和情感。小说语言利用形象的表达方式对关键场景、事件以及人物等进行具体、细致、深入的描绘，给读者以身临其境的感受，让读者从中去感知、体会与领悟。小说详细描绘具体的人物与有形的事物，在语言的运用上往往以具象表现抽象，以有形表现无形，从而让读者在潜移默化中受到感染，小说中经常用到象征这一文学手段。象征可以说是小说的灵魂所在，它并不明确或绝对地代表某一观念或思想，而是以启发、暗示的方式激发读者的想象来表情达意，其语言上的特点是以有限的语言表达丰富的言外之意与弦外之音。

小说通过运用形象和象征来启迪暗示，来表情达意，大大增强了小说语言的文学性与艺术感染力，这也就成为小说语言的一大特点。

3. 讽刺与幽默

"形象和象征启发读者沿着字面意义所指的方向去寻找更丰富、更深入的含义，讽刺则诱使读者从字面意义的反面去领会作者的意图。"讽刺是指字面意义与含蓄意义的对立，善意的讽刺，通常会产生幽默的效果。讽刺可以强化语篇的道德、伦理等教育意义，而幽默则有利于增强语篇的趣味性，两者在功能上虽有差异，但又可融为一体，合二而一。讽刺与幽默可以通过语气、音调、语义、句法等各种手段加以实现，其产生的审美效应主要由作者所创造的情景语境来决定。小说语言中讽刺与幽默的表现形式多种多样，它们是表现作品思想内容的重要技巧，也是构成小说语言风格的重要因素。

  4.词汇与句式

  小说语言中的词汇选择与句式安排是作家揭示了主题和追求某种艺术效果的主要手段。小说语言中的词汇在叙述和引语中有不同的特点。叙述中所用的词汇通常趋于正式、文雅，有着较强的书卷味。引语来自一般对话，但又区别于一般对话，它承载着一定的文学审美价值。小说中的引语"首先要剔除一般对话中开头错、说漏嘴、由思考和搜索要讲的话所引起的重复等所用词汇和语法特征"。小说语言中的句式一方面具有模式化的特点，如排比、对称、反衬等，另一方面有些句式又会与常用句式"失协"。不同的句式会产生不同的审美艺术效果，作家正是通过创造性地运用不同的句式，来实现其创作意图的。比如，运用圆周句可以创造出悬念的氛围；而运用松散句可以取得幽默、讽刺或戏剧性等各种效果；运用一连串并列的短句可以显示一个连续而急速的过程；运用长句可以表现一个徐缓而沉思的过程等等。与其他文学题材相比，小说受到的篇幅限制较小，因而享有更为充分的自由来选择与调配各种句式，为艺术的表情达意服务。

第三节 诗歌文体

一、诗歌的社会功用

  诗歌，以极为凝练的语言表达人们或豪放或细腻的感情。有些诗歌记录了人类历史发展中的重大事件，有些诗歌则是个人感情的浅浅吟唱。自古以来，无论是有着五千年灿烂文明的中国，还是历史悠久的西方，诗歌都是在人民需要的时候出现了。人类文明的起源与劳动生产密不可分，在劳动过程中人们随意地表达自己的心声，而不必依靠文字记录，这就使得诗歌成为所有文学形式中起源最早、历史最悠久的一种形式。并且，诗歌作为一种最为古老的文学形式，其具有无法估量的作用。孔子作为我国杰出的思想家、教育家曾经总括过诗歌的社会功用。

  子曰："小子何莫学夫诗？诗可以兴，可以观，可以群，可以怨；迩之事父，远之事君；多识于鸟兽草木之名。"（《论语·阳货》）因此，兴、观、群、怨是孔子对于诗歌艺术社会功用的概述。

孔子的所谓"兴"不同于诗歌创作手法"赋""比""兴"中的"兴"。兴、观、群、怨中的"兴"读平声,"赋""比""兴"中的"兴"读去声,表达不同的概念。兴、观、群、怨中的"兴"表达的是"起"的意思,是指对道德情感的激活。《论语·泰伯》：子曰："兴于诗,立于礼,成于乐。"这里的"兴也是用'起'的义项,讲的是人格培育过程：诵习诗歌,使人奋起,产生向上的志向；熟悉和遵循礼制,使人在社会上能够安身立命；最后,在诗歌、舞蹈、音乐的结合中,在艺术与伦理、与礼仪的结合中,使人格达到成熟和完善。"在所有的艺术创作中,诗歌与音乐是最需要激情的,因此,诗人与音乐家往往会在其作品中唤起曾经体验过的情感,并将其化作诗句和旋律,用来传递这种情感,使读者和听众也能体验到相同的情感,这便是移情,艺术上也称共鸣。

对于"观"的理解,班固理解为"盖以别贤不肖而观盛衰焉",即"了解诗者的个人之志,并进而窥察该国政治、外交等方面的治礼盛衰"。郑玄注为"观风俗之盛衰",朱熹注为"考见得失"。可见"观"的词义是"观察","考察"。在孔子看来,诗歌、音乐等艺术不仅能够展示诗人、艺术家的心理、情感,还能够反映当时群体的心理、情感,社会的风俗盛衰。这与《礼记·王制》中所说的天子"命大师陈诗以观民风"；和《汉书·艺文志》所云："故有采诗之官,王者之所以观风俗,知得失,自考正也。"完全一致。

"群",作为动词,是合的意思。《荀子·非十二子》有"群天下之英杰"之说。孔子的"诗可以群"指的是人可以通过赋诗来交流与沟通彼此的想法,从而协调人际关系,国家内部可以团结起来,国与国之间可以联合起来。比如叔孙豹赋《鹊巢》(《召南》),奉承赵孟善于治理晋国；杜甫的《梦李白》《天末怀李白》；毛泽东的《蝶恋花·答李淑一》《七律·和柳亚子先生》等等均有同声相应、同气相求的诗人之间相互了解、增进友谊之意。

"诗可以怨"意指诗歌可以用来发泄怨恨、排解忧愁。孔安国将"怨"解释为"刺上政也",意思是说诗可以用来针砭时弊,确认了诗的批判作用。社会的不公需要批判,民众的忧烦必须舒散,否则会积淀成不稳定因素。"诗可以怨"一则是给当政者的警示,而另一方面也不失为一种统治策略,让不确定因素在诗歌等文学艺术中得以释放、化解。

二、诗歌的文体特征

诗歌作为文学的一种形式,具有其他文学形式的普遍特征,都是语言的艺术,都反映人们的思想感情,都具有感染力等。但是,诗歌也有跟其他文学形式不同的地方,其主要表现在以下三个方面。

（一）形式独特

诗歌区别于其他文学形式最为显著的外部特征是分行及其构成的诗节、诗篇。诗歌的分行并非随意而为，而是颇富理据性的。一般来说，除非是散文诗，诗歌都是分行排列的。一首诗由并列的诗行组成，若干诗行组成一个诗节，若干诗节形成一个整体。传统的诗歌，在形式上要求都比较严格。中国的律诗、绝句都有非常工整对仗的结构特点，每一诗行都有具体的字数规定，都有一定的韵脚安排，具有非常严整的形式结构。英国的十四行诗、英雄双韵体等，也都具有固定的形式特点，对音步的数量和格律的要求都非常严格。分行具有突显意象、创造节奏、表达情感、彰显形象、营构张力、构筑"图像"、创造诗体等多种功能，诗歌的诗行包括煞尾句诗行和待续句诗行。前者指一行诗就是一个语义完整的"句子"；后者又叫跨行，是指前一行诗语义还未完结而转入下一行表述的"句子"。诗歌最为直观而独特的外在造型美与建筑美是由这两类诗行构建而成的。

（二）格律鲜明

诗歌具有鲜明的格律要求。诗歌的格律是诗歌最显著的特点，传统诗歌，经过长期的发展，形成了形式多样的诗体形式。比如，中国有五言律诗、七言律诗，绝句和古体诗等；英国诗歌有民歌体、十四行体、英雄双韵体、斯宾塞体、颂歌体、自由诗等，不一而足，而在这些诗体形式中，都有一整套内在的格律。比如，莎士比亚十四行体由十四行抑扬格五音步的诗行组成，四句一个诗节，分成三个诗节，最后两句作结，一般的韵脚安排是：abab cdcd efef gg；英雄双韵体是由两句对偶的抑扬格五音步的诗行组成，适用于长篇史诗；斯宾塞体是九行一节的诗体形式，前八行为抑扬格五音步，第九行为抑扬格六音步，每节诗的韵式结构是：ababbcbcc。

（三）结构跳跃

相比较于其他的文学式样，诗歌篇幅通常相对短小，往往有字数、行数等的规定，而要想在有限的篇幅内表现无限丰富而深广的生活内容，诗歌往往摒弃日常的理性逻辑，遵循想象的逻辑与情感的逻辑。在想象与情感线索的引导下，诗歌常常由过去一跃而到未来，由此地一跃而到彼地，自由超越时间的樊篱，跨越空间的鸿沟。但是这种跳跃性并不会破坏诗歌意义的传达，相反会更加拓展诗歌的审美空间。

诗歌跳跃性结构的呈现形态，随诗人所要反映的生活和表达的思想感情变化而发生变化。诗歌跳跃性的结构形态多种多样，有过去、现在与未来之间的时间上的跳跃，有天南地北、海内海外空间上的跳跃，有两幅或多幅呈平行关系的图景构成的平行式跳跃，有由几种形成了强烈反差的形象组成的对比式跳跃，等等。有时结构的跳跃也体现于诗人的思维空间，比如济慈（John Keats，1795—1821）的《Ode to Autumn》。

Ode to Autumn

I

Season of mists and mellow fruitfulness,

Close bosom-friend of the maturing sun;

Conspiring with him how to load and bless

With fruit the vines that round the thatch-eaves run;

To bend with apples the moss'd cottage-trees,

And fill all fruit with ripeness to the core;

To swell the gourd, and plump the hazel shells

With a sweet kernel; to set budding more,

And still more, later flowers for the bees,

Until they think warm days will never cease,

For Summer has o'er-brimm'd their clammy cells.

II

Who hath not seen thee oft amid thy store?

Sometimes whoever seeks abroad may find

Thee sitting careless on a granary floor,

Thy hair sort-lifted by the winnowing wind;

Or on a half-reap'd furrow sound asleep,

Drows'd with the fume of poppies, while thy hook

Spares the next swath and all its twined flowers.

And sometimes like a gleaner thou dost keep

Steady thy laden head across a brook;

Or by a cyder-press, with patient look,

Thou watchest the last oozings hours by hours.

III

Where are the songs of Spring? Ay, where are they?

Think not of them, thou hast thy music too,

While barred clouds bloom the soft-dying day,

And touch the stubble-plains with rosy hue;

Then in a wailful choir the small gnats mourn

Among the river sallows, borne aloft

Or sinking as the light wind lives or dies;

And full-grown lambs loud bleat from hilly bourn;

Hedge-crickets sing; and now with treble soft

The red-breast whistles from a garden-croft ;
And gathering swallows twitter in the skies.

秋阳杲杲，果实累累，葡萄藤下，打谷场上，收割一半的田间，诗人的思绪正在秋天的时空里徜徉，却突然发问：春之歌在哪里？它们在何方？（Where are the songs of spring?Ay, where are they？）思维突然跨过夏天，由秋天跳回春天。自古文人多悲秋，诗人在最后一节里出现许多不祥的词语，如 barred clouds, dying day, rosy hue, wailful choir, mourn, sinking, dies 等，这或许是因为诗人预感自己来日不多的哀叹（济诗此诗作于1819年9月19日，距其逝世不足一年半时间）。

（四）注重韵律

韵律有广义和狭义之分。广义的韵律是对诗歌声音形式和拼写形式的总称，它包括节奏、押韵、韵步、诗行的划分、诗节的构成等；狭义的韵律是指诗歌某一方面的韵律，如押韵、韵步等，它们可以单独被称作韵律。狭义的韵律有利于增强诗的节奏感，它和节奏共同服务于诗作情感的抒发与诗意的创造。

（五）表述凝练

佳酿为五谷之精华，诗歌乃语言之结晶，诗歌的语言是日常语言的提炼和浓缩，是日常语言的创新。它要求精选生活材料，抓住感受最深、表现力最强的自然景物和生活现象，用极概括的艺术形象达到对现实的审美反映。诗歌反映生活的高度集中性，要求诗歌选词造句、谋篇布局极为凝练、精粹，用极少的语言或篇幅去表现最丰富而深刻的内容。名诗佳作能以只言片语容纳高山巍岳，宇宙星空，像是奇特的晶体，显耀万千景象。"大漠孤烟直，长河落日圆"中的"直"与"圆"若脱离诗句，极其平常，但嵌在诗句中，极具张力，仿佛强大的电流短路，立刻放射出耀眼的火花，迅即激活读者的想象空间。这就是诗歌的魅力。诗歌的魅力凝聚于诗歌的焦点，即"诗眼"。诗眼犹如芯片和浓缩铀，具有极大的能量和信息量，通常是诗人"炼意""炼句""炼字"的结果。古人常说，"诗以一字论工拙"，如"红杏枝头春意闹"（宋祁：《玉楼春》）中的"闹"字，"春风又绿江南岸"（王安石：《泊船瓜洲》）中的"绿"字，"云破月来花弄影"（张先：《天仙子》）中的"弄"字，"穿花蛱蝶深深见，点水蜻蜓款款飞"（杜甫：《曲江二首》之二）中的"穿"字和"点"字，皆因一字而成千古名篇，为后人铭诸肺腑。炼辞得奇句，炼意得余味，"炼字""炼句""炼意"三者密不可分，诚如刘勰所言："夫人之立言，因字而生句，积句而成章，积章而成篇。篇之彪炳，章无疵也；章之明靡，句无玷也；句之清英，字不妄也"（刘勰：《文心雕龙·章句》）。无字不成句，无句难成章，文章如此，诗歌更不例外。并且，古今中外，大凡名诗佳作都经过字句的锤炼。比如，意象派诗歌的代表作庞德的《地铁车站》第一稿有30多行，最后浓缩到如下两行：

The apparition of these faces in the crowd ;

Petals on a wet, black bough.

(Ezra Pound, In a Station of the Metro)

三、诗歌语言特点

清人吴乔在《围炉诗话》中说:"意喻之米,饭与酒之所同出,文喻之炊而为饭,诗喻之酿而为酒。"吴乔之喻恰如其分地点明了诗歌与其他文学体裁的不同:小说家、散文家和影视剧为人们提供的是"饭",而诗人为人们奉献的则是"美酒"。

诗歌是语言的艺术。诗歌语言来自日常语言,遵循着日常语言的规范,但是诗歌语言又区别于日常语言,常常偏离、突破日常语言规范,形成独特的"诗家语"。"诗家语"的特点主要体现在以下几个方面:

(一)节奏感强

心脏跳动,肺腑呼吸,这是生命的节奏;冬去春来,月亮盈亏,潮水起伏,朝夕更迭,这是大自然的节奏。节奏无处不在,诗歌也不例外。并且,相比较于其他文学形式,诗歌的节奏更加强烈有序。

诗歌中的节奏指的是其中的音节停顿的长短和音调的轻重抑扬、高低起伏与回环往复,节奏具有表情寄意的作用,不过其作用往往是启示性和联想性的。在英诗中,节奏的基本单位是音步,音步的构成有抑扬格(iambus)、扬抑格(trochee)、扬抑抑格(dactyl)、抑抑扬格(anapaest)等。英诗的格律不仅规定了音步的抑扬变化,同时也规定了每行的音步数。在汉诗里,节奏主要表现为平仄和顿。比如七律,每首八句,每句七字,共56个字。一般逢偶句押平声韵(第一句可押可不押),一韵到底。以毛泽东律诗((长征》中诗句"金沙水拍云崖暖,大渡桥横铁索寒"为例,其节奏用平仄表示则是:平平仄仄平平仄,仄仄平平仄仄平;其节奏用顿表示则是:二二二一,二二二一或二二三,二二三。

诗歌的节奏与音乐的节奏十分相似,而且作用相同,因此,我国古代诗歌大都可以入乐配唱。在音乐中,节奏是通过强音与弱音的周期性交替变化而形成的,它使乐曲产生起伏跳动、回环往复的旋律。而在诗歌中,节奏不仅使诗歌富于音乐性,使之优美动听,而且可以增强诗歌的表现力。比如格雷的《乡村挽歌》(Elegy Written in a Country Churchyard)

中的第一节:

The curfew tolls the knell of parting day,

The lowing herd wind slowly o'er the lea,

The plowman homeward plods his weary way,

And leaves the world to darkness and to me.

这首诗第一节中有规律的节奏模拟了傍晚的钟声和疲倦的脚步声。第四行的末尾连续三个非重读音节（me 也不应读得太重）烘托出乡村暮色中低沉、宁静的气氛。正如叶芝所言："节奏的作用是延长沉思的时间，这是睡与醒交融的时间，一边用变化来保持我们的清醒，一边用单调的感觉诱导我们到出神状态，使我们的心智在其中从意志的压力下获得解放，从种种象征的姿态显露出来。"平仄相对、抑扬相反、轻重起伏、不断变化，这样诗歌就产生了曲尽其妙、余音绕梁的音乐效果。

（二）音韵谐美

在通常情况下，我们品读诗歌会发觉其朗朗上口、和谐悦耳，让我们有这种感觉的原因主要有两个，一是因为诗的节奏明快（基本都是四步扬抑格），二则因为它音韵和谐，每节中的单行和双行都押韵，形成规律的 abab，cdcd 韵。

英汉诗歌中押韵的形式多种多样。通常来说，英诗中押韵的单音节词应符合三个要求：第一，元音（不是字母）应相同；第二，如元音前有辅音，辅音应不相同；第三，如元音后有辅音，辅音应相同。比如，像 lie-high, stay-play, park-lark, light-height, bend-lend, first-burst. 这几对词都是押韵的。另外，如果两个音节以上的词要押韵，那么重读音节的元音和那个元音后的辅音及非重读元音（如果有的话）都应相同，比如：greet-deceit, shepherd-leopard, follow-swallow, capture-rapture, forgotten-rotten. 汉诗一般押尾韵，又叫韵脚，韵脚是诗人情感发展变化的联络员，有人甚至指出"没有韵脚（广义的韵），诗就会散架子的。"汉诗中按韵母开口度的大小，将尾韵分为洪亮、柔和和细微三级，诗歌中不同的音韵往往对应着不同诗情的表达与彰显。比如，洪亮级的尾韵（如中东韵、江阳韵等）适合于表现豪迈奔放、热情欢快、激昂慷慨的情感；柔和级的尾韵（如怀来韵、波梭韵等）适宜表现轻柔舒缓、平静悠扬的情感；细微级的尾韵（如姑苏韵、乜斜韵等）可用来表达哀怨缠绵、沉郁细腻、忧伤愁苦的情感。

（三）反常化

所谓诗歌语言的反常化主要是指对语言常规的偏离和冲犯，"反常化"这一概念最早是由俄国形式主义者提出来的，这里借用来说明诗歌语言有别于日常语言规范的一面。诗歌语言的反常化是对现有标准语言与现有诗歌语言本身的变异。对前者的变异主要体现在语音、词汇、句法等方面，比如，语音上讲求韵律，突出音韵的诗性效果；词汇上打破常规，自由变化所用词语的词性或词义，甚至创造新词；句子上颠倒正常语序，也省略某些必要的句子成分。而对后者的变异主要体现在对诗歌既有成规和惯例的改革和创新，比如创造新的韵律、新的意象、新的隐喻以及新的诗体等。通常情况下，诗歌语言反常化的目的是取得新颖、独特、贴切的表情达意效果。就像新批评派的休姆所言，诗歌"选择新鲜的形容词和新颖的隐喻，并非因为它们是新的，而对旧的我们已厌烦，而是因为旧的已不再传达一种有形的东西，而已变成抽象的号码了。"

诗歌语言的反常化所造就的种种变异，是以种种正常规范为背景参照的，它们服务于诗歌内容与情感的表达。

（四）意象

毫无凭借的、抽象的情感表达往往是苍白的、难以动人的，而诉诸具象的、经验的情感表述则往往能让人感同身受，体会强烈而深刻。这是诗人表情达意诉诸意象最基本的原因。所谓意象，"是寄意于象，把情感化为可以感知的形象符号，为情感找到一个客观对应物，使情成体，便于观照玩味。"例如，诗句 O, my luve's like a red, red rose (Robert Burns) 中，诗人对恋人热情的赞颂与深情的爱恋浓缩于意象 rose 之中，rose 的红艳象征着恋人红润靓丽的脸庞，rose 的鲜艳表征着恋人青春健康、活力四射，rose 的芬芳表征着恋人高贵的品格，典雅的仪态。

诗歌的语言更多是隐喻和象征，许多诗歌并不是直接描写具体事物，而是强调抽象观念和感情的抒发。因此，在诗歌翻译中，意象的处理和象征语言的翻译是非常关键的。诗歌意象的种类很多，不同的意象种类，会引导读者从不同的视角与层面去感知与体味意象在诗作中特有的蕴义与丰富的审美内涵。比如，从心理学角度来看，意象可分为视觉的、听觉的、触觉的、嗅觉的、味觉的、动觉的、错觉的以及联觉的或称通感的意象。从具体性层次上来看，可分为总称意象与特称意象。总称意象更具概括性、含糊性，也因而更具语义与空间上的张力；特称意象指向具体事物，更显清晰、明确。从存在形态来看，可分为静态与动态意象。静态意象往往具有描写性；而动态意象则常常具有叙述性。从生成角度来看，可分为原型意象、现成意象与即兴意象。诗歌表达丰富而深刻的蕴含，除了诉诸单个的意象之外，还需诉诸意象组合与系列呈示。意象组合与系列呈示构成的有机整体，既是诗歌创作的过程，也是诗作意境的呈现过程。意象组合与系列呈示的方式也多种多样，主要有并置、跳跃、相交、叠加等类别。比如，马致远的《天净沙·秋思》就会让读者产生很特别强烈的物移我情的美感体验。

　　枯藤老树昏鸦，
　　小桥流水人家，
　　古道西风瘦马。
　　夕阳西下，
　　断肠人在天涯。

几枝枯藤，多少昏鸦，是独木桥，还是石拱桥，又有几户人家等均是未知数，昏鸦栖于巢中，还是盘旋于树上，也不得而知了，更为关键的是诗人所思何人，是亲人，还是故友，也无从知晓。凡此种种，并不是作者的疏忽大意，也非原作品的缺陷，而恰好是作品的魅力所在，它对读者形成了强大的召唤力。清代著名学者叶燮曾经讲道：诗之所至，妙在含蓄无垠，思之微妙，其寄托在可言不可言之间，其指归在可解不可解之会，言在此而意在彼，泯端倪而离形象，绝议论而穷思维，引人于冥漠恍惚之境，所以为止也。(《原诗》卷二内篇下）作为审美主体的读者，在物移我情的时候并非完全的被动，审美感觉敏锐的读者会主动地融入意境之中，将自己当下或曾经的心理、情感渗透到对自然景象的观照之中，去感知，去体验。正是因为"含蓄无垠"的诗意引读者入冥漠恍惚之境，在"可言不可言"与"可解不可解"之间寻幽探胜，翻腾跳跃，自由驰骋，不断超越，使其在诗情画意开创的艺术境界中失去重力，产生"天地入胸意，吁嗟生风雷。文章得其微，物象由我裁"（孟郊：《赠郑夫子鲂》）的游心太玄的感觉，从而完成品味、寻味、体味、玩味，回味之后仍有余味的审美体验。这便是幽远的诗歌意境所产生的审美效应。

另外，除了上述提及的诗歌语言的这些普遍特征以外，还要注意诗歌的个体语言风格。不同的诗人有不同的语言风格：有的诗人用词古雅，格律严整，意象鲜明；有的诗人用词平实，格律比较自由，思辨色彩强烈；有的诗人感情奔放，语言表达热烈激昂；有的诗人感情含蓄，语言表达婉转低沉。例如：英国古典主义诗人注重语言表达的典雅和优美，大量使用拉丁语和古希腊语，还喜欢使用典故，经常引用《圣经》或者古希腊罗马神话故事；而浪漫主义诗人，则是大量采用民间语言，使用人们的日常表达方式，把民谣引入诗歌创作之中，改编民间故事，在叙事诗中抒发感情。在翻译的过程中，要对诗人个体的语言风格进行研究，掌握他的文体特点，尽量把他的诗歌风格翻译出来。

第四节　戏剧文体

一、戏剧的分类与性质

（一）戏剧的分类

戏剧是演员扮演角色、在舞台上当众表演故事情节的一种艺术形式。在我国，"戏剧"一词有广义和狭义之分，广义的戏剧是戏曲、话剧、歌剧的总称，狭义的戏剧专指话剧。戏剧是由古代各民族民间的歌舞、伎艺演变而来，后逐步发展成为由文学、表演、音乐、美术等各种艺术形式组成的综合艺术。戏剧按作品类型可分为悲剧、喜剧、正剧等；按题材可分为历史剧、现代剧、童话剧等；按照情节的时空结构可分为多幕剧和独幕剧。

（二）戏剧的性质

现存文献在戏剧的性质上存在一定争议，具体表现为对戏剧体裁属于文学还是表演艺术的看法并不一致。学者苏姗·巴斯奈特（Bassnett）首先宣称，戏剧属于表演艺术，因为戏剧译本是为舞台演出服务的，所以在翻译过程中允许译者根据舞台演出的需求对译文进行适当的修改，不用对原文保持字斟句酌的忠实。但是在后期的论著中，她放弃了原有的观点，将戏剧看作表演艺术"仅仅是译者篡改原作的理由"，认为"翻译应回到其起点，它的体裁从根本上说还是文学"。"戏剧"这个词本身就具有双重性，英语既可以用 drama 也可以用 theatre 来表示"戏剧"。drama 侧重对戏剧理论、戏剧文学和戏剧美学等的研究，而 theatre 着重有关表演理论的探讨。戏剧的双重性还在于戏剧处于文学系统和戏剧系统两个不同体系的交汇点。《四角号码新词典》中对"文学"的释义是：以语言、文字塑造形象、社会生活的艺术。基于此，在剧本创作或翻译完成的初期，戏剧就如同诗歌和小说一样，是符合文学艺术的定义的。但是，戏剧这一体裁本身具有特殊性，它的生命有两个阶段，在剧本的创作或翻译完成后，它还要走上舞台，通过演出将戏剧的情节传递给观众。

当戏剧文本走上舞台时，作者和受众的关系就发生了变化。换句话说，戏剧就是供读者阅读的文本，同时又是供演员演出的文本，让观众通过视听来感知、了解剧情和剧中人物。戏剧剧本具有阅读文本所要求的可阅读性及表演艺术所需的可表演性。所以说，文学性与可表演性是戏剧的特征，戏剧有两个生命，起初是文学，然后是艺术。二者是一个接续的整体，不可分割。一个优秀的戏剧译本，应兼备文学性与艺术性。

二、戏剧的基本特征

戏剧作品可以供人阅读，但其更主要的价值与作用是供舞台演出。戏剧作品演出的成败得失，既与其创作质量密切相关，也与演员在舞台上的演出效果以及服装、道具、布景、灯光、音响等的设计与配置紧密相连。戏剧主要具有以下特征：

首先，戏剧是现实生活的浓缩反映。戏剧作品主要用于舞台演出，而舞台演出只能在有限的时间（一般最多三个小时）和有限的空间（舞台）内面对观众完成。为了在有限的舞台时空内表现无限丰富而深广的社会生活内容，并自始至终吸引着观众的审美注意，剧作家必须把生活写得高度浓缩、凝练，用较短的篇幅，较少的人物，较简省的场景，较单纯的事件，将生活内容概括地、浓缩地再现在舞台上，以达到"绘千里于尺素，窥全豹于一斑"的效果。

其次，以台词推进动作。剧本中的人物语言，即台词，是用来塑造人物形象，展示矛盾冲突的基本手段。台词包括对白（对话）、旁白和独白等基本表达形式，其中对话形式占据主导。剧本不允许作者出现，一般也不能有叙述人的语言，只能依靠人物自身的语言塑造形象。离开了人物的台词，就没有了戏剧文学，这是戏剧有别于小说等艺术形式的地方，人物台词应具有引出动作和有利于动作的可能性，能够推进戏剧动作向前发展。

最后，戏剧具有紧张、冲突的情节。没有冲突就没有戏剧，构建戏剧冲突是戏剧作品的基本特征之一。所谓戏剧冲突，就是作品中所反映的矛盾和斗争，它包括了人物与人物之间的冲突，人物与周围环境的冲突以及特定环境下人物自身的冲突。戏剧冲突应当集中、紧张、激烈，富有传奇性和曲折性，力求在有限的舞台时空内取得引人关注、扣人心弦、引人入胜，甚至出奇制胜的强烈艺术效果。戏剧冲突源自生活冲突与性格冲突，是对两者艺术的转化。生活冲突主要又是人的矛盾，是人的性格冲突的结果，因此，戏剧冲突既表现为外在的生活冲突，又表现为内在的性格冲突。

三、戏剧语言的特点

戏剧是一种特殊的文学形式，它的语言既有一般文学语言的共性，也有戏剧语言的特殊性。戏剧语言是戏剧的基本材料，是戏剧展开情节、刻画人物、揭示主旨的手段和工具。戏剧是"说"与"表演"的艺术，说是指演员通过台词向观众传达戏剧内容并塑造人物个性。另外，戏剧表演要求在有限的时间和空间尽可能地展现出人物个性、突出矛盾冲突，因而戏剧语言必须精练。就总体而言，戏剧语言具有以下特点：

（一）戏剧语言极具个性化特点

戏剧语言是塑造人物性格的重要手段，但凡是性格鲜明的人物都具有个性化的语言。戏剧语言要符合人物特征。清代戏剧家李渔主张戏剧语言"语求肖似"，"说一人，肖一人，勿使雷同，弗使浮泛。"换而言之就是"言为心声"，人物的身份、职业、气质、性格不同，说出的话也不一样。要求人物语言符合人物性格，要彼此各不相同。舞台上戏剧人物语言的个性化，表现在要符合其所处的时代、生活环境、身份和人生阅历，要反映他的心理活动和思想习惯，还表现在要揭示人物性格的发展变化。人物语言是个人的"口语"，而不是剧作者的代言，更不是千人一腔的模式化语言。个人的口语虽有大众化、生活化的特点，但并不会趋于简单化，均有着鲜明的个性化艺术特色。

（二）戏剧语言具有动作性特点

戏剧（drama）一词在希腊语中即表示动作（action），因此，动作性是戏剧人物语言基本的特征，是人物语言戏剧性的体现。戏剧的动作性包括两个方面：一是指与对话相伴随的动作，如表情、手势、语调、内心活动等；二是指对话引起的行为，如因争执而互相厮打，合谋共商之后采取的行动等。人物语言的动作性，除了能体现出人物的性格，表达人物的思想感情之外，还能推动戏剧情节的发展。戏剧语言要启发演员的表演，同演出时人物的行动相配合，暗示和引起角色的动作反应，并推动戏剧情节的发展，为演员留下表演的余地。

（三）戏剧语言具有节奏性特点

戏剧语言要想在舞台上打动观众，就必须讲究韵律和节奏，这样演员读起来才能朗朗上口、铿锵有力，观众也才能从对话中得到内心的愉悦。戏剧的语言在听觉上要诉诸美感，起伏变化、抑扬顿挫，才能符合视听艺术的特点。比如：

Puck：How now spirit!Whither wander you?

Fairy：Over hill，over dale，

Through bush，through brier，

Over park，over pale，

Through flood，through fire.

I do wander every where，

Swifter than the moon's sphere；

And I sever the fairy queen，

To dew her orbs upon the green.

The cowslips tall her pensioners be：

In their gold coats spots you see；

Those be rubies，fairy favours.

In those freckles live their savors：

I must go seek some dewdrops here，

And hang a pearl in every cowslips' ear.

Farewell，thou lob of spirits；I'll be gone：

Our queen and all her elves come here aron.

（William Shakespeare，A Midsummer Night's Dream）

朱生豪译文：

迫克：喂，精灵！你飘到哪儿去？

小仙：越过了溪谷和山陵，

穿过了荆棘和丛薮，

越过了围墙和园庭，

穿过了激流和爝火：

我在各地漂游流浪，

轻快得像是月光：

我给仙后奔走服务，

尊环上缀满轻轻露。

亭亭的莲馨花是她的近侍，

黄金的衣上饰着点点斑痣；
那些是仙人投赠的红玉，
藏着一缕缕的芳香馥郁；
我要在这儿访寻几滴露水，
给每朵花挂上珍珠的耳坠。
再会，再会吧！你粗野的精灵！
因为仙后的大驾快要来临。

通常就语言形式而言，戏剧可分为诗剧和散文剧，上述例子属于诗剧，原文节奏明快、结构工整、抑扬顿挫、音韵和谐，具有典型的诗歌语言特色，朗朗上口，便于与演员动作保持协调一致。译文对原文的戏剧语言特色给予了高度关注，较好地体现了戏剧语言风格。

（四）戏剧语言具有简洁明晰的特征

戏剧作为表演艺术，有其独特的传播媒介。这个媒介不仅仅是纸张和文字，还包括舞台这一戏剧独有的场合。这就要求在演出过程中，演员必须做到在短暂的时间内对观众清楚、明白地表达剧情，所以剧本语言要简洁明晰，从而避免重复、冗赘。

（五）戏剧语言具有抒情性特征

戏剧语言是剧中人物表达思想感情的媒介。戏剧语言有两种：一种是舞台提示性语言，用于简单说明戏剧中的时间、地点、人物动作和心理等；另一种是人物语言，即台词，用于塑造人物形象，展示矛盾冲突，戏剧语言的抒情性在不同类型戏剧作品中有着不同的体现。在以诗歌体写成的戏剧中，其抒情性体现在语言的诗韵、诗味等诗性特点上，中外戏剧中都有用韵文写成的戏剧。在以散文体写成的戏剧中，其抒情性体现在具有日常口语特点，经过润色提炼的散文化语言上，近代戏剧常用散文写成。戏剧语言的抒情性有助于丰富人物形象，推动情节发展，表现戏剧作品的诗意力量，它是戏剧人物舞台魅力的重要表征。

第四章 英美文学素养培养

第一节 英美文学素养的价值

新时期背景下,社会的人才需求体现出全面性和综合性的特点,要求具备良好的综合素质。大学英语是我国高等教育的重要课程,在教学中应当注重学生英美文学素养的培养,加强各方面能力的提升。英美文学素养是在英美文学阅读基础上的能力提升,包括有文化素养、语言能力、心理素养等内容,因此文学素养的培养越来越受到广大教师的重视。本节将对培养大学生英美文学素养的必要性进行潜心研究,并探讨详细的教学策略。

一、大学英语教学中培养学生英美文学素养的必要性

大学英语教学的目的不仅是要求学生能够在工作和社交中流畅地用英语进行交流,培养学生的英语应用能力,而且要求提高学生的综合文化素养,增强自学能力,从而能够适应未来社会的发展要求。要达到上述目标就要求教师在授课的过程中,不能仅仅只是注重听说读写的训练,因为技能简单的相加不等于综合运用能力,从某种意义上来讲,综合运用能力应当接近于包含听说读写在内的文化素养。

(一)增强学生的文化感知

语言与文化是一体的,任何一方都无法独立存在。语言是文化的载体,文学学习是一种快速掌握文化知识的学习方法。大量阅读西方的文学作品,了解西方文化的价值取向、思维方式,以及评判视角等多方面的意识形态,能够包容、理解、尊重不同文化的学生,才是能够走向国际的人才。

(二)增强学生的英语综合能力

语言的学习十分重视积累,只有积累达到一定的程度才能够正确地、灵活地进行语言输出。而文化的学习可以仿效语言的学习。大量的阅读可以增强学生的语感,同时增加词汇量,并且还可以提升其语言的实际运用能力。The best way to learn English is to use it，在英语学习的过程中，学生要注意在学习中和生活中经常使用英语，只有在实际运用中才能使学生快速掌握英语知识，加深对文章的理解，发现文章中的美，体会作者的情感，进而提升学生的文学素养。

（三）加强学生审美能力和人文素养的培养

通过阅读体会不同的文学文体和语言风格，学习是从表层逐渐加深的过程，最后达到提高学生文学修养和审美水平的目的。大学英语的显著特征是具有丰富的人文性，具体表现在大多数西方著作中，无论是词的选择、句型的结构、文章的布局还是修辞手法、节奏韵律等都蕴含着丰富的情感，很多优美的文章都体现出了人类情感的真善美。通过教材提高学生的文学能力，培养学生积极向上的情感，使其身心得到全面的发展。

大学教师在授课过程中应当向学生充分展示英美文学的魅力，采用正确的方式进行英美文学作品的教学，在文学学习方法上，鼓励学生打破常规、大胆创新，这样不但可以开阔学生视野，提高学生的学习兴趣，而且对于活跃学生的思维和提升学生的文学素养方面具有重要作用，使他们能够在未来十分激烈的世界竞争中占据一席之地。

二、大学英语教学中培养学生英美文学素养的途径

（一）充分利用英语课堂教学

通过课堂授课培养大学生英美文学素养是广大一线教师的首选途径。大学生学习的英语教材都是经过教育部教材编纂的专业教师精心挑选的，因此每一篇课文都具有很好的文学性，教师要充分利用教材进行教学，切实发挥教材的作用。由于非英文专业的学生面对英美文学作品时无法做到深层理解，所以西方文学作品的学习要以阅读和欣赏为主，在其他方面如：文学学习的连贯性、系统性，以及理论性等方面不必强求，让学生学习英美文学的目的是能够体验和感悟英美文学的美感。教师在课堂教学的过程中，要充分调动起学生的主观能动性，活跃学生的思维，激发学生学习的积极性，化被动为主动，提高学习效率，保证课堂教学的有效性。

（二）利用网络式教学模式

传统的填鸭式教学以教师授课为主，忽视了学生的主观能动性，学生只是被动地接受知识，丧失了学习的兴趣。网络式的教学模式主要采用多媒体和信息网络教学，教学的内容不再局限于课本，还包括多媒体课件、音像资料、网络资源等。这种教学方式不但能够锻炼学生的语言，而且生动的教学画面使学生对文学作品记忆深刻。将对英美文学作品学习的重心放在体验和感悟方面，使学生快乐地遨游在丰富多彩的文学世界。同时鼓励学生大胆创新，发挥其主观能动性，培养学生的独立思考能力，从而对文学产生兴趣，提升英美学生素养。

（三）课内外进行师生互动

实践表明，大多数学生对课堂学习缺乏主动性，因此课堂教学应当发挥学生的主体作用，提高学生的自学能力，调动学生学习的自主性。同时教师要对课堂活动的形式进行改变，通过讨论、辩论等形式让学生感受英美文学的内涵。让学生在课下收集相关的资料并进行分析，再到课堂上进行讨论，将文学能力的培养延伸到课外。丰富的课外活动为文学能力的培养提供了广阔的空间，观看英美电影，如《The sound of music》《Legally Blonde》《Confessions of a Shopaholic》等；收听英语广播，如《China Business Radio》《English Evening》等；进行英文诗歌朗诵和歌唱比赛；排练英文话剧，如《The Gifts》《Susan and Cathy》等；组织英语文学社等。学生利用课余时间参与这些活动能够提高学生的英美文学素养。

（四）做好课前资料的搜集工作

兴趣是最好的老师，教师可以利用这一点调动学生学习的积极性和主动性。教师要做好课前准备工作，可以事先设计一些问题让学生充分表达出自己独到的看法和见解。例如：学习英语课文时，曾经有一课讲到莎士比亚的名言，教师可以围绕名言的出处、背景、相关文学知识等相关方面进行提问，让学生动手搜集资料并解决问题。通过提问让学生产生好奇心，激发学生探索的兴趣，点燃学生的学习热情，让学生在实践中学习，提升文学素养。同时还可以鼓励学生搜集一些类似的外国名人名言，例如：God helps those help themselves 天助自助者。Trouble is only opportunity in work clothes 困难只是穿上工作服的机遇。In this world there is always danger for those who are afraid of it 对于害怕危险的人来说，无论怎样这个世界上总是危险的。

（五）延伸课外阅读活动

教师在课堂教学的过程中除了完成教学大纲的要求之外，还要选择与主题相关的英美文学作品，延伸阅读活动，提高课堂教学的趣味性，让学生感受到英美文学的魅力。例如：《爱和友谊》这篇课文教师在课堂讲解时，可以让学生搜集《当你老了》的相关作品，让学生赏析这些文学作品，感受文学作品的美，陶冶情操的同时扩展知识面。诗歌体裁是最难学习的，因此为了使学生更好地理解诗歌，教师可以将诗歌编成故事或者话剧，然后让学生进行分组表演，同时可以使用道具加以辅助，使诗歌更加形象生动形象地展现出来，让学生身临其境，加深对诗歌的理解。通过这种教学方式既能保证课堂教学的效果，又能够提高学生的学习效率，让学生更加快速地走进英美文学的世界，提升学生的文学素养。

（六）加强课外学习的自主性

课堂学习的时间毕竟是有限的，丰富的课外时间为学生文学素养的培养提供了可能。例如：利用晚自习或者课余时间组织学生观看英语电影，电影结束以后要用英语对电影的情节、精彩片段、心得体会、对话进行总结，并以书面的形式将报告交给教师评阅，教师在评阅以后要准确指出报告的优缺点，并帮助学生进行改正。多方面评价学生，对于表现优秀的学生要增加其自信心对其进行表扬；对于表现不好的学生教师要鼓励其不要灰心，再接再厉。这种方式在检查学生理解程度的同时，又提升了学生的认知水平，培养学生的语言表达能力和写作能力，可以在故事的思索和感悟中提高学生的文学素养。除此之外，教师还可以鼓励阅读一些短篇小说，例如：《老人与海》《小王子》等。生动有趣的短文在吸引学生阅读兴趣的同时，也为学生留下了想象的空间，并且寓意深刻的短篇小说对学生文学素养的培养具有一定的帮助作用。

（七）有效地利用第二课堂活动

丰富课余时间，活跃校园文化，可以开设第二课堂活动。教师在授课的过程中可以将学习的内容与第二课堂结合起来，使得学生尽可能多地接触英美文学作品，并且受到英美文学作品的熏陶。例如：组织学生进行诗歌朗诵比赛或话剧表演，这样的学习方式不但丰富了学生的课余时间，而且开阔了学生的视野，拓展了学生的文学知识。还可以邀请教师进行讲座，讲授一些文学常识，这也是培养学生文学素养的一个好方法。另外，进行电影欣赏也是有效可行的办法。

英语课程开设的目的不仅仅是能够运用英语进行交流和取得高分数，更重要的是扩大学生的知识面，开阔学生的视野，增强学生对世界文化的进一步了解。教师在讲课的过程中不但要完成教学大纲的要求之外，而且要延伸课外阅读，选择拓展阅读的内容要与学习的主题相关，有效地利用教学资源，激发学生的学习兴趣，发挥学生的主观能动性，化被动为主动，提高学习效率，提升学生的文学素养，保证课堂教学的有效性。

第二节 英美文学素养的培养方法

在市场经济背景下，人才依附于市场而必须具备适应市场的能力，对学生而言，不仅要有英语实践能力，还要有跨文化交际能力，英美文学素养显得尤为重要。随着大众化教育的普及，毕业生数量逐年增加，就业压力越来越大，高质量的教育有利于缓解就业压力，培养学生英美文学素养是其重要一环，必须引起足够重视。在实际教学中，教学内容主要以现代英语为基础，培养学生英美文学素养的内容少之又少，又常常被忽略，不仅影响教学质量，同时还造成了学生英语学习的不平衡发展。

一、英美文学在英语教育中的作用

首先，可提升学生的英语能力。英美文学有其独特的文化魅力，与东方文学相比有着很大的区别，通过学习英美文学作品，不仅丰富了学生的词汇储备量及语言表述方式，还可以在其中提取关于西方的生活、文化、社会等内容，加深对西方文化的了解，从而在实践中更能体会英美文学的魅力，同时有利于提高学生学习英语的热情。其次，促进对英美文化的解读。不同国家有不同文化特点，文学作品是对一个国家乃至一个时代最好的见证。通过阅读英美文学作品，可以感受到英美人民真实的情感表达，学习到更深层的精神文化，对西方文学作品的思想观念有更深刻的理解。再次，激发学生的创造力。在教学中加入文化素养教学，可扩大学生英语知识范围，有利于学生理解与应用，进而使学生喜欢上这门课程。在此基础上，学生与文本的互动能力增强，最终达到提高阅读能力的目的，在学习中，学生更容易找到兴趣点并激发潜在创造力。

二、培养学生英美文学素养的对策

（一）以就业为主要发展方向，培养学生兴趣

任何一名学生都离不开社会，学习的目的是在各行各业工作和深造，熟练应用英语是一项基础技能。不同工作对英语要求是不一样的，在课本中加入针对性内容的同时，应当注重培养学生的英美文学掌握能力，提升知识的宽度和深度。在教学中穿插一些英美文学故事，这样可以让学生感受其文化魅力及自身的不足，提升探索英美文学的内驱力。这种内驱力需要兴趣来支持，在教学中针对不同特点学生开展因地制宜地教学尤其必要，营造积极和谐的教学氛围，可以使学生在寓教于乐中不断迸发学习乐趣。学生心理素质培养亦十分重要，通过合理规划教学内容，解决一些学生学习中遇到的问题，让他们感受到自己的学习在不断前进，自我能力不断提高，进而产生自信心。鼓励学生课下多看英美文学作品，课上积极主动发言，在一些学习环节采取小组合作方式，增加学生之间的互动与交流，进而使学生获得更好的学习体验。

（二）在教学中添加英美文学鉴赏

英语教学目的是让学生英语应用能力得到提升，这种思维模式与汉语有一定不同，虽然在教学中有所注重，但对英美文学常常会将其忽视。英美文学作品中的精华与现代英语有较大区别，学生学习起来比较困难，即便对英美文学与现代英语的区别有所了解，也会遇到许多麻烦，加上英语教学中忽略这一部分，学生想要从英美文学作品中获得独特的人文素养较为困难，而这种人文素养恰恰是学生欠缺的。所以在英语教学中，可以加入一些英美文学相关的鉴赏内容，使其对大学生人文素养产生作用，进

而提升学生英美文学素养。研究表明,英美文学与中国传统文学有异曲同工之妙,对不同作品的鉴赏是一个循序渐进的积累过程,可以影响学生的思想观念,使他们产生积极向上的人生态度,在遇到挫折、困难时可以放手一搏,迎难而上。英美文学与中国传统文学在表达方式上有很大差异,对此,学生可以将英美文学与传统文学进行对比,对两种文化的不同进行分析,进而更为深刻地了解文化存在的意义。

(三)多依赖于校园资源提升自己

1. 充分利用教材

教材是主要的教学工具,课堂上使用最频繁,可以利用教材开展英美文学素养教学。譬如教材中一些内容是具有很强的文学性,可以重点对这些内容进行分类梳理,进而提高教学内容的宽度和深度。目前,英语课程改革具有一定难度,英美文学教学实施仍存在一些问题,而在教材基础上进行文学素养培养是一种很好的方式。如在课堂上,可以针对教材内容精挑细选一些文学性较强的课文,让学生充分感受文学作品中作者的思想和人性魅力,使学生受到感染和熏陶,或者让学生读整本的作品,进而有更深层次的理解。这种方式能够帮助学生提高自身的文学素养。比如 Pride comes before a fall. 翻译成中文是"骄兵必败",虽然这句话十分短小精悍,但非常有意思,也更容易引起学生的注意力,多以此类语句作引子激发学生的阅读兴趣,进而达到提升学生英美文学素养之目的。

2. 借读英美文学作品

图书馆有许多经典英美文学作品,之所以被称为经典,是因为其具有较高的文学价值,得到了大部分人认可。学生可以借阅一些文学作品,通过自己或者教师的帮助,了解其中的价值所在。大量英语阅读可以提高学生的阅读能力,还可以在阅读过程中增加单词储备量和文学素养。学生在阅读时势必会利用到自身的理解力去体会作品中表达的思想情感,这是一个锻炼过程,文学作品的领悟能力会逐渐提升。可以说,文学作品对提高学生英美文学素养至关重要。比如,为学生整理一个经典英美文学清单,或者是一些名人名言,让学生在闲暇时间阅读。在英语课上,可以让学生针对自己读过的文学作品发表一下感想,或者让学生组成小组探讨作品表达的思想感情,以这种方式增强学生对文学作品的理解,提高英美文学素养。

3. 多参与英语社团

英语社团的作用非常大,因为相较于课堂教学,社团更加自由化、随意化,学生自主参与,学习兴趣比课堂教学更高。学生完全根据自己的兴趣决定是否参与,所以有着较高的兴趣。社团是学生的社团,没有教师参与其中,这样更能发挥学生的主观能动性,不仅锻炼了组织能力,还提高了活动参与度。学生之间交流是没有任何鸿沟的,交流起来简单容易许多。比如,学生通过参与社团提高英美文学素养,就会涉及作品赏析、阅读比赛、文化知识竞赛等活动,这些是自发的,学生更乐意参加。

4. 多利用互联网学习

互联网时代到来，学习不再局限于有限的课堂空间，通过互联网进行英美文化学习也是不错的选择。学校有电脑机房，许多学生有个人电脑，可利用这些资源进行学习。这种学习方式是非面对面的，这样学生学习起来负担更小，更能畅所欲言，提高学生参与度，达到学习英美文学事半功倍的效果。比如，在讲解英美西方传统文化的过程中，可以利用网络资源收集相关的视频资料和图片资料，边讲解边将视频和图片展示给学生，这种方式让学生在脑海中形成相应的画面，进而加深对该知识的理解。

总而言之，随着时代的发展，传统的英语教学已经不再适应，人们对学生文学素养的关注越来越高，如何提高学生英美文学素养成为业内关注的焦点。提高学生英美文学素养是一个循序渐进的过程，既要合理有效利用校园有利资源，又要采取合理的教学方法，关键要让学生保持较高兴趣。探索培养学生英美文学素养的方法，有助于提高英语教学质量，为今后英美文学素养的发展奠定基础。

第三节　英美文学作品赏析与人文素养

当前优秀的英美文学作品在我们的生活中不胜枚举，而随着互联网以及智能化阅读方式在读者生活中的逐渐渗透，读者阅读和了解英美文学作品的渠道也更加多元。通过阅读英美文学作品，读者可以了解到西方不同的思想和文化，开阔自己的眼界，启发自己的思维，从而让自己的人文素养得到提升，因此我们也可以理解为赏析英美文学作品是提升人文素养的有效途径。所以本节也将围绕这一重点进行简要的分析，探讨其赏析意义和主要角度。

一、人文素养的概念、作用

（一）概念

要想理解人文素养的概念，我们不妨将人文素养按照"人文"和"素养"两部分进行分析。因为只有对这两部分内容有全面的了解，才能够在综合二者的基础上更好地诠释人文素养的重要内核，所谓"人文"主要是指所有人类在生产和发展过程中产生的各种学科和科学经验。比如我们比较常见的政治学、历史学、哲学以及当前探讨热度较高的经济学和本节想要探讨的文学等。它是人类在发展过程中所积累的十分宝贵经验的具象化体现，也是人类获取生活经验、掌握知识技能、进行探索和思考的主要知识来源。所谓"素养"则是指人类在发展过程中可以养成的能力素养和精神素养。当我们将"人文"和"素养"所包含的概念进行整合之后，就可以得出"人文素养"

的基本概念。也就是说，基于各种科学研究以及对学科知识的探索和思考所形成的知识水平，以及各类人文学科中所具有的以人为主体、以人为核心的内在精神。

（二）作用

人文素养对提升读者的综合能力以及优秀品质都有不可忽视的重要作用。在具体的工作和生活中，人文素养的重要作用更是不容忽视。因此，我们可以从以下两个方面来详细探讨人文素养所具有的重要作用。

1. 可以帮助人生价值观的形成

一个人要想在社会上得到更好地立足以及更好的发展，必须具有正确的价值观念、较高的道德素养，以及能够被人所肯定的可贵品质。培养人文素养的过程就是读者通过对一系列学科知识的学习和探索，来逐渐构架起了解世界、探索世界的价值体系和方法体系的过程。一般来说，如果一个人在成长过程中所接触到的知识越丰富，在学习和掌握知识的过程中思考越频繁，那么他也就能够拥有更加开阔的眼界，也能够从不同的角度更加全面地去思考和解决问题，从而在工作和学习中可以更好地实现自身的价值。人文素养的培养可以帮助读者形成良好的品格。除此之外，人文素养在帮助个体形成人生价值观的过程中还可以更好地提升个体的获得感和幸福感。因为人是社会性的生物，个体不仅可以从文学作品以及书本中汲取经验，同样也可以将自己所汲取的经验应用于自己的实际生活之中，在具体的实践中去感悟文学作品以及书本中所蕴含的道理，并且将之转化为己有。在这个过程中，个体将会更好地与社会的发展相适应，收获幸福感，让自己的精神层面更为丰富和饱满。

2. 可以让生活变得更有趣味

现在随着互联网的普及，读者对陌生事物和多元文化充满好奇，网络文学以及互联网文化对读者的生活产生了巨大的影响。读万卷书，行万里路，阅读的目的不仅仅是让读者获得知识，开阔眼界，还可以让读者的思想得到升华，让读者即使身处闹市，也依然能够在心灵深处拥有一片宁静的秘密花园。而阅读所获得的人文素养也同样可以让生活变得更有趣味性。因为在阅读的过程中，读者所收获的感想往往会潜移默化地影响到读者，让读者可以在生活中从不同的角度来看待问题。比如良好的人文素养可以将越来越多的人从低质化的网络小说以及互联网文化中解脱出来，通过阅读文学作品开阔眼界，树立正确的价值和道德观念。

二、英美文学作品对于提升人文素养的作用

（一）提升读者的审美能力

提升读者的审美是英美文学作品在提升人文素养方面的首要作用。因为作家在写作文学作品的时候，往往会融入自己的思想，为了更好地让读者感受文章中所表达的

内容会采用大量修饰手法以及各种细致的描述，从而让文学作品更具故事性、审美性以及深刻的精神内核。所以读者在阅读文学作品的过程中，会感受到文学作品所蕴含的审美价值，被优美的语言、引人入胜的情节和所表达的美好情感所吸引，进而潜移默化地让自己的审美能力得到提升，并且会下意识地在自己的生活和工作中应用从文学作品中感受到的美学思想。比如，在英美文学领域有着深远持久的影响，而且有大量优秀作品的马克·吐温、莎士比亚等伟大的作家，他们的文学作品不仅有着引人入胜的情节，而且具有极高的美学价值。读者细细品读之后不仅可以更好地了解作者所处的时代，而且也能够感受到其中的美学思想。

（二）陶冶读者的情操

学习是为了让我们变得更加优秀，而文学作品中也同样蕴含着一些优秀的知识。比如，作者在写作过程中会围绕某一个核心思想来展开对故事的叙述，或者在写作的过程中，将自己想要表达的思想，用文字的方式呈现出来。因为有了作者的思想，所以文学作品更加富有灵性和趣味性，而且也比较容易让读者在阅读的过程中产生共鸣。当越来越多的读者通过阅读文学作品和作者产生共鸣时，自然也会感受到作者通过文学作品所要表达的思想。尤其是在一些经典的英美文学作品中，作者往往会结合其所处的时代背景，所以这些文学作品也是读者了解作者所处的时代的重要"窗口"。透过纸间的文字，读者可以在阅读的过程中接受人文精神的熏陶，并且让自己的文化修养以及智慧得到增长，与此同时因为感受到了文学作品中所蕴含的精神内核，所以，读者也会在不断思考中让自己的情操得到陶冶。

（三）丰富读者的情感

英美文学作品中，除了一些文学大家所写的散文诗歌之外，中国读者最喜欢的莫过于那些拥有跌宕起伏的情节以及精彩描述的英美小说，而小说所具有的最为典型的特征就是一环套一环的情节以及小说中主人公之间的情感和思想上的冲突与碰撞。读者在阅读时因为被小说的情节所吸引，所以往往会让自己的情绪随着小说的情节而流转，感动小说人物所感动的，难过小说人物所难过的，仿佛透过小说中一个个人物的双眼，看到了他们所处的时代，看到了他们在小说中所处的世界以及他们的内在精神。而在这个过程中，读者的情感也会因此而变得更加丰富，仿佛可以从一部小说中感悟复杂的人生，经历了小说中人物所经历的喜怒哀乐。而读者在阅读英美文学作品的过程中所获得的洞察世事的感悟以及悲悯之心，可以让他们的心灵提升到更高的层次，让他们的心智逐渐得到完善，让他们在感悟人生的过程中，思考什么是正确的生活方式，并且寻找真正适合自己的生活方式和自己身处这个世界应该寻求到的并为之奋斗的目标。这便是通过英美文学作品赏析来培养读者人文素养的最为深刻的作用，也是最具魅力的地方。

（四）完善读者的知识架构，开阔读者眼界

完善读者的知识架构，开阔读者的眼界，同样是英美文学作品赏析对于人文素养提升的重要作用之一。因为文学作品并非只是某一部文学作品，而是伴随着英美文学史的发展而产生的数量庞大而且丰富的文学之海。其中既有文字优美、极具审美意趣的散文和诗歌，也有大量情节引人入胜、人物个性鲜明的小说。而且由于作者所处的时代不同、环境不同、人生境遇不同，所以也使得这些文学作品能够很好地反映出英美国家的历史发展脉络。很多文学作品中还包含了大量对于英美国家风景名胜以及民众生活习俗的介绍，所以这也使得这些文学作品具有极强的可读性。读者在阅读这些优秀文学作品的时候，所感受到的不仅仅是作者想要表达的思想，同样也能够透过作者的文字感受那些奇幻优美的异域风光，了解英美国家的风俗习惯，这样一来即使不能身处其中，也同样可以开阔读者的眼界。而这也便是英美文学作品的魅力所在。而当读者的知识架构得到了丰富、眼界得到了开阔，那么人文素养自然就随之提升了。

三、通过英美文学作品赏析提升人文素养的有效途径

（一）选择合适的文学作品

现在英美文学作品浩如烟海，不仅题材多样，而且作品的数量也非常庞大。因此要想提升人文素养，那么读者首先应该结合自己的需求，然后在此基础上，用科学的方法寻找适合自己的文学作品进行赏析。具体可以尝试以下两种途径：第一，阅读排行榜。阅读排行榜是读者了解英美文学作品内容的最为直接的途径。通常来说，如果一部文学作品的可读性非常强，而且拥有深刻的思想内核，能够引起读者的共鸣，在艺术思想上也同样拥有较高的造诣，那么就可以称之为优秀的文学作品。因此读者如果想要寻找适合自己的文学作品，不妨通过阅读排行榜上的好书推荐对作品的大概内容有一定的了解，然后再结合自己的喜好和兴趣进行深入的阅读。第二，互联网查找。很多人在阅读英美文学作品的时候，都是通过别人的推荐或者自己对某一个题材的偏好来选择的。所以为了判断该文学作品是否符合自己的阅读需求，读者可以在互联网搜索该文学作品，了解之后，再行决定是否阅读。

（二）了解作者的生平以及作品背景

了解作者的生平以及作品的写作背景，也有利于培养读者的人文素养。因为一般来说在英美文学作品，尤其是英美古代文学作品中，很多作品大多数都是作者不满于当时的社会现状而写的，反映出他们所处的那个时代。因此，读者在接触到每一部作品之前不妨对该部作品的作者以及作者的生平和他所处的时代背景进行一个简要的了解，然后再去阅读英美文学作品。这样一来就可以让读者在阅读的过程中更好地感

受文学作品所蕴含的思想内核,而且也更加有侧重点,从而也有利于提升读者的人文素养。

(三)掌握文化差异深化情感认知

因文化差异,读者在欣赏优美作品时依旧按照中国文化传统思维揣摩文学作品,在理解上不可避免地会出现一些偏差甚至错误。比如,在人物性格特点的刻画上,中国文学作品与英美文学作品有着较大的差异,如在用词上。因此,首先必须要深入地去了解文化差异,全面把握作者的写作意图,才能够对其思想内涵有所认知。特别是要对英美文学作品的每一个单词认真揣摩、深刻分析,确保对其中的深刻含义能够有所把握,准确掌握其内涵。读者只有反复分析、反复认知才能够对每个词的含义做到精准把握。其次,由于文化差异,学生在赏析英美文学作品时难以避免会按照固有思维去理解,所以要改变思维习惯,学会用英美思维来赏析作品,才能够对作品的精髓准确把握。只有对情感做到完全的认知,才能够做到深入赏析。再次,读者要深入阅读,在情感上下功夫,发现英文作品的意境。作品中的语言语境是重要内容,作者都是通过这些来进行情感表达的。因此,所用的词都非常谨慎,可以说是推敲出来的。每个词语背后都有深刻的意图。读者要认真品读作品,才能对作品的内涵全面把握,最终实现人文素养的有效提升。最后,作者的写作风格不同,表达手法也不同,有的擅长幽默风格,有的擅长豪放风格。因此,要注重发现作者的风格表达特点,才能对作者的写作意图有深入的了解,同时对作者想要表达的情感全面认知。

(四)学会总结和思考

在阅读完英美文学作品之后,读者不妨通过总结和思考来对自己在阅读中取得的收获进行"反刍",这种总结和思考最大的好处就是能够对文学作品有一个整体的认知,然后从不同的角度更好地赏析文学作品。就比如说作者是如何做到文学作品的精神内核和故事情节相统一的?作者想要通过这部文学作品向读者传递一个什么样的世界?这部文学作品所采用的叙述方式是什么?这部文学作品中最为经典的段落是什么?……这种反思和总结的过程亦是对文学作品赏析的过程。而在这种赏析中,读者的人文素养也能够得到有效提升。

综上所述,赏析英美文学作品有助于提升人文素养。人文素养对于读者的成长来说有非常重要的作用,而提升人文素养的主要途径之一就是阅读优秀的文学作品,通过感受其中的语言之美和思想之美,来开阔他们的眼界,让他们更好地认识世界、了解世界,提升自己的道德修养,从而成为更好的人。英美文学作品是世界文学发展史上闪耀的瑰宝,因此广大读者也可以将英美文学作品赏析作为提升自身人文素养的重要途径,多阅读、多思考,从中得到更多的收获。

第四节　英美文学教学与文学素养培养

相关研究指出，"随着英语教育教学改革的深入，英语教育已经不仅是单纯地传授英语语言知识，而是转向培养学生的语言交际能力，提升学生的文化素养。英语教学也随着学生素养拓展开设了更多元化的课程，如文化类、文学类、应用类和语言技能类课程，为实现英语教育个性化教学和学生综合素质培养奠定基础。"在这一背景下，英美文学教学被赋予了更多的教育责任：从内容上来看，英美文学课程涵盖的内容十分丰富，其课程本身所具有的内容值得深入挖掘；从影响上来看，英美文学是学生语言学习过程中的重要过程与手段，也是管窥国外文化的重要渠道，因此该课程无论对于我国"新文科"建设，还是课程思政的开展而言，都具有十分重要的意义和价值。

除上文提到的责任外，我们也不能忽视英美文学课程对于学生文学素养的培养，自人类文学自觉以来，文学就成为世界、作者、读者与文本之间的互动，文学的本身不是语言的工具，而是有独立思想、独立内容与独立形式的艺术，因此，文学素养的培养，是英美文学课程必须要重点关注的内容。本节将从三个方面详细论述英美文学教学与学生文学素养培养的意义、关系与方法。

一、英美文学教学中培养学生文学素养的重要意义

论述英美文学教学中培养学生文学素养的意义，要从两个方面入手，一方面要认识文学素养在当下人才培养过程或环节中扮演着怎样的角色，对于人的全面发展具有哪些重要的意义；另一方面要认识文学素养的培养对英美文学课程自身而言具有怎样的意义。

文学素养在当前社会越来越受到普遍重视，有研究指出，"近些年来人们对精神方面的要求越来越高，也逐渐衍生了精神文明等相关概念，当代人对于自身的精神文明建设也越来越重视。这种思想逐渐蔓延到人才培养思路上面，对于人才的要求也不仅仅是专业技能的培训，当代对人才同样要求他具有更为全面的审美观念等。文学素养代表了一个人的综合素质，而综合素质的提高对人才的培养则意义重大"。一个人的文学素养的高低，不仅仅是一项专业技能水平的评判标准，也是考量一个人综合素质的重要因素之一，在当今社会，各行各业都需要具有文学素养和文学思维的人才，因此英美文学教学中培养学生文学素养，是响应了社会对于人才培养的需求。

此外，英美文学教学中培养学生文学素养，对于英美文学教学而言，乃至对于我国的外语教学工作而言，都具有重要意义。对于英美文学教学而言，文学素养的提高

是教育的直接目的，通过作品的赏析，让学生具有独立的审美鉴赏能力，获取文学知识，提高文学素养，这本就是英美文学课程的应有之义。对于我国外语教学工作而言，语言教育的两个重要影响因素是文化与语境，文化是孕育语言的土壤，语境是获取语感的重要手段，通过对英美文学的教学，能够从上述两个方面增强学生的语言能力。而真正意义上做到对语言的融会贯通，则需要以英美文学课程为载体，通过对文学素养的培养加以实现。语言是工具，用以打开文化之门，构建沟通桥梁，通过文学素养的培养，让学生打开文学世界，树立浓厚兴趣，毫无疑问有助于我国外国语教学工作的开展。

无论是从文学素养作为一种综合素质的体现，对人才未来成长所具有的重要意义而言；还是文学素养作为英美文学教学乃至外国语言文学教育的重要内容和必备环节，对课程体系以及教育过程发挥的重要作用而言，英美文学教学中培养学生的文学素养，都是具有重要意义的。在英美文学教育过程中，培养学生的文学素养，让学生充分了解外国文化、看到中外文化的差异，不仅能使其以更宽广的视野和更专业的眼光鉴赏中国文学，也有利于我国课程思政工作的进一步开展。

二、英美文学教学中能够培养哪些文学素养

上文中提及英美文学教学中培养学生文学素养的重要意义，如果说指出意义就是指明了方向，那么弄清楚在英美文学教学中，学生能够培养的文学素养有哪些，就是进一步确定我们需要获得的实际内容。

英美文学教学首先能通过大量的阅读获得文学常识。近年来，我国大学英语教学十分重视工具性与人文性的统一，对于文学与文化常识的教学也有所侧重，这是教育的方向与趋势。研究指出，"教育部对大学英语的教学中要求，该课程不光是作为当代大学生一门基础的语言课程，它还是学生们不断拓展知识，了解世界各地文化的课程，要做到人文性和工具性相统一，要充分考虑到对学生国际文化常识的教育以及文学素养的培养"。英美文学教学能够通过对英美文学经典的阅读，获取文学常识，了解作家、流派等基本信息，大致理清文学史脉络，对英美文学的发展历程有基础性、通识性的了解。当前我国英美文学课程主要开设在外国语学院而非人文学院，这主要考虑的是语言环境，同样的作品，原文与译文存在着一定的区别，英语语言环境所能够获得的直观阅读感受，也是译本所没有办法提供的文学体验。通过英美文学教学的阅读环节，让学生接触作品、了解作家，感受不同作者、不同流派的语言风格，从而获得文学常识。

英美文学教学还能够通过对文本的细读培养创作能力。阅读是创作的前提，只有大量的阅读才能够获得源源不断的创作灵感。在英美文学教学中，通过对优秀作品的细读，能够获得不同程度的积累，这一积累的过程最终能够形成一个人的文学底蕴，激发其创作灵感，培养其创作能力。在语言上，文学性的语言往往经过修辞与加工，

这对于外语学习而言具有更高的难度，同时对语言的提升也是十分显著的，无论是语感的培养还是措辞的严谨，都能够提高学生的语言使用能力；在形式上，不同流派的作家会形成其不同的行文风格，叙事视角的差异、行文的结构都会有所区别，而这些差异与区别则能够形成不同的阅读体验，继而影响学生的写作风格，例如对福克纳等意识流作家的阅读，学生能够获得艰难但新奇的阅读体验，这与阅读海明威式的叙述风格、狄更斯式的叙述风格又都有着非常明显的区别，但在上述作家的著作中，文学的魅力却同样存在，这就能够形成思考和选择，学生能够通过不停地阅读—思考—创作的循环中，培养属于自己的创作风格，潜移默化中提高其文学创作能力。

英美文学教学能够通过对情感的共鸣获得审美体验。文学作品，无论作家是否在其中刻意隐藏自己的情感，都是作家创作的产物，都带有作家的烙印，这也使得每一个文学作品都有着情感性，具有优秀文学素养的人，能够更加敏锐、更加敏感地捕捉到文学作品当中所蕴含的情感内容，并容易找到共鸣和获得审美体验，换句话来说，英美文学教学能够通过培养学生对作品情感的共鸣，培养学生的审美体验，并形成对人类普遍问题与情感的思考，产生深刻的人文关怀。正如研究指出，"英美文学作品鉴赏是了解英美文化以及语言的有效途径，也是英美语言的精髓与载体。文学作品的阅读与鉴赏，有利于提高对语言的认识与理解，并能丰富语言的学习体验。所以，英美文学作品的艺术审美过程具有多种功能与价值，既能提升读者的审美情趣，又能进一步理解英国与美国的作品的艺术内涵，了解中西文化的差异。"

无论是通过阅读获得文学常识，还是通过文本细读培养写作能力，抑或是通过培养情感共鸣培养审美意识，都是英美文学教学所能够承担的教育内容，让学生在纷繁的英美文学宝库中，不断汲取营养，扩展视野，培养语言能力，提高文学素养。

三、如何通过英美文学教学培养学生的文学素养

在具体的英美文学教学培养中，需要从教育理念、教育手段、教育过程等方面入手，不断提升教育质量和水平，通过英美文学教学培养学生的文学素养。在当今社会，对英美文学教学方式的反思与创新成果颇丰，且涉及面较广，如有研究指出，"观念上，重新认识英美文学课程所发挥的思政作用;方法上，突显强调'诱发引导、交互对话'；目标上，启发学生从跨文化视角、以跨学科思维评价外来文学与文化，引导学生树立正确的价值观，培养学生的思辨能力以及传递中国能量、中国精神的意识与责任感。"无论是观念、方法、目标，还是教育理念、教育手段、教育过程其所追求的效果都是一致的：提高英美文学教学的质量和水平，培养具有世界眼光的，具有良好文学素养的，符合社会发展需求的可用之才。

教育理念是教育过程的先导，先进的教育理念能够促进教育的发展，因此英美文

学教学的教育理念必须坚持与时俱进、开拓创新，服务教育工作大局。传统的教育理念中，英美文学的教学，是服务于语言教学的手段，教育的目的是培养学生的语言能力而非文学素养。前文已提到，一方面文学素养的提高对于语言能力的培养具有重要的促进作用，另一方面文学素养已成为人才必须具备的素质之一，必须下大力气进行培养，因此必须充分更新观念，重视英美文学教学中文学素养培养的意义。

教育手段的变革是提高教育成效的关键，当下可选择的教学手段可以称得上十分多样，除传统教育手段外，新媒体等新兴教育资源的运用，也是教育手段革新的关键。对于英美文学教学而言，充分利用新媒体资源，能够获取更丰富的教育素材、更加灵活的教育形式、更便捷的教育反馈、更科学的教育评价，通过新兴教育手段的运用，不仅能够提高学生学习的积极性、主动性，也能够节约教育资源，取得良好的教育成效。

在教育过程中，在通过英美文学作品进行语言教学的同时，要重视文本的精读、细读，注重细节的把握，可将不同作家、流派的作品进行对比教学，更多地拓展知识领域，介绍创作背景、流派风格等内容，增进学生对作品的深层次感悟与理解，提高审美水平。将更多的课堂主导权交给学生，通过集体研讨、模仿创作、知识拓展等手段，鼓励学生多发问、多讨论、多创作，从而全方位培养学生的文学素养，充分利用英美文学的丰富教育资源，为我国培养精通语言、文化又兼具文学素养的专业人才。

纵览全文，英美文学教学中培养学生文学素养，是必要的也是必需的，通过对优秀英美文学作品的赏析和解读，培养学生的文学感悟与文学素养，从而建立起对学生影响深远的人文情怀，是英美文学教学能够承担的教育责任。从教育理念、教育手段、教育过程等方面入手，不断提升教育质量和水平，能够切实提升学生的文学素养，继而提升英美文学教学的质量和水平。

第五节 英美文学教育对学生人文素养的培养作用

英美文学中所体现出的人文主义精神对我国教育有着重要影响，符合我国新时期对高等院校英语方面教学的要求。教师在日常的英美文学教学中，通过不断增加学生们的阅读量，丰富学生们的阅读题材，来增强学生们的阅读能力。学习文学大家的优秀文学作品，是通过影响和改变大学生的内在思想，从而转变其观念来指引学生更好地发展与成长。

一、大学英美文学教育的现状及问题

阅读作为一个扩展学生视野，增长学生见识的重要途径，可以提高学生的各方面

技能，提高学生对于文学课堂的兴趣度。此外在推进英美文学教学课堂的过程中，要注重对于学生人文素养的培养。英美文学的传播能够充分地展示英美文化，体现英美人文精神，其对培养高中学生的人文素养有着重要的意义。但就大学英美文学教育的现状而言，仍然有许多亟待解决的问题。

（一）阅读题材单一，阅读面较窄

现阶段大学英美文学教育所使用的阅读题材大多来自课本上面的名家选集，对于目前大学生阅读能力所需的阅读量，是远远不够的。教材中的阅读材料较为单一，仅按照教学内容的进度来安排相应的课时，选材也是比较老套。教师在进行文学阅读分析时，仅对课本中涉及的阅读内容，进行简要的分析，学生在学习阅读时不能够全面的调动思维，阅读面窄。不能够全方位地了解名家的写作特色，写作风格和写作手法，因此对于文学阅读能力的提高是极为不利的。

（二）教师课设方式老套，学生积极性不高

在英美文学教育的课堂中，大多呈现的是以老师讲课，学生听课为主的传统教学模式。这种教学模式极不利于学生发挥其主动积极性。学生在进行文学阅读课时，仅是以听者的身份来听老师的讲解，或者老师以传统的方式，要求学生阅读相应的片段内容，并由学生来进行分析和理解，这种方式不利于学生全面的把握阅读思维。大学的英美文学教育相比于传统的文学阅读而言，有着其独特性。其中重点是要向大学生传输一种人文精神，因此大学的课堂就要进行适时的创新，课设方式的老套也无法激起学生们对于文学阅读的兴趣。

（三）教师方式缺乏新意，人文素养实施力度小

从古至今来看中国文学经典的传承与发展，体现出了曲折性的前进特征。优秀的文学作品也被保留了下来，而国外也同样具有众多优秀的文学作品。通过品读和研究优秀的文学作品，可以从中吸取精华，感受不一样的人文气息。但目前大多数的英美文学课堂上，老师采用以教师讲解为主的教学模式，面对教材上满篇的文字叙述，学生很难激发自身的学习兴趣，这就需要老师运用新颖独特的方式来活跃文学课堂。再者说，在各大高校推行英美文学教育，对于人文素养的培养实施力度较小，并没有形成教育的普遍性。

二、大学英美文学教育对学生人文素养培养的重要性

在大学阶段推进英美文学教育，是对文学教育中缺乏人文素质培养现状的一大改良和创新。广泛阅读不同题材，不同名家的阅读作品，全面了解优秀作品中蕴含的思想和道理，品读文学作品中的人文思想，从而提高自己的文学阅读能力，加强自身的

人文素质。学生们通过学习这些作品可以增加其对相应的历史背景和人文地理的了解，因为了解了时代背景，其对相应的人文知识的理解就更为透彻。

（一）提升知识储备，增长阅读知识

不同的阅读题材反映的是不同的知识，学生广泛阅读，吸取不同的知识来丰富其自身。让自身得到发展，并在阅读的过程中增长了自己的见识和视野。通过广泛的阅读，学会了与作者进行交流，感受作者的语境和心境，以此来提高自己的阅读能力。例如，在进行文学阅读时用笔勾画出痕迹，并在读后写出感想，加深印象与感受，提升阅读质量。在这个过程中会和作者产生思想共鸣，在潜移默化中，对于自我的意识和思想有一个提升。

（二）拓展逻辑思维，提高阅读能力

学生在阅读的过程中，不仅是对阅读文字的理解和把握，也是对作者思想的碰撞和升华，不断地通过阅读，感受作者在传达的一种人文精神。对自身的思维逻辑是一个很好的提升。学生在阅读的过程中，并不是死板的记忆文字，而是有思考的选择性的进行记忆，并在自己的脑海中，对于知识有一个筛减的过程，这就很好地锻炼了学生的逻辑思维，也体现出了大学阶段推进英文教育，对于人文素养的提升是一个很好的途径。

（三）传承优秀经典，培养内在品质

中华文化博大精深，中国经典文学作品丰富多样，其价值在任何时期都不可磨灭。同样国外的著名文学作品，对于提升大学生的内在修养也是十分重要的。文学知识的丰富性与广泛性，很好地满足了学生对于各类知识的学习需求，这也是学生提高自身内在修养的过程。英美文学教学所不同于其他门类学习的地方，就在于文学极具传承性，许多优秀思想与人文精神理念都可以在现代社会中发挥良好的作用。这也是在大学阶段实行英美文学教育的原因，逐步培养学生的内在品质。

三、大学英美文学教育对学生人文素养培养的主要措施

要推进大学英美文学教学的改良进程，加强学生对于人文素质的提升与培养，教师要发挥自己的引导作用，发挥出了文学阅读的独特性作用。通过介绍不同体裁，不同作家，不同时代的阅读材料，保证阅读的多样性和多元性，让学生充分地体会到文学阅读课堂的丰富性。学生们在学习这些欧美作品时，需先了解相应的时代背景，然后再把自己置身于当时的场景之中，这样才能够领会到英美作品浓重的人文主义精髓。并在文学阅读的影响下，感受不同的人文主义精神，帮助学生更好地进行人文素质的培养。

（一）以作者为中心进行选文阅读

大学英美文学的教材中有关于课文选材，都是名家的著作。因此教师在进行课堂阅读相关训练时，对于重点内容进行赏析和分析，从而提高学生的文学阅读能力。因此教师可以在课堂中引入同作者的其他著作。英美文化中赞美崇尚奋发向上、坚韧不拔、刚正不阿的精神，这也是其能成为世界主流文化的原因之一。例如，在学习《喧嚣与骚动》是美国现代主义作家威廉福克纳的经典作，教师可提供作者其他优秀作品供学生阅读。在阅读和欣赏中提高对于写作风格和写作手法的理解和掌握，感受作者独具的人文主义思想，从而有助于学生对于作者人文精神的理解和把握，感受不同的人文气息。

（二）以题材为中心进行选文阅读

要保证阅读题材的广泛性和丰富性，每个学生都有不同的爱好和兴趣，要充分地考虑到每位学生的不同需求，并通过丰富阅读题材，来扩展学生的知识面，保证其全面发展。例如，教师在课堂教学中分模块进行阅读练习，感受不同题材作品的魅力。对于文学阅读的鉴赏，风格和写作手法都有所不同，而学生的阅读兴趣也各有偏差，因此教师要做到全面和具体化。教师在教学中不能单一的进行一类的讲解，要尽量使文学阅读课堂，变得丰富多彩。在丰富阅读的过程当中，也会加深学生对于人文情怀的理解。事实上，学习英美文学教育不仅能给现代学生对汉语的运用给予一些启发，还能培养学生的人文素养，更能提高学生的语文成绩，这可谓一举两得。

（三）提升教师队伍素养，丰富文学教育方式

教师自身要提高文学素养与知识储备能力，便于解答学生的疑惑与难点，更要时时关注学生的所感所思，这是体现学生自我意识提升的关键。与此同时，要革新教学方式，采用生动有趣的教课方式，可以讲解文学经典中的趣事，从中挖掘人文主义思想。也可以通过举办有关文学知识的竞赛游戏，激发学生的学习兴趣，培养竞争意识，边玩边学习文学。通过结合学生的成长特点，让文学真正融入学生的学习生活中，从多方面来培养学生的人文素养。教师应当让学生在今后的学习过程中自觉重视课本中蕴含的人文素养，以实现学生的全面发展。

无论对于大学英语教育还是语文教育来说，大学英美文学教育均是其不可缺少的组成部分。英美文学作品在很大程度上反映了英美文化中的人文精神，因此其对培养大学生的人文素养有着重要的意义。学校对学生人文素质的教育，对培养人才、促进学生全面发展有着直接的影响。英美文化课为拓展学生素质提供了必要的文化背景和文学素养支持。

第六节　英美文学作品中人文素养的社会体现

我国教育改革不断深入，教育工作者对学生人文素养培养更加重视。在外语教学中，英美文学作品蕴藏着丰富的人文素养。教师应该充分挖掘和利用英美文学作品，带领学生体悟和感受作品中人物的内心与情感，结合不同作品风格展开不同讲解，从而逐渐丰富学生情感积累，提升学生人文素养。

一、文学与人文素养概述

人文素养有助于学生构建正确的思想内涵，形成恰当的人生观和世界观。人文素养更加倾向于个体内在素质的形成，主要指向价值观和发展意向，个体能力所占的比重并不是很大，从这个角度来说，我们可以将其理解为人文精神的特殊形式。人文素养与人文精神、道德精神、科学精神和艺术精神之间具有相互促进的作用。人文精神所探究的是人的思想和内心，推崇人的自由和解放，致力于打破各种传统的腐朽的思想和思维，从而促使人的价值在这个社会得到充分的发展和呈现。文学作品实质上是一个社会和国家的发展写实，它从实际生活中提炼而出，经过升华，其意义又远高于实际生活。文学作品建立在社会生活的基础之上，又集合了作者的想法和感情，并通过文字创立符合自己认知的社会形态。从这点来看，就能充分理解文学作品对社会及作者人文素养的依赖。英美文学是人类文化非常重要的组成部分，充分反映出了当时社会的生活状况，具有很高的艺术价值和审美价值，也为世界文化的发展贡献了很大的力量。后人通过对于优秀的英美文学作品的研读和分析，能够提升自己的鉴赏和创作能力。

二、英美文学作品中体现的人的本质

英美文学作品一般通过细节化的方式将人的动作、语言、神色阐述出来，从语言上促使人物形象得以饱满，而人物的心理活动则不会用直白的语言表达出来，通常会采用人物的小动作或者其他人的视角从侧面描述出来，最后通过对几个主要人物以及周围环境的细化描写，提炼出所在时代的普遍情况和社会问题。例如《威尼斯商人》，以一场官司作为矛盾冲突的集中体现，对在场的主要人物进行细致的描写刻画，淋漓尽致地展现了善与恶、金钱与情感之间的对立，这也是其他作品中普遍出现的一个主题，为了更加充分地体现出这一点，作品对某些人物的刻画超出了合理的范围。以《威尼斯商人》中的夏洛特为例，其在文章中的出现就是为了说明人邪恶的一面。为了彰显主角的伟大和良善，作者对他的描写充满了"恶意"。无论从哪个方面讲，他身上都没有体现出任何人情味，也没有任何优点。这一极端化的角色也成为这部作品受人争议的原因之一，而这也是很多英美文学作品所具有的通病之一。

三、英美文学作品中人文素养的社会体现

（一）塑造鲜明人物形象，彰显人性本质

很多英美文学作品所塑造的背景和环境都具有现实意义。作品中的人物大多是作者为满足自身情感而创设的，一定程度上代表了作者的某种愿望。这种现实主义的描写方式从侧面上彰显了所处时代社会文明的进展情况。通过对各式各样人物角色的描写，明确了当时社会基本社会阶层的人物特点和具体生存情况，对当时社会的时代内涵和文化价值等进行了解释和呈现。以《哈姆雷特》为例，作品描写了一个本性良善、正直向上的王子哈姆雷特，他以自己的目光去看待这个世界，认为人类社会充满了幸福感，人类普遍具有正确的价值观念和发展观念。哈姆雷特竭尽全力进行复仇计划，其根本目的是让社会彻底变成自己所幻想的和谐社会。哈姆雷特在为父报仇的使命中，树立了扭转乾坤、改造世界的宏伟目标，并用尽全力去实现这个目标。无论是他的报仇动机，还是报仇手段，都体现出了这种正直、高尚的特点。这让读者充分体会了哈姆雷特对美好世界的向往，对真、善、美的追求。如这部作品所言，人是这个世界最为聪明的物种，因此其自身应该具有正确的价值观念，并怀有有益于这个社会的目标和理想，充分调动自己所具有的智慧、勇敢、坚强等优良品质去完成它。如果每个人都是这样，那么我们的社会就必然是光明的、和谐的，这也是社会发展的意义所在。

（二）设计鲜活的情节，刻画社会发展基本形态

英美文学作品通过一个个画面中的情景化故事，体现了当时社会的主流问题，让人们对当时的欧美社会有了一个大致的了解。英美文学作品为世界文学做出了巨大贡献，也为社会历史学科对其进行研究分析提供了十分充足的史料。一般情况下，英美文学作品中的故事情节在很大程度上将现实社会情况情景化，进而升华出当时社会的普遍价值观念，也通过更加文学性的手法，促使事物更加生动起来，促使人们对当时的文化发展情况有了相应的了解。例如，《简·爱》描写了一名不畏命运的女性，她在经历各种艰辛、坎坷后，仍不放弃追求自己的幸福，最终赢得了自己想要的自由和尊严。这部作品描写了那个社会中女性权利的不断崛起，体现了人们的价值观念在朝着正确的方向发展。英美文学作品通过对人物和事件进行深入的描写和刻画，良好地体现了人文素养、社会发展趋势、时代特点等。

（三）源自社会生活，呈现不同时代下的人性追求

英美文学作品除了反映当时的社会现状，也体现了人本身所期望的人性，通过各种情景化的描写，将这一核心理念进行深入的描写和刻画，使人文素养得到了淋漓尽致的挥发。《哈姆雷特》中的主人公看尽了人性的邪恶和阴暗，但还是希望能凭借自己的努力唤起人的本性，还给人们一个和谐、美好的社会。《简·爱》从女性的角度描述了社会变化对女性的启迪，描写了那个社会的发展进步，也充分地体现了女性对权力和平等所具有的新的认知，并竭尽全力去维护属于自己的幸福和自由，很大程度上帮助女性维护了她们的权利。

四、依托英美文学作品的人文素养提升策略

可以依托英美文学作品，加强对其他文化的认识和了解，从而促使人文素养的提升，具体可以从以下几点入手。

（一）认识文化差异，革新思维方式

中西方文化有着本质性的区别，不适合用东方的文化思路来思考西方的文学作品。英美文学作品和中国文学作品之间最大的区别在于人物描写。研究者为切实地明确作品想要表达的核心精神和思想感情，可以从反复推敲词语入手，从词语上了解其想要表达的含义，再扩大到句子乃至段落中，从而全面了解作者对作品所赋予的内涵。很多学习者在研究英美文学作品时遇到的最大问题就是文化根基的差异。因而，学习者要从对作品的文化根基的了解做起，切实地领会到作者想要表达的人文观念。

（二）提高审美水平和认知

学习者在加强自身文学素养的同时，也要有意识地提升自己的审美素养。学习者要对作者在作品中使用的语言和表达方式进行深入的了解，以便实现对整个作品的了解。不同作者的写作方式是不尽相同的，学习者在研究作品时应该对作者的写作风格进行深入的了解。由此可见，全面性地提升自身的审美素养是赏析英美文学作品的必要条件。

（三）提炼社会价值，形成思想共鸣

英美文学作品影响的范围和深度不断得到拓展，以女性为主人公的一些作品受到很大的关注。女性逐渐意识到自己在其所处社会应该具有的价值，开始抗争剥削和歧视、追求自由平等，给读者以很大的触动。以《简·爱》为例，作者所描绘的女主人公即便遭受再多的不公，仍不放弃追求自己所想要的自由，为更多的女性追求幸福提供了精神上的支持。

（四）挖掘人文因子，完善学生人格

英美文学作品蕴藏着大量人文素材，在语言表达方式、句法构成、语法规则等方面潜藏着人文因素。在教学过程中，教师要有目的、有针对性地开展人文教育，引领学生用心体会作品中的世界，感悟和联想自己的实际情况，从而实现自我人格的完善。在讲解文学作品时，教师可以鼓励学生写书评，使学生进行更加深刻的反思；也可以适当地为学生播放由文学作品改编而成的影视片，给学生以更有效、更直观的精神冲击，从而帮助到学生认识到自己的不足。

充分剖析和挖掘英美文学作品中的人文素材是促进学生外语语言能力发展、提升学生人文素养的重要手段之一，也是我国素质教育背景下外语教学内容丰富、创新的结果。本节从四个方面对英美文学作品中人文素养的体现进行了研究，希望为相关教育工作者提供强有力的助力。

第五章　英美文学教学概述

第一节　英美文学教学的目标内涵与层次定位

在我国，英美文学史课程的教学主要是通过英美文学课来进行的，通过学习各个时期英美文学史上主要代表作家及分析其代表作品，让学生对英语国家的历史文化、作家等有所了解，提升学生对文化差异的敏感性，培养他们对作品的洞察批判能力，从文化方面深入理解英语学习的内容。在这样的教育背景下，英语老师应该如何根据学生学习能力的实际情况来制订合理的教学方案？如何对教学内容及形式进行创新，期望提升学生英语学习能力，同时也加强他们的文化修养呢？笔者就自己的教学体验谈以下几点体会：

一、英美文学教学目标内涵与层次定位的主要内容

（一）阅读体验

学生良好的阅读体验是学习英美文学的前提，也是帮助学生找到英语学习乐趣的重要阶段。好的英语阅读习惯是要经过长时间的培养，如果在学生最初的学习阶段就其有良好的阅读习惯，能够尽早地感受到愉悦的英语阅读体验，同时能够有效地激发出学生对于英美文学的求知欲望与兴趣。教师可以根据学生的学习能力及阅读水平有针对性地给他们提供一些有趣的、可读性强的文学作品，比如《简·爱》、《绿野仙踪》、《汤姆·索亚历险记》等，帮助他们在阅读的伊始拥有良好的阅读体验，再慢慢地引导他们阅读更多的文学作品。

（二）阅读知识

学生拥有了良好的阅读体验，就要开始英语知识的积累，每一个好的英美文学作品背后都蕴含着非常深刻的意义，在进行英美文学的阅读过程中，学生如果没有一定的英文知识积累，就很难理解到文章中的真正内涵。教师可以通过开展各种活动，比如讲座，知识问答，英语角等让学生对阅读的作品中可能会涉及的知识有广泛的涉猎

和积累。其目的是帮助学生更好地理解英美文学中的结构、历史及内涵,从而扩大自己的知识储备,开阔了自己的视野。

(三)阅读方法

当学生拥有了良好的阅读体验和强大的阅读知识后,就需要选择合适的阅读方法来提升自己的学习效率和质量。有时英美文学作品的阅读会让略显枯燥,教师可以通过群体阅读、小组阅读、模拟剧场等方式改变学生的阅读方式,让个体的阅读加入形式多样的活动,丰富学生的阅读方式,同时也能增强学生的阅读体验,从而形成良性阅读习惯。

(四)深入挖掘英美文学的背景

一个英美文学的作品一定承载了悠久的历史及当地的传统文化,通过作者的文笔可以想象到作者的性格。当学生阅读英美文学时,第一次的阅读能够让学生了解到文章的结构及大意,而第二次、第三阅读时,我们就能够发现其中更多的内涵和古诗。当学生充分了解英美文学的内涵后,会激发出学生强烈的求知欲望,让学生想要无限地探索下去的欲望。

二、英美文学教学目标内涵以及层级定位实施的主要方式

(一)合理的设置英语课程

目前我国的英语课堂大部分都存在着"枯燥单调"的缺点,因此学校应该重视安排英语课程的设置,课程的设置的周学时数应该增加。教师则应该思考如何用更加丰富的课堂内容来吸引学生的注意力,让学生接触更多类型的英美文学作品,增加了他们的阅历。为了设置英语课程的合理性,老师应该结合学生实际的兴趣来选择课程内容,以全面发展学生能力的角度出发,推荐更多有趣的阅读刊物,巩固学生在课堂上学习的知识,让学生收获到更多的英美文化。

(二)创新英美文学教学方式

随着我国科学技术的发展,越来越多的渠道能够充实学生的知识库,如果老师一直采用传统的教学方式,不转变教学观念,会使得学生出现厌学的负面心理。传统的教学方法已经无法满足学生对于知识的需求。因此,英语老师应该结合多样化的内容来创新出更多的教学方法,营造一个更加轻松愉悦的教学氛围。例如:在英美文学的教育课堂上,老师可以采用情境教学法来完成英语课程的教学,根据课堂内容的背景,打造一个贴合文学内容的环境,让学生有身临其境之感,促使学生更加迅速地融入学习内容中,激发出了学生的学习潜能,提高学生对英美文学的学习热情。老师在情景教学中,用简洁的语言来陈述英语学习中的重点与难点,让学生更加快速地理解和掌握。

总而言之，英语教学内容中最为重要的内容就是英美文学，在英美文学的内容中隐含了许多具有价值的理念，它的文化底蕴不是通过一门教学课程就能够完全展现出来的。因此，英语老师要带领学生寻找到英美文学教学目标中的深层内涵，准确找到英美文学教学的多个层次定位，在进行英语教学的过程中，英语老师要不断强化自身的专业素养与业务能力，创新出更多的英美文学教学方法，为了学生营造出一个更加轻松的英语学习氛围，激发学生学习英语的潜能，促进学生英语学习能力的提升，为我国未来的教育发展奠定更加坚实的基础。

第二节 批判性思维与英美文学教学

批判性思维是指通过一定的标准来评价思维进而实现改善思维的思维能力和思维倾向。其最初可以追溯到苏格拉底。伴随知识经济时代的到来，尤其是在高等教育发展目标的指引下，高校英语专业的学生不仅需要掌握一定的理论知识，也需要通过批判性思维在英美文学教学中的运用来培养学生的思辨能力。在这种情况下，进行批判性思维与英美文学教学改革具有重要的理论意义和现实意义。

一、批判性思维与英美文学教学

从批判性思维的内涵上，可以知道其既是一种能力，也是一种品格。通过批判性思维的培养，能够帮助人们更加敏锐地发现、分析、解决问题。同时，批判性思维作为培养学生思辨能力的重要形式之一，其核心内容与现代教育学科的批判性思维能力上有着密切联系，对我国高等教育以及高校英语专业学生能力的培养具有重要影响。在我国高校的英美文学教学中，批判性思维的运用以及培养至关重要，其是由传统知识理论教学向素养技能培养的重要内容。对于英美文学的教学目标，有学者提出要注重学生对英美文学原著的阅读体验、基础知识学习、批判的基本知识与方法，来帮助学生在了解英美文化、国民性格的基础上更好地了解人生的意义。在这种教学目标的指引下，将批判性思维运用到英美文学教学改革中显得尤为重要。

我国出台的《高等学校英语专业教学大纲》中对高校英语专业课程中英美文学教学目标和教学内容进行明确规定，文学课程的目的在于培养学生阅读、欣赏、理解英语文学原著的能力，掌握文学批评的基本知识与方法。通过阅读和分析英语文学作品，促进学生语言基本功和人文素质的提高，增强学生对西方文学及文化的了解。其中英美文学课程的授课内容包含了文学导论、英国文学概况、美国文学概况以及文学批评等。对于英美文学课程内容中的文学批评而言，传统的英美文学教学忽视对学生批判性思维这种思辨能力的培养,甚至在部分高校英语专业中文学批评出于缺席的现象,这势必会对学生的英语专业素质培养造成消极的影响。对于英美文学这种发展现状,批判性思维运用到其教学改革中具有较强的迫切性和必要性。

二、英美文学教学发展现状

在英美文学课程教学中存在教学方式单一、学生主体性不强的问题,不利于学生思辨能力的培养。在传统大学英语教学目标的规定中,强调语言作为文化传播发展的重要载体,通过人与人之间语言的交流,能够更好地了解社会文化的发展现状和关键信息,这也决定了语言具有工具性与人文性的双重性质。长期发展以来,教师在进行大学英语教学时,往往只注重工具性作用的发挥,进而忽视了英语的人文性作用。这种现象直接反映在英美文学教学的发展过程中,由于部分学生对西方文化的不了解,尤其是对英美文学知识的相对匮乏,面对这一现状,英语专业的英美文学教学以教师讲授为主,使学生学习的主体性很难得到体现。

在传统英美文学教学中,受到教师授课方式以及模式的影响,英美文学教学普遍存在教学效率低下、师生互动性不强的现象,这不利于培养学生的批判性思维能力。由于传统的英美文学授课方式多是依赖教师的课堂讲授,这种单纯的知识授课不利于培养学生发现问题以及探索意识的培养。与此同时,受到大学课程设置以及教学计划的影响,英美文学的课程讲授时间是有限的,教师一般在对英美文学之后节选作品以及作品相关的内容讲授完成之后,很难有多余的时间去引导学生进行相关内容的讨论以及问题的思考。正是在以上这种教学现状的影响下,学生与教师之间很难进行深入的沟通和探讨,学生往往只是机械地接受教师讲授的理论知识,并未对所学文学作品的内在价值和背后的社会文化进行深层次的思考,因而未能实现培养学生独立思考能力以及批判性思维能力的培养目标。

三、运用批判性思维进行英美文学教学的实施建议

在英美文学教学改革发展中,为更好地培养英语专业学生的批判性思维,教师要积极开发混合式课程,创新运用多种教学方式以营造良好的批判性思维教学氛围。在传统教学方式单一、学生学习主动性不强的发展现状中,英美文学教学很难让学生在理论课程的学习中发挥主体性,实现学生的主题价值。对此,为更好地将批判性思维运用到英美文学教学中,教师作为课程活动的指导者、组织者和实施者,要积极转变传统讲授式的教学方式,尤其是填鸭式教学方式,在积极运用多媒体教学等多种教学方式的基础上,实现教学环节的创新,让学生不仅在课堂中掌握相关理论知识,同时积极引导学生进行问题的思考,增强师生之间的互动交流。与此同时,在混合式课程

构建中，教师要充分运用互联网网络教学模式，发挥其在时空界限上的优势，建立开放式、互动性较强的课堂教学氛围。如教师可以利用英美文学作品改编的电影作为课程教学案例，通过课程教学构建的网络平台相关模块，让学生对电影作品中的人物和事件进行分析，并在之后的课程交流环节中进行分享。

为了更好地在英美文学教学中培养学生的批判性思维，教师在构建混合式教学模式的基础上，还要引导学生在问题导向式学习中养成良好的批判性思维，以更好地提升学生在发现问题、分析问题、解决问题、判断问题以及评价问题的能力。所谓的问题导向式学习强调一种问题探究为主的学习方式，学生在教师的引导下能够对课程的相关内容进行详细了解，并在课堂中以讨论交流的方式实现理论知识的巩固与发展。对此，在实际的教学实践中，教师为更好地鼓励学生对英美文学作品的解读和探究，可以通过课题布置的方式，让学生在了解国内外学术界对该课题研究发展现状的前提下，在掌握英美文学作品课题研究方法的同时对作品的背景以及内涵的社会文化进行深层解读。与此同时，在学生对英美文学作品有一定了解的基础上，教师通过一定的质疑或问题设置引导学生自主思考，让学生从新的角度重新认识到自己的观点，进而使得学生的思维更加严谨细致。如教师在讲解《鲁滨逊漂流记》时，可以让学生在中国知网等数据库中查找相关的研究成果，并根据自己的认识和理解选择适合的课题进行深入研究分析。在英美文学课程后期，让学生将自己的研究课题进行汇报、答辩，并在之后进行一定的自我批评和反思，正确认识到自身思维存在的不足。

综上所述，伴随全面改革的深化发展，批判性思维作为一种新的教育理念，最早可追溯到20世纪初的反思性思维，尤其是在我国实施教育改革的重要时期，英美文学作为一门对学生思维能力有较高要求的课程，在该课程中实现学生批判性思维的培养显得尤为重要。通过在英美文学之后运用批判性思维这种新教育理念，有助于在实现人才培养模式创新发展的同时，推动我国教育教学改革的深入发展，培养适合社会主义发展的高素质人才。

第三节 新媒体时代的高校英美文学教学

随着现代信息技术的迅猛发展，以互联网、手机和数字电视等为代表的数字化新媒体逐渐普及，对人们生活和生产带来了巨大的影响，人类开始迈入了数字信息时代。新媒体不再是少数精英媒体，大量的是大众媒体和个人媒体。本节拟分析新媒体时代我国高校英美文学教学面临的机遇和挑战，探讨如何在新媒体背景下改革教学模式，提高教学效率。

一、新媒体的概念与特征

1967年,美国哥伦比亚广播电视网研究所的所长哥尔德·马克首先提出了"新媒体"(NewMedia)概念,联合国教科文组织后来把新媒体定义为网络媒体,美国的《连线》杂志把新媒体解释为"所有人对所有人的传播"。新媒体与传统媒体电影、广播、电视、报纸、杂志等相比,其内容和传播方式都发生了变化,被称为动态的、发展的"第五媒体",它依靠数字技术、网络和移动技术,通过互联网、无线通信网及有线网络等方式,依靠手机、电脑等客户端,为使用者提供信息传播方式和媒体手段,包括了网络媒体、手机媒体、数字电视、移动电视、微信等多种形式。新媒体因为个性化的传播方式,也被称为"个人媒体""自媒体"。

与传统媒体相比,新媒体有明显的特征与优势。第一,方便快捷。依靠新媒体,人们获得和浏览信息的方式不再受到限制,可以随时随地进行,并能随时发表评论。第二,即时性。新媒体的传播方式不受时空限制,更加灵活、快捷,可以了解世界实时最新信息,还能看到同步反馈。第三,互动性。新媒体最突出的特点就是互动性,打破了传统媒体传播的话语霸权,新媒体用户可以通过手机、电脑发表消息和意见,有利于个性发展和言论自由,为社会进步提供了新动力。第四,丰富性。新媒体带来海量的资源,开阔了人们的视野,每个人都可以通过微博、微信等新媒体形式在网上获得需要的信息,也可以看到相关评论。另外,新媒体还具有集成性、公开性、大众性等特点,体现了新时代追求个性自由的信息化生活方式。

大学生是新媒体使用人数最多、最活跃的群体,几乎每位大学生都有智能手机,是微信、微博、QQ等新媒体的主要使用群体。美国学者Jones.C曾经说,新媒体时代,学生才是"数字土著"。新媒体的普及使学生学习方式发生了巨大的变化,学生可以随时随地获得信息,成为"新媒体"时代的新主体。在此背景下,传统的文学教学方式已不能满足新媒体时代学生对学习的要求,英美文学教学要改变教学策略,创新教学,构建适应新媒体时代的新的教学模式。

二、国内高校英美文学教学现状

新媒体时代海量的信息资源和快捷的交流方式,使学生对英美文学的学习不再局限于课堂,提供了更多的自主选择权和灵活多样的方式,英美文学传统的教学模式面临挑战。传统英美文学教学一般以教师讲授为主,考核方式以试卷测评为主,形式单一,学生学习兴趣不高,教学效果不佳,不能满足新媒体时代学生的需求。目前,很多高校英美文学课时逐渐缩短,许多大学倾向于开设特殊用途英语,如法律英语、旅游英语、商务英语等,英美文学课程有逐渐被边缘化的趋势,甚至出现了"文学"无用论的说法。目前大多数教师仍采用比较保守的传统教学模式，课堂教学以教师讲授为主，学生的主体性和主动性难以得到充分发挥，影响了学生的学习兴趣和学习积极性，学习效率较低。另外，英美文学教学内容较多，包括文学史和文学作品选读等，而英美文学课堂时间有限，学生难以完成原著阅读的任务，难以充分理解和接受授课内容，教师缺乏充裕的时间充分展示教学内容，这也影响了学生学习文学的兴趣，教学效果不理想。因此，英美文学教学迫切需要改革，而新媒体时代为英美文学教学改革提供了契机，英美文学教学要利用新媒体时代的资源优势，使英美文学教学重新焕发活力。

三、新媒体与英美文学教学结合的必要性与可行性

新媒体传播的丰富性、互动性、公开性、多元性可以弥补英美文学教学的弊端，为英美文学教学改革提供新的机遇。首先，英美文学的教学目标是通过指导学生阅读文学原著，了解英美文化知识、提高英语语言运用能力，可以利用新媒体信息资源和传播方式，培养学生"批判性思维"，并为学生提供更多优质的课程资源和更加灵活多样的学习机会，也可以缓解教育机会和教育资源不均衡问题。教师可以引领学生观看、研读、欣赏、讨论和学习文学原著，逐渐改变学生不阅读原著的现象，加深学生对作品的理解，形成批判性思维。其次，新媒体丰富的资源适合英美文学的教学内容要求。新媒体时代，学生可以通过网上获得大量优秀英美文学资源，如慕课、微课课程等，学生可根据自己实际情况进行自由学习，突破时空局限，实现自主学习。尤其是很多文学名著都被改编成电影，教师可以选择优质资源推荐给学生，学生可利用电脑或者手机随时随地观看和学习，电影因为更加直观、生动和形象，能够激发学生学习兴趣，加深对作品的理解。最后，新媒体时代使英美文学的教学方式更加多元化。新媒体时代，英美文学教学不再局限于课堂上有限的时间，学习可延伸到课外和线上线下。学生可以根据教学内容和教师布置的任务，借助网上英美文学自主学习平台，选择自己感兴趣的内容或者教学中的重难点反复观看，进行个性化自主学习。教师可以通过微信、微博等互动平台，建立讨论组，组织实时或者离线讨论，学生可自主发表自己的看法，成为学习的主人，提高学习效率。

四、新媒体时代英美文学教学设计

新媒体时代，英美文学教学可以利用移动平台、手机终端等新的交流方式，开展教学理念、教学内容、教学方式、教学评价等多方面的改革，充分发挥新媒体在英美文学教学中的作用，改变英美文学教学模式，实现英美文学教学的改革创新。

（一）教师转变教学理念，和学生建立新型的平等协助关系

在传统英美文学教学中，教师作为知识的传授者，掌握着主要的教学资源，拥有

课堂的主导权和话语霸权。新媒体时代，教师已经不再是唯一的资金来源，学生可以通过网站或者其他渠道获得学习内容，也可以通过微博、微信、论坛、贴吧等方式进行学习，对老师的依赖性逐渐减弱，教师应和学生建立新型的、民主平等的师生关系。

首先，新媒体时代的课堂不再是以教师为中心的"一言堂"，教师的主体地位已经改变，教师必须要改变教学理念，调整自己的课堂角色。建构主义理论认为，学生的学习是一个积极主动的构建意义的过程，主张个性化教学、交互式教学和任务型教学等，教师由单纯的知识传授者、灌输者变为让学生积极主动建构意义的帮助者和促进者。英美文学教师要充分发挥学生的主观能动性，主动鼓励学生进行自主学习和研究，实现教师与学生角色的转变，确立教学中学生的主体地位和教师的主导地位，提高了学生学习动力。

其次，新媒体时代的教师要转变传统理念，成为学生学习的引导者，加强学生之间的互动。新媒体时代，教师再不是简单的"传授者"，学生也不是被动的"接受者"，双方应该是新型的互动协助关系。教师应该像朋友一样对待学生，和他们平等交流，帮助学生解决问题，学生可以通过微博、微信、论坛等网络工具，发表自己的想法和评论，成为信息的发布者。因此，教师要经常浏览这些微博、微信等通信媒体或者微媒体，登录学习平台、网络论坛等，了解学生学习动态，加强与学生之间的互动，为学生进行答疑解惑。

最后，新媒体时代教师要提高自身的新媒体素养和能力。教师要熟悉新媒体的功能和使用技能，学习和借鉴优质英美文学教学资源，利用新媒体技术，制作视频，把网络资源和教材有机结合，为学生展示出更加丰富多彩的教学内容，做好信息资源的筛选者和提供者。教师也可以为学生更好地推荐学习平台或应用软件，创建英美文学交流群，组成英美文学学习社区，共享学习资源，营造良好的学习氛围，帮助学生提高英语交流沟通能力。

（二）教学内容充分利用新媒体资源，使用慕课和微课

新媒体背景下，教学内容不再是单一的教材，而是包括了所有与教学相关的读听视资源，教师可以自由拓展教学内容，可以就作家作品分析文本，观看解读视听资源等，满足学生学习多样化的要求。其中，慕课和微课资源更能丰富英美文学教学内容。

慕课即英文 Massive Open Online Course 简称 MOOC 的音译，意为"大规模开放式在线课程"，是具有分享精神的组织或者个人将独立的课程发布在网络上，使知识更为快速地传播。慕课的特点是开放性、灵活性、多元化、共享性等。目前国外慕课与著名大学开展合作，建立了三大新教学平台：Udacity、edx、Coursera。国内高校如清华大学、北京大学、复旦大学等也借鉴三大平台方式开发了自己的课程。随着慕课的盛行，国内其他慕课平台也相继成立，如超星慕课、网易云课堂、中国 MOOC 大学、

爱课网等。很多大学也推出了一些与英美文学课程相关的学习网站，如广东外语外贸大学、四川外国语大学、南京师范大学等。以上大学所创建的学习网站上有英美文学精品课程、教学课件、电影视频、课后作业、英美文学试卷以及相关资源等。教师可以充分利用这些线上慕课资源，在慕课平台上挑选适合学生观看的英美文学教学视频，实现国内外大学的资源共享，引导学生学习丰富而精彩的文学课程，学生足不出户就可以了解到中西学者对英美文学的研究和阐释，领略到国内外教师的授课风采，拓展学习的视野，加强文学素养。英美文学课采用慕课教学，可以改变传统教师"一言堂"的填鸭式教学模式，学生按照教师布置的任务，通过网络平台进行自主学习，对相关问题展开讨论，然后完成作业。这种传统课堂与慕课结合的混合式教学方式通过"自学—讲授—讨论"模式，增强了教师与学生之间的互动，整个教学过程中学生始终处于积极主动的学习状态，更有利于培养学生的思辨能力、合作能力和创新能力，提高了课堂教学的效率。

教师还可以充分利用"微课"资源。"微课"指的是以视频为主要载体，时间一般3到5分钟，展现出教师围绕某个教学知识点或教学环节的简短、完整的教学活动。微课在英美文学教学中用途多种多样，如历史背景和作家作品介绍，分析作品内容以及解答学生的各种疑问等。微课既可以讲重难点，也可以作为学生预习、复习的资料。教师可以将重难点内容做成微课视频让学生学习，学生可以进行重复观看。微课结合了教师讲解的内容、画面、视频等形式，能为学生直观地展示出作家和作品内容，加强学生印象。英美文学课程微课的制作根据课程内容，可以分为板块和主题设计，如宏观介绍性的主题内容可以为"浪漫主义时期诗歌""现代主义时期小说""英国戏剧演变""美国现实主义时期的文学"等，使学生对英美文学发展史有整体性和脉络性的了解。微观分析型的微课可以具体到作家作品，比如设计弥尔顿诗歌的微课，内容包括弥尔顿简介、无韵诗、《失乐园》的难点讲解、诗歌朗诵、拓展内容等。同时，教师还可以进一步丰富线上课程资源，建立英美文学资源库，如英美经典作品改编的影视库、英语诗歌朗诵的音频库等，学生利用英美文学多模态资源，可以调动多种感官学习，从而多方面加强对文学原著的理解，提高学习效果。

（三）教学方式多元化，实行"翻转课堂"

新媒体时代，英美文学教学还可以采取"翻转课堂"教学方式。"翻转课堂"是新媒体技术和教育结合的产物，实现了"线上线下"学习，兼顾了网络教学和实体课堂，是英美文学教学改革的出路。"翻转课堂"英语原名是 Flipped Classroom 或 Inverted Classroom，也称为"反转课堂式教学模式"。学生在课前可以通过网络在线学习老师上传的视频知识讲解，在课堂上针对观看过程中的问题和困惑与老师和同学交流，让教师答疑解惑。"翻转课堂"自2000年出现以来，在国内外发展迅速，已经渗透到教学改革的各个领域，它颠覆了传统课堂的"课前预习，课堂讲解，课后作业"的单调教学流程，学生课前可以自主学习教师上传的音频、视频等教学材料，课上参与课堂互动活动，如共同讨论、合作学习等，课后进行总结提炼，完成作业。

英美文学的"翻转课堂"教学方式应把重点放在学生对内容的理解和消化上。"翻转课堂"教学模式符合建构主义教学观，让学生在一定的情境中主动去建构知识，强调学生学习的主动性和主体性。如，对美国作家纳撒尼尔·霍桑可采用"翻转课堂"进行教学，教学目的是了解19世纪浪漫主义文学特征及清教主义思想的影响、霍桑作品的艺术特色及其主题等。课前先录制两组微课，内容主要是美国浪漫主义特点、清教主义思想介绍以及文学理论知识象征主义的讲解。教师根据视频内容在互动平台上设置问题，检验学生观看学习效果，得到学生的不同反馈后，适当调整教学内容。课堂上，教师指导学生赏析文本，要求学生以组为单位提交学习报告，然后对提出的问题进行课堂讨论，教师通过检查笔记或者提问的方式，对学生的问题和微课内容进行总结，并组织学生展示学习成果。课后要求学生完成学期论文、戏剧表演、故事续写等任务，不仅可以丰富课堂内容，更能培养学生的思辨能力。霍桑的《红字》已经多次被改编成电影，最新的一版是1999年，小说的结局在电影中改成了大团圆结局。不管是忠于原著的版本，还是为了迎合现代观众欣赏口味的改编版，学生都有自己的评判标准。教师可以组织写影评，培养学生开放式思维，加强学生对作品理解。总而言之，翻转课堂能把英美文学教学延伸至课前和课后，丰富了学生学习内容，提高学习效率。

（四）利用新媒体进行英美文学多维度考核

传统的英美文学课程考核方式基本上以期末考试卷面成绩为主，平时成绩为辅，形式单一。新媒体时代学生学习方式多样化，使英美文学教学要根据学生平时的具体表现进行综合性测评。英美文学课程的考核可以采取多种评价方式进行综合测评，比如课前学习情况评价、课堂表现评价、课外表现评价和期末论文等，通过从多方面考察学生的学习效果。课前学习情况以学生自评为主，让学生观看视频内容并参加小测试进行检测，以检查自己对内容的学习情况。课堂表现评价，教师可以根据学生课堂上的表现、学习态度、学习情况等进行评分。课外表现评价主要是学生参与戏剧表演、诗歌朗诵、电影配音等与文学相关的活动中的表现情况。除了期末试卷外，学生的课程论文也可以计算在考核之内，这也是检验学生学习成果的重要手段。总而言之，新媒体时代学生的考核方式要从多方面、多维度对学生进行测评，进而激发学生学习兴趣，提高学习效率。

第四节　基于"互文性"的英美文学教学

近些年来，高校英美文学课程受实用主义的影响面临着被边缘化的境地，而课堂教学中又存在着很多僵化的教学观念，课程内容与学生生活实际严重脱节，教师"一言堂"，学生毫无兴趣，教学效果差。与此同时，学生的自我定位也存在误区，很多学生在传统的教学模式下将自己定义为信息的被动接受者，而非知识的积极构建者。在这样的双重思想影响下，英美文学教学遇到了前所未有的挑战。

"互文性"概念是20世纪60年代由法国后结构主义批评家克里斯蒂娃首先提出的。作为当代西方文论中的重要术语，"互文性"有双重焦点，它既强调文学文本与其他文学文本之间的相互关联，也关注文学文本与其所处的历史、社会、文化及政治语境的相互映射。文学文本不是孤立或封闭存在的，"任何文本都是由引语的镶嵌品构成的，任何文本都是对其他文本的吸收和转化。"这里的"其他文本"，即"前文本"或"互文本"，可用来指涉及历史层面上的文学作品，也可指共时层面上的社会历史文本。而"吸收"和"转化"既可以通过文本中的引用、戏拟、仿作、拼贴、借鉴等互文写作手法来确立，也可以在文本阅读过程中通过发挥读者的主观能动性或通过研究者的实证分析、互文阅读等实现。"互文性"强调文本意义的流动性，用法国学者蒂费纳·萨莫瓦约在《互文性的研究》一书中的说法，"互文性让我们懂得并分析文学的一个重要特性，即文学织就的、永久的、与它自身的对话关系，这并不是一个简单的现象，而是文学发展的主题。"因此，运用互文理论分析文学文本可以使文学评论跳出文本本身，将其置于更加广阔的关联场域中加以阐释，从而形成一种开放性的研究视野。这种开放性的互文性理论给文学文本的阐释注入了新的活力，而且也为外语教学，尤其是英美文学的教学提供了新的研究视角。在互文性理论关照下的英美文学课堂中，既有不同的文本间的互文解读，也有教师、学生和文本的互动，更有文本与历史和文化跨越时空的对话和共鸣，因此，英美文学的互文教学搭建的是一个充满"对话"和"交流"的场域，它是所有主体之间、所有文本之间的意义交流。

一、文本对话层面的互文

文学文本离不开传统，离不开对其他文学文本的吸收和转化。艾略特在《传统与个人才能》一文中强调了作家恪守传统的重要性。遵循传统并不会扼杀创新，恰恰与之相反"不仅最好的部分，而且最有个性的部分都是前辈诗人最有力地表明他们不朽地位的部分"。好的文学作品必须进入整个语言系统和文学网系之中，在与其他文本构成的"互联网络"中,才能够产生意义,指向现实世界。根据互文性理论,每一个文本都是对其他文本的吸收和转化,它们之间相互参照,彼此关联。其他文本可以是"前人的文学作品、文类范畴或整个文学遗产,也可以是后人的文学作品,还可以泛指社会历史文本。"由此可见,一部文学作品的互文阅读可以呈现出多种方式。通过文本细读的方式来分析英美文学经典作品中多种形式的互文现象,多维度审视文本,发掘文本之间暗藏的千丝万缕的联系,可以延伸原文本的意义,丰富其内涵,实现对文本的多元化解读。例如,英国19世纪小说家萨克雷借用了17世纪的作家班扬《天路历程》中描写的市集的名字"名利场"(Vanity Fair)作为自己小说的标题。班扬笔下的浮华市场出售世俗所追求的各种名利和享乐,充斥着各种肮脏的交易和欺骗。萨克雷以此来讽刺当时英国上流社会的浮华和堕落,前文本与现文本通过标题实现了跨越时空的互文,使读者加深了对现文本的理解。再比如,英国诗人拜伦在《她在美中行》这首小诗中这样来歌颂女性之美:"增一分阴影/减一丝光线/都将有损那难以言喻的/波动在她绺绺黑发上/或轻笼在她面庞上的风采"(查良铮译)。此句与战国末期楚国诗人宋玉描写的"东家之子"有惊人的相似之处,"增之一分则太长,减之一分则太短。著粉则太白,施朱则太赤"(《登徒子好色赋》)。两个国别,一个主题,同种意境,美的都这样张弛有度、恰到好处,令人不禁感叹文学作品的异曲同工之妙。文本的互文让读者在跨文本间,通过相互关照获得亲切感。与此同时,存在于文本内部的生僻语言也灵动起来,文本因此变得更有生机。如果没有跨文本的互文解读,这种阅读的美感是难以实现的,同样的互文在英美文学作品中不胜枚举。如果在教学过程中教师能帮助学生将知识和经验体系中的已知文本或前文本用来解读英美文学作品,就将会极大激发学生的学习文学作品的潜能和感悟力,提高了英美文学的教学效果。

二、主体对话层面的互文

师生互动的课堂情境能够构成另类的"互文"。这种互文教学模式强调文本意义的开放性,打破教师的话语垄断,倡导以学生为主体的课堂模式,要求学生积极主动参与到文学作品的阐释过程中。教师引导学生走进作品,进行批判性的思考,并发挥自己的主观创造性思维来填补作品空白。这一过程是教师、学生、文本之间进行"对话"和"交流",即师生或生生对文本意义的理解、阐释、深化和延伸的综合过程。例如,在阅读笛福的《鲁滨逊漂流记》时,有人认为这是一部教育小说,一部成长小说。教师可以引导学生将这部小说与其他的成长小说进行对比,总结成长小说应该具备的传统要素和人物的成长历程模式。教师还可以引导学生对这部小说进行批判性阅读,从后殖民主义的角度来审视鲁滨逊对"弱者"或"他者"思想的蚕食和文化奴役。学生在这样的学习过程中才会真正明白教师不是文本意义的把握者,作者也并非作品思想的终结者。再比如，英国文学的开山之作《贝奥武夫》讲述了蛮荒时代英雄大战妖怪的故事。远古时代是否真有人魔大战的故事？中国古老的神话中是否有类似的故事？为什么那个时期为什么会出现这样的故事？在教师的问题引导下，在民主、和谐和平等的课堂氛围中，学生变被动为主动，积极参与到文本的阐释和知识构建中来，学习用批判和创新的视角解读经典作品，并融通不同时代和不同国家的作品加深理解。这种教师、学生、文本之间"对话性"的教学能够改变以往单一、线性的教学模式，呈现出多维度、多层次、综合性的教学模式。教师边教边学，学生边思考边学，真正实现"教学相长"，从而实现英美文学教学的良性循环。

三、文化层面的互文

文化与文本具有"互文性"，是一种互动关系。要阐释一个文本的意义，就要将文本置于文化背景中审视，探讨文学文本周围的社会存在，即探讨文学文本产生时的文化内涵。文化互文性不仅要强调文本的文化信息，更强调阅读者基于自身的文化内涵对于文本的解读，包括阅读者的认知心理、文化惯例、社会习俗和宗教价值观等，阅读者对先前文本知识的寻求与当前文本的分析和理解就形成互文关系。在英美文学教学中体现出来的文化对话归根结底是指中国文化与英美文化之间的对话，进而形成了中西之间的思想意识和价值观念的冲撞与交融。这就要求教师在英美文学教学实践中，帮助学生树立正确的价值观，尤其是思想文化观，弘扬中华民族的优秀文化。比如，学习班扬的《天路历程》时，很自然会联系到《西游记》。两部作品尽管创作于不同民族、不同时代，但是它们在主题、情节和宗教意义等方面有着毋庸置疑的相似性和互文性。通过互文解读，一方面，可以理解当前文本《天路历程》中的精神救赎；另一方面，对互文本《西游记》中体现出丰厚的中国文化魅力有了更多的思考和感悟；既有儒家坚忍不拔的精神，又有佛家大慈大悲的爱心，更有道家对于宇宙人生的宏大思考。美国作家梭罗的《瓦尔登湖》堪称东西方文化交流模式的绝佳范本，书中处处流淌着中国文化意蕴，其中多次引用了儒家经典《四书》中的语录，与道家和禅宗思想也有很多不谋而合之处。中西文化在同一作品中相互映照，从一个文本跨越到另一个文本，读者在这样创造性、开放性的互文空间中感受东西方文化魅力，通过解读促进两者的相互理解和包容。诚如叶维廉先生所言"文化交流的真义是，而且应该是一种互相发展、互相调整、互相兼容的活动，是把我们认识的范围推向更大的圆圈的努力"。

四、媒体层面的互文

以电影、电视、网络等图像符号为标志的"影像文化"给英美文学教学带来巨大冲击的同时，也为英美文学教学带来了创新和改革的重要机遇。影像资源集声音、图像、动作于一体，能使原本抽象、枯燥的语言内容具象化、生动化。而英美文学有着极为丰富的影像资源，运用得当，可以为教师和学生提供丰富的互文教学资源，拉近文学与读者的距离，并将极大地提高学生的学习兴趣，对文学的学习无疑将会起到推波助澜的作用。例如，英国玄学派诗人邓恩在其最具特色的诗歌《跳蚤》中把美好的爱情比作吸人血的跳蚤，相爱的双方通过一种跳蚤结合在一起："它先吮吸我的血液，然后是你，我们的血液在它体内融合在一起"，跳蚤成了婚姻的殿堂。跳蚤的意象实在很难让读者产生好感，觉得荒诞无稽，无法解读。但这种"你中有我，我中有你"的奇妙结合与元代管道昇的《我侬词》却有异曲同工之妙。管道昇是元代书画家赵孟頫的妻子，据说赵孟頫知天命之年也想学着当时的一些名士纳妾，便拐弯抹角地写了首曲子表达纳妾之意，管道昇看过后，便写下了这首词："你侬，我侬，忒煞多情。情多处，热似火。把一块泥，捻一个你，塑一个我。将咱们两个一齐打破，用水调和。再捏一个你，再塑一个我。我泥中有你，你泥中有我。与你生同一个衾，死同一个椁。"赵孟頫在看了《我侬词》之后，不由得被深深地打动了，从此再也没有提过纳妾之事。词中用泥巴表达爱情，初读时匪夷所思，仔细品味又觉堪称绝妙。在这种审美的牵引下，再去读《跳蚤》，两首小诗出现了交互点，从一个文本跨越到另一个文本，读者在这样创造性、开放性的互文空间中，越过作者更加顺畅而又别出心裁解读文本。这首词也正是热播剧《亮剑》中田雨在新婚之夜赠给李云龙的那一首。教学中适时地插入这段视频，可以极大地调动学生的兴趣，这种娱乐化、多模态的教学方式有助于学生对不同艺术形式之间的关联产生想象，通过视觉化效果将纸质文本中的概念形象化，为理解文本提供了有趣而生动的互文语境，由此获得文学的感性知识，再通过对文学作品的细读实现审美目的。

综上所述，对文本对话、主体对话、文化和媒体4个层面入手，将"互文性"作为一种指导英美文学教学的理念全面贯穿于教学活动，可以帮助学生建立关于文本细读的意识，改变传统教学中陈旧的教学方法，真正让学生成为教学活动的主体，使得英美文学教学更具真实性和自主性，从而培养学生阅读、欣赏、理解英美文学原著的能力，有效促进英美文学教学质量的提高。

第五节　英美文学教学与人文思想渗透

现如今，很多学生表示在英美文学学习的过程当中存在着一定的困难，对此就需要教师能够转变传统教学模式，要融入必要的人文思想，使学生语言技能水平不断得到提高。

一、英美文学教学现状

（一）英美文学课程安排不当

结合目前很多学校整体英美文学课程的开设情况进行分析和研究，可以发现课程安排依然不够到位以及合理。英美文学教学往往可以促进学生文学知识得到丰富，还可以通过英美文学精华让学生逐步地建立起正确的人生观、价值观和世界观。英美文学课程会对学生产生积极有效的影响，但是很多的教师在课堂教学的过程当中往往过度看重教学计划，而忽略了融入人文内容。结合目前整体教学状况进行分析，大部分的教师严重地忽略了对学生的个性进行有效的培养和发展。新课程改革之后，更加需要在课堂教学当中做到以学生为主体为核心，要关注对学生的综合素质和综合能力的培养。结合当前我国大部分学校英美文学课程状况进行具体分析，很多学生没有足够的时间来对文学作品进行赏析，课堂上学生的活跃性不强，参与度不足，难以保障英美文学课程重要价值得到充分体现和发挥。

（二）教学方法比较陈旧

大学阶段是学生学习文化知识关键性的一大阶段，同时这个阶段正是学生成长的黄金时期，这一阶段帮助学生树立起正确的人生观和世界观、价值观是教师的一大使命。然而，很多的学生在课堂学习的过程当中，无法接收到教师全方位照顾，英美文学教学活动开展的过程当中，基本上还是按照填鸭式教学模式来进行教学活动。传统的课堂教学模式之下，大部分教师往往以自身为主，忽略了学生的主体性地位。课堂教学过程当中以自己为中心，不利于激发学生的学习积极性和主动性，对于学生的学习效果提升会造成重大的影响。在教学的过程当中，大部分的学生也仅仅是通过使用笔记的方式记住教师所讲解重难点知识，方便以后考试复习。教学活动开展的过程当中，大部分教师所采取方式不够灵活，比较陈旧落后，直接阻碍了学生的学习积极性和主动性的提高，不利于学生对于文学作品深刻内涵进行深入了解，难以提高学生语言技能水平以及人文素养。

（三）教学具有极大功利性

世界各大国家之间的交流沟通日益密切起来，与外国人进行沟通过程当中具备一门外语是很为关键的。通过英美文学课程可以让学生获得更多丰富语言知识，还可以培养学生的语言技能，促使学生可以更好和外国人进行沟通和交流。但是，结合目前课程教学整体状况进行分析，英美文学教学活动还是存在着极大的功利性，过度看重学生的考试成绩。教师不仅仅是需要注重培养学生语言技能，更加需要进一步地提升学生的人文素养，要具备正确教学思想和教学理念，忽略培养学生人文素养，直接影响到学生的英美文学作品审美能力，同时过于功利的教学方式也难以让学生综合素质得到进一步提高，对于学生的全面发展会造成重大负面影响和阻碍。

二、英美文学教学渗透人文思想主要措施

（一）人文思想与教学目标相结合

在英美文学课程教学活动开展过程当中，教师就需要将教学目标和人文思想相互融合起来。教学的过程对于教学内容限制并不大，每一个人都可以有着自己独到的看法和观点。为了促使教学活动更加顺利开展和实施，需要教师在课堂教学之前确定三维目标，结合所制定的三维目标，教师可以针对教材进行更加合理有效的划分。课堂教学的过程当中，教师可以将教学目标和人文思想相互融合。此外，还可以结合教学内容设计出相应教学计划，这样，完成教师所布置的任务之后，学生就可以充分感受和领悟到文学的重大价值和重大意义，同时还可以提高学生的自身能力和素养。比如在对莎士比亚《亨利六世》进行学习的过程当中，教师应当将教学目标和人文思想相互地融合起来。亨利六世由于英国人打败了西班牙无敌舰队，受到了鼓舞，充满了乐观主义情绪。因此，觉得人文主义复兴完全可以实现。教学的过程当中教师要充分意识到这一点，这对于帮助学生完善人格以及促使学生建立正确人生观、世界观和价值观都具有重要的价值和意义。

（二）创新教学方法

对于英美文学作品来讲，其内容也相对较为丰富。课堂教学的过程当中，所讲解的文学作品的素材往往会来源于不同的地方，基本上这些文学作品本身都具有很大的代表性，主要就是代表某个时期的一些文学作品。在讲解文学作品当中，也需要教师能够介绍当时社会背景。并且讲解当中要让学生先学会思考，并且在对作品进行欣赏和分析，这对于培养学生独立自主分析问题能力和解决问题能力具有重要的价值和意义。学生通过自己对文学作品进行赏析，往往会从中产生不一样的感悟和见解。这样的情况之下可以让学生勇敢地发表自己的看法和观点，并且和其他学生进行沟通交流，集思广益。针对文学作品进行全方位的研究和分析，这对于促使学生英美文学作品鉴赏能力的提升具有重大的价值和意义。另外，为了提升课堂教学质量和教学效果，教师也需要改进和创新传统教学方法，在对于英美文学作品进行讲解的过程当中，需要融入人文主义思想，促使学生充分意识到人文思想的重要意义和重大魅力。

（三）培养学生正确价值观

在当前英美文学教学的过程当中，也需要借此培养学生正确人生观、世界观和价值观。英美文学很多作品都是源自不同的国家，这些文学作品当中都流露出来独属于

自己独特的人生观和价值观。教学的过程当中，需要教师以此为契机，帮助学生树立起正确人生观、世界观和价值观。文学作品当中很多信息会对学生思想产生重大的影响，所以就需要教师能够对学生进行合理以及科学的引导，促使学生可以在接受知识的过程当中，逐步建立起正确人生观和世界观。文学作品是源自现实生活的，同时又是高于现实生活的。在文学作品创作的过程中，很多都是以现实生活的事物为模板的，所以，教师在教学的过程当中，需要给学生进行必要的示范，促使学生充分了解到现实生活和文学作品之间的联系性，这对于实现学生的全面发展具有重要的价值和意义。例如，在欣赏超验主义代表人物梭罗所著《瓦尔登湖》这一作品的过程当中，需要引领学生充分地了解梭罗所崇尚的孤独、简单、宁静的生活方式，并且将那种生活方式和现代极简主义的生活形式相互地联系起来，这样有利于学生充分地了解到断舍离重要价值和重要意义。另外，学习海明威的作品《老人与海》的过程当中，也需要充分让学生了解到作者文章当中所流露出来的硬汉思想，让学生充分地感受到不屈不挠精神的重要价值和重要意义。这一篇小说当中，圣地亚哥是一个真正的硬汉，接受命运的挑战，在艰难困苦的环境当中顽强地抗争，具备不屈的信念，通过和大鲨鱼、大马林鱼的殊死搏斗获得胜利，充分展现出了圣地亚哥顽强乐观的精神，这对于帮助学生树立正确人生观、世界观具有重要的价值和意义，同时，也有利于帮助学生形成完善的人格，让学生以后敢于面对生活的苦难和艰辛。

综上所述，在当前，英美文学教学和人文思想的渗透具有密切联系性，要求在实际教学过程当中充分地渗透人文思想，促使学生具备正确的人生观、世界观和价值观。以往在英美文学教学的过程当中还是存在着诸多缺陷和问题，主要包括了课程安排不够恰当、教学方式相对陈旧以及教学功利性很大，对此，需要教师能够转变传统思想观念，实现人文思想和教学目标相互融合，同时，要对于教学方式进行创新和改良，还需要通过英美文学教学促使学生形成正确的人生观、世界观和价值观，进而优化课堂教学，从而显著地提高教学水平和教学质量。

第六章　英美文学教学的发展

第一节　认知诗学视野下的英美文学教学

认知诗学是要让学生对文学作品本身做到有效的理解，从而让学生可以把自己所学的知识和实际生活有效地结合到了一起。而教师作为主要的教学工作者，必须要对认知诗学做到充分的认识，在实践教学中，充分应用其引导功能和指示功能，从而来提高教学质量，促进学生更好地发展。

一、认知诗学理念

一直以来，认知文体学主要是强调在文学学习中对语言进行高度关注，而认知诗学而是对文章进行全面把控，主要是对文学艺术进行体验。和认知文体学相比，认知诗学发展的时间更早，其在20世纪的七十年代，就有相关的专业人员对其进行了有效的研究。在这研究过程中，其受到了多方思想的影响，而认知诗学可以被归类到文学批评流派的范畴当中，但是和普通的文学批判存在很大的不同，其更加重视文章的意义和感情。关于认知诗学，其是来自相关认知学的范畴，通过采用相关的认知理论对文学作品做到有效的解读，从而深入了解作者相关的思想，对文章做到更加深入的把握和理解。在这样的教学过程中，可以有效提升学生的学习能力和文学水平。

英美文学在我国的高校教学中有着非常重要的影响，是一项主要的课程。在各类高校的课程安排之中都有着举足轻重的作用。根据我国颁布的相关高校教学大纲可以指导，文学教学的目的，主要就是陶冶学生的情操、提高学生的学习修养、审美能力以及学生对英语原文的理解能力和欣赏能力，并且掌握文学批评的基本方法和技巧。学生通过对英美文学的阅读和分析，进而来提高自身的基本语言功底，同时在这样的阅读过程中，也可以提高自身对文学素养，提高自己对西方文化的认识和了解。在英美文学课程的长期开展之中，其对提高学生的英语能力、开阔自己的视野以及对西方文化的了解都起到了非常积极的作用，但是，在我国在英美文学的教学过程中依旧存在许多问题。比如，在教学中，过分注重对文字的教学、语法的分析和句式、句子结构的分析，把英美文学课堂变成了一节普通的英语教学课堂。而且在教学模式上，还是采用传统的教学模式进行教学，而且对学生进行评价时，依旧采用传统的考试来对学生进行评价，这就造成了学生在对英美文学进行学习过程中无法充分发挥自己的主观能动性，体会不到学习的乐趣，其学习效果自然也就不高。

对英美文学课程的重视度远远不够。在现代社会快速发展的时代，我国对于英美文学教育没有做到足够的重视。我们知道现在世界经济正朝着全球化的方向发展，英美文学在世界文学中也占据了非常重要的地位，但是在教学过程中，我国的教师却对这项工作没有做到足够的重视。虽然各大高效都开设了英美文学这样一门课程，但是在日常的教学心中，并没有做到认真地对待，而且也没有明确英美文学教学的重要性，这使得学生在学习的过程中也只是应付，随意地过日子，对于学习英美文学没有一点兴趣，是以教学质量自始至终无法得到提高。

教学方式过于单一。我国对英美文学这门课程不仅没有做到高度的重视，在教学方法上还存在严重的问题。许多高校在教学过程中，还是采用传统的教学模式来进行教学，教学模式单一，而且教师在整个课堂占主体地位，学生的主观学习能动性无法得到很好的发挥。学生在学习过程中，只能被动地接受知识，无论是否理解，是否感兴趣。教师在教学过程中，丝毫没有顾及学生的感受，所以学生在课堂上自然也就没有必要顾及老师的感受，所以学生在英文文学的课堂上，睡觉、玩手机、打游戏的，什么都有，就是没有认真学习的，这样最终的教学效果自然不好。

教学知识缺少实际基础。虽然我国开设了英美文学这一课程，学生也在其中获得了一定的知识。但是在我国在这方面的教学现状并不是非常乐观。当然造成这样的结果并不是一方面的原因造成的。而是多方面因素共同作用下造成的。所以要想改善这种教学效果，教师需要从多方面来对其进行考虑。首先，我国在开展英美文学教育中，主要是为了提高学生的文学修养以及对西方文学的认识。但是我国高校学生的英语基础水平非常差，一般只有初中的英语文化水平，这就造成了在英美文学教学中受到了很大的制约。

对学生的评价单一。在高校的英美文学教学中，我国在对学生进行评价时，还是采用传统的评价模式对学生进行评价，那么这样的评价模式太过于单一，而且对学生的全面发展造成了很大的限制作用。比如，在对英美文学教学进行评价，主要是为了考试其语法和单词的记忆等，这就造成了教师在对英美文学进行教学时，以及学生在学习的过程中，只注重对这些内容的学习。而对其他内容根本不在乎。那么这样的教学和初中的英语教学又有什么区别，英美文学教学的作用也根本没有体现出来。学生在这样的教学模式下只是巩固了一下自己的初中知识而已。

二、认知诗学视野下英美文化教学的变化

（一）教材编写的合理性

在英美文学的教学过程中，教材起着基础的作用，是教学过程中的重要工具，所以英美文学教材做到合理的编排，对于提高教学质量有着非常重要的意义。在认知诗学视野下，要抓住这一认知理论的特点和核心，从而对高校英美文学教材做到有效的编写，提高教材本身的科学性和合理性，从而让认知诗学理论可以在高校的英美文学教学中充分地发挥该有的作用。在传统的英美文学教材的编写过程中，主要是按照"背景—作家简介—选读章节—注释"这样的顺序来进行编排的，这就造成了学生首先接触到的文学背景，而重要的教学内容却放在最后面，这就容易造成教师在教学过程中，把更多的时间用到了写作背景和作者本身的介绍上，而到讲解正文的时候，经常是时间不够用。所以在对这种教材进行改变时，一定要对其顺序做合理的安排，在保证可以引起学生兴趣的同时，也可以很好地把握住教学任务的重点。

（二）教学组织方式的变更

英美文学教材编写发生了变化，那么相关的教学组织方式自然也应该发生改变，只有这样才能保证教材的改编充分的发挥效果。认知诗学视野下，在英美文学教学中一定要把学生放在主体位置，因为他们是认知的主体。而在现代信息社会不断快速发展的年代，教师在教学中，不用把更多的时间放在各种资料的寻找和搜集上，因为现在，谁都可以从网上搜索到大量的相关资料。所以作为优秀的教师，在开展英美文学教学时，要根据学生的实际需求来对教学形式进行组织，并且要以人文情怀为出发点，因为这是英美文学作品的核心内容，通过这样的方式也提高学生对文学作品的理解。另外，教师在教学中，可以对各种教学方法做到灵活的运用，从而来提高教学质量。

（三）评价方式的多样性

评价对于教学来说是非常重要的一个环节。因为这直接反映了教学目的，教师之所以努力教学、学生之所以努力学习，最终的评论起着极其重要的影响。但是在重新编写英语教材时，相关的评价方式也应该做出相应的变化，只有这样才能保证之前所有的变革都没有白费。科学有效的评价方式可以很好地调动学生学习英美文学的积极性，而还不合理的评价方式会直接导致学生和教师走到错误的学习道路上，甚至影响到其学习兴趣。随着现代教学评价的发展，以及对语言评价的发展，现代的评价方式都在从单一化向多元化方向转变，通过这样的方式好做到全面的评价。而对于英美文学教学的评价来说，亦是如此，这样的评价方式更加人性化，而且可以更好地实现英美文学教学真正的意义。与此同时，也极大提高了学生的学习兴趣，使得他们可以更加自由地发挥自己的想象力和思维能力。

（四）围绕认知话题来展开教学

在过去的英美文学教学中，教师通常把许多的时间放在了英语的语法、单词的运用上或者西方文学的发展历史上面，而对于文章本身的内容和思想感情都没有做到深入讲解。这样的教学模式非常死板无趣，学生难以在这样的教学模式下对英美文学产生兴趣。而在认知诗学视野下，教师则可以从认知话题入手，从而来改变教学的中心。首先，要提高教师对这门课程的重视程度，提高英美文学教学在学校所有课程中的地位。其次，要从学生的兴趣爱好入手，来对学生进行教育，这样可以很好地激发学生的兴趣。再次，教师要充分锻炼学生的各种能力，避免学生在学习过程中遵规守纪，而是应该大胆地去想象和理解，从而来促进学生能够更好地发展。

（五）运用多元化的教学方法

在开展英美文学教学时，为了可以很好地提高其教学的质量，可以采用多种教学方式来进行教学。在教学过程中，首先，要改变传统的教学观念，把学生放在主体的位置，让学生可以充分地发挥自己的主观能动性，调动学生学习的积极主动性。教师在教学过程中，可以采用多种教学模式，比如情境创设的教学模式、任务探究式的教学模式、生活化的教学模式等。通过这样的方式，来激发学生的学习兴趣，提高教学质量。比如，在学习英美文学名著《傲慢与偏见》时，教师可以适当地引入一些活动，并且可以通过利用多媒体来播放出这部名著的电影，通过这样的方式，让学生对整篇文章做到更加深入地理解和认识，并且让每个文章中的人物在学生的心中更加立体化和形象化。这对于提高教学质量有着令人满意的效果。

综上所述，在现代的高校教学中，英美文学教学是非常重要的组成部分，但是因为受到各种因素的影响，教学效果一直不佳。认知诗学是一种注重"文学文本理解"的教学理论，所以在现代的教学中，相关的英美文学教师应该充分地对这种教学理念进行运用，从而来提高教学质量，让学生可以对英美文学做到充分的理解。

第二节 网络时代的英美文学教学

《高等学校英语专业英语教学大纲》明确规定在英语专业高年级开展英国文学和美国文学的教学，旨在"通过阅读和分析英美文学作品，促进学生语言基本功和人文素养的提高"。钱谷融先生在1957年5月《文艺月报》中指出，"文学即人学"。文学教育应当引导学生通过文学来向外了解社会，向内探索自己的内心世界。但在实际教学中，英美文学教学被边缘化已经是不争的事实。由于社会市场化的需求，众多院校在学生就业压力与日俱增的情况下，都趋向于对就业吸引力较强的应用类课程，像旅游英语、酒店英语等应用类课程，从而删减文学类、语言类课程。以过级和就业为目标的市场导向,传统人文价值关怀的失落,经典文学空间的日益狭窄、文学课本本身陈旧都是直接或者间接的原因。传统的文学教学收效甚微,学生课堂热情不高。从英美文学的课程设置、教学内容等情况可见一斑。

首先,在课程设置上,教学时间少。本科院校在英语专业大二第二个学期开设英国文学选读和美国文学选读,每周2个课时。高职高专在英语专业四年级第一学期开设英美文学选读课,整个教学周期较短,学生词汇量不足,阅读原版小说比较吃力,对于学生来说是枯燥且沉重的任务。即使对文章的情节等有所了解,因为缺乏分析文本的基本技能技巧,学生也无法从语言特色和文本主题上进行赏析。

其次,在教学内容上,英美文学时代悠长,流派纷呈,大家辈出,作品繁多。因为课时关系,很多经典作品老师不得不忍痛割爱。在教材编写上,大都"以史为序","以文为纲"。虽有利于梳理,但是要求初学者从晦涩的古英语开始接触文学,难免让初学者有挫败感,失去兴趣,重古薄今。传统的文学教学由文学史和文学选读组成,很少提及文学理论。文学理论在揭示文学特性,升华文本的思想文化,培养学生的审美观和价值观方面有着极其重要的作用。英美文学课程的基本定位"不应该是专业理论课程,而是着眼于启迪思想、开发思维潜能的素质教育课程"。

再次,在教学方法上,大多数老师沿用以教材为主体、以老师为中心、以传统课堂为教学主场地、以口授讲解为手段的传统教学方法。教师从介绍作家的生平、代表作到分析作品的主题、人物性格,然后把自己对作品的领悟详细阐述给学生听。学习者本应该通过对作品的研读,充分理解源语言的语境以及隐含在语言背后的文化传统、背景知识、社会形态等,进行文化沟通对话,提升人文素质。但是,由于学习者水平等各种因素的制约,现在的英美文学课堂还是在进行词句篇章的分析,偏离了文学教学的主旨,英美文学课变成了精读课、泛读课。学生也就养成了被动地接受权威的批评,毫无自己的见解,更谈不上对文学作品从不同的视角去分析。

一、网络环境中建立新型的英美文学教学模式

网络的快速增长正在改变媒介传播形态,从信息传播到购物、支付手段进而影响人们的生活方式。数字化时代,网络化生存已经存在,这也必然会影响到传统的教学方式。《大纲》指出,要积极采用现代化的教学模式,重视网络技术在教学内容,教学方法上的重要作用。"充分利用现代信息技术手段、信息技术与学科课程的有效整合,发展学生的信息素养、创新思维能力、网上交流及合作能力……实现一种理想的学习环境和全新的学习方式"(刘宝泉,2003)。为解决英美文学教学中的这些矛盾,不妨尝试以网络技术为手段,借助互联网海量的信息资源和新媒体等新型虚拟空间,改进教材,更新教学手段。

（一）利用网络对传统教材进行补充

教材，作为教与学的重要工具，是否能满足学生的普遍需求和个性化需求，是教育成功与否的指标之一。身处数字化时代的我们正走在信息的高速路上，从作家作品到背景知识，甚至其影像资料都可以通过网络搜寻到。互联网除提供作品文本，也提供相关音频、视频资料以及改编自文学作品的电影。网络以多元化手段和优势资源丰富了教学资料，实现了资源共享，丰富的网络资源可以有效得补充各种作品和作者的背景知识，拓宽学生的视野，帮助学生更好地理解作品。

慕课、精品课、公开课等大量优秀的教学资源在网络中也可以得到。基于某个知识点而制作的5到8分钟的微课这种碎片化教学模式逐渐得到了大家的认可。这种模式打破了传统的固定课时，固定章节的教学模式，使学习者能更为灵活地利用零碎时间选择学习，更加有针对性地、有重点地选择学习内容。

当然，在互联网时代，最不紧缺的就是信息。只要再搜索引擎里输入关键字就可以获得数千条的结果，对于学习者来说，如何去筛选这些信息就显得尤为重要。因此，教师在借助于互联网补充教材信息不足的同时，发挥主导作用就显得尤为重要。由于通讯的发达，人人可以利用自己手中的手机接入互联网。无论师生，人人都拥有自己的QQ账号、微信账号、微博账号等。这就意味着，除了现实的课堂之外，师生仍然有其他的思想交流平台。微信公众号和微博空间便是如同一个个公共空间一般。这些公共空间利用超链接技术把网络资源利用起来，帮助学生从浩瀚的信息里筛选出所需素材，实现了网络空间的资源共享。

以建立一个微信公众号为例：我们可以建立若干栏目，例如：英国文学、美国文学，西方文学理论等。在英国文学和美国文学部分，可根据不同的时期对作者和代表作进行归类。除了作家简介、社会背景和作品选读，还可以创建视频链接。这样，学生如果对作品有阅读困难，还可以通过观看些视频材料，达到帮助阅读原著的效果。文学理论部分介绍文学的基础知识和文学研究方法。虽然这对初学者并没有要求，但是文学理论能够揭示文学特性，本质及规律，为读者对文学作品的解读提供了独立的批评视角，能帮助读者更深层次地理解文学作品，磨炼思辨能力以及提升素养。如果要和老师进行互动，学生可直接通过下方对话框输入文本或者在留言区和大家互动和交流。

（二）利用网络对传统课堂的补充

文学课每周2节课的课时相对较少，学生很难在有限的课时里进行阅读、理解和有效研讨。在英美文学课时紧张的情况下，课堂之外的学习就显得非常重要。基于互联网技术的新媒体便为我们提供了新的学习途径。

在这些虚拟空间中建立的QQ群、微信群，师生们可以在这些平台里交流，而不受到传统课堂的时间和空间限制。教师可在群里传播文字、语音以及图片、视频甚至

Word、Excel、PPT 等不同文件形式的文件，避免了传统课堂较为单一的教学手段。学生在没有理解的情况下，可以回放这些课堂记录。学生可以根据自己的学习习惯调节自己的学习进度。在传统课堂外，学生可预先将作品、作家、背景知识等事先了解和预习。学生在预习和阅读作品的过程中所遇到的问题也可在交流群进行反馈。老师可以在群中回答学生们提出的共性问题，也可以在利用小窗口进行一对一的交流，这样兼顾了整体和个人的不同需要，实现差异化指导。教师可以通过课前与学生的虚拟空间的交流来了解学生在阅读过程中遇到的问题，以便于在备课的过程中有所侧重。在课堂教学中，教师可重点就学生在阅读过程中遇到的问题答疑解惑，并让学生进行分组式讨论，充分激发出学生参与的热情。

师生可以将课堂教学和上网学习进行统筹规划，来解决课时少而内容多的矛盾。互联网的交流平台为传统的教室教学拓展了时间和空间，帮助从重视传统课堂教学"第一课堂"的教学模式向重视学生的阅读体验和思想启迪的思考能力的"第二课堂"延伸。

英美文学课作为英语专业的主干课程，具有重要的价值和意义。英美文学课程的人文性要求要求学生不但能够阅读作品文本，掌握实际知识和技能，更应当正确理解和把握人的生命、尊严、价值和意义。网络环境为未来英美文学教学提供了"无限的开拓性、覆盖性和不可替代性"。基于网络技术和海量资源的网络课堂和虚拟交流空间，"其可选择性和可控性都是传统课堂无法比拟的"。利用互联网的海量信息资源和新技术对英美文学教学进行改革可以改进传统以教师为主体的教学模式。教师发挥了主导作用，学生则充分体现了认知主体的角色——在老师的引导下进行积极的思考，并养成发现问题、分析问题和解决问题的能力。面对英美文学教学被边缘化的现象，广大研究者和教师应充分利用网络信息技术的优势，丰富教学内容，优化教学手段，为英美文学教学探索出切实可行的有效途径。

第三节　英美文学教学的改进策略

英美文学教学一直是我国外语教学中的重要组成部分之一，长期以来受到人们的重视。在全球化时代，这类学科的教学在未来也必将会扮演更加重要的角色。因为语言和文化之间存在密切联系，如果能在英美文学教学中融入一定的文化熏陶，那么就能取得更好的教学效果。

英美文学的学习，重在对其他文化的"了解"与"理解"。不同文化背景下，不同文化土壤孕育出的人们往往会有千差万别的思维方式和遣词造句习惯，在写作时表露出的价值取向也会带有鲜明的本土文化特色。那么了解并理解这些文化差异就成为顺利进行交流的前提，也是英语专业学生必做的功课。他们会在掌握了不同文化的文化内涵，了解其特色后，对自己的思维方式进行相应调整，以便更好地适应现实的阅读需要。这就是综合素质的一种体现。

一、教学改革对英美文学教学的意义

英美文学不仅仅是一种"语言上的转换"，更是一门交流的学科，处处体现着智慧。如果不能充分体会英美文学字里行间中的准确含义，那么就有可能会沦为只能读懂字面意思的机器。许多人会认为英美文学是单向的，给定什么语境，给定什么句子，只要把它理解了、了解了主旨就算任务完成。但实际上，英美文学的灵活性要大得多，并且好的英美文学作品会让人感受到作者的巧妙心思。例如，在英美文学中出现的一些俗语和口头禅，没有一定的文化背景知识是不可能理解的，因此就需要教师和学生多多在沟通中提升自己的专业素养，提升自己的跨文化交际能力。又比如，许多学生在理解英美文学习惯用语的过程中往往会遭遇到许多问题。高校英美文学课程的教学目标就是培养出更加符合现实需要的优质文学人才，助力于我国的文化事业。

二、英美文学教学的改进策略探讨

（一）制定课堂规则

结合大学生的心理特点，教师应做好相应的课堂设计，从而使整堂课有条不紊地进行。英美文学教学水平的提高需要借助规范化、合理化的教学机制，教师要引导学生分三步来进行课程的学习，首先，在课前，要预先通读课文，标注上自己对课文的通俗化理解，阅读完整篇课文后，完成课本后面的思维练习；在课堂上，要遵照老师的指示来进行学习活动。由于该阶段学生很容易受到应试教育模式的影响，对英美文学学科产生定性思维，因此在课堂上应以教师引导为主，引导学生们在比较具有文化气息的学习环境中获取知识，从而养成良好的读书习惯。在下课后，教师还应安排学生完成一些简易任务，来加深对课文背后蕴含的优秀文化的理解。例如写下自己对某篇文章的感悟，以及文章对我们生活的启示等等。

（二）借助现代传媒手段

由于英美文学课程内容比较艰涩难懂，学生对于课文理解起来有困难，对于英美文化在学生中的渗透、传播也有一定不利影响，因此教师应当采取一些措施来吸引学生注意力，激发他们的学习兴趣，使他们更好地领会文章主旨。现代媒介科学技术就为教师们提供了绝佳的辅助工具，例如，在投影仪上播放有关课文内容的视频、短片，或者借助其他工具进行现场的情景模拟，模拟我们生活当中可能会出现的场景。这些方式都能够提高英美文学课程与学生实际生活的贴合程度，从而激发出学生的学习兴趣，提升学习热情，使他们更好地理解文章背后蕴藏着的文化。文学理念的渗透还需要增加一定的情感共鸣，因此教师还需要在课堂中加入适当的情感教育，帮助学生理解课文的深层意义。在朗读课文时，将作者想要表达的情绪以声音和表情的形式传达给学生们，或者通过播放有关音频资料的方式来增强情境感，让学生身临其境地感受课本中的情节，并让其中具有现实意义的精神主旨深入学生的内心，成为他们成长过程中一段特别重要的回忆。

（三）课内外的英美文学知识补充

在课堂上，仅仅学习课本的知识，而不进行课后的知识补充，是不利于学生理解课文背后的文化内涵的。因此，教师还应根据学生的成长特点、心理特点和接受程度来进行相应的知识补充，重点落在描写具有现实教育意义的、积极向上的榜样事迹以及优美的"阳光"文学，帮助学生们领略英美文学的独特魅力，进而在耳濡目染中，在无形的熏陶下就得到了英美文学素养的提升。例如在讲解《雾都孤儿》这篇文章时，可以从学生感兴趣的主题入手，尽量抽出时间，向学生普及当时英国底层人民的生活状况。在课后，教师应积极组织学生的课外学习，由于学生的课余生活较丰富，在课上容易被分散精力，因此首先在思想上就要提起他们对英美文学学习的重视，要在生活中细心观察周围的事物，要有一双在平凡生活中发现闪光点的眼睛，这样在阅读文章时才会有更深的感悟；在完成教材学习之后，还要自行增加课外阅读量，各科各类的知识都要有所接触，这样才能够拥有触类旁通、融会贯通的能力，才能在心中描绘出我们生活的完整面貌，将优秀的英美文学作品铭记于心。

随着时代的发展，许多学校开始重视学生综合素养的培育。这一时期的学生对许多事情都有了自己的独到见解，但对英美文学的理解力并不强，认为学习该课程对现实生活的意义不大，因而丧失兴趣。事实上，英美文学就像一座宝库，蕴含了丰富的文化瑰宝，值得我们去寻找，去挖掘。因此，在进行相关教学改革时，不仅要能够提高学生学习英美文学的兴趣，激发学习热情，还要方便学生们对课文的理解，对所学知识有更加深刻的印象。

第四节　跨文化视野下的英美文学教学

在世界文学领域中英美文学具有重要的地位。如何在重重文化壁垒的阻隔中，加强英美文学的教学工作呢？——当今形势下，国内英美文学工作需要直面的问题。"在这样的时代背景下，高等学校英语专业教学大纲也清楚表明，文学课程担负着提升学生英语水平、培养学生人文素质和跨文化意识的双重职责"。

高校英语专业作为重要学科，英美文学教学课程受到了越来越多的重视，教学主要围绕着文学史、文学作品、文学批评方法所展开，而其中文学作品的研究成为英美文学教学的核心。文学作品折射出的是文化的光影，在这些包罗万象的文化光影中，我们首先接触到的便是极为丰富的西方文化知识。通过阅读与研究优秀的英美文学作品，可以使我们对西方文化有一个深入的了解，同时，对于学生而言，感受我国与英美国家的文化的不同。本节将依照从文学到文化——传统英美文学教学单一思维的打破，文学的交流与碰撞、融合与贯通，跨文化视野下的英美文学教学方式探索三个层面对跨文化视野下的英美文学教学研究展开研究，以期为高校英美文学教学提供一些建议与参考。

一、从文学到文化——传统英美文学教学单一思维的打破

在高校开设英语学科与专业，对于高校英语专业的学生而言，更加注重其对英语"听、读、写、译"等能力的培养，以培养熟练掌握英语这门语言艺术、增进中外文化交流的人才，促进对外事业的进步与发展。而基于此类学科，开设有英美文学的课程，已成为国内广大院校英语学科普的共识、普遍进行的课程设置，在研究生阶段，甚至进行进一步细分，设立了英美文学或与之相关的研究专业。

然而，在英美文学教学中，无论对于跨文化教学的认知，还是具体培养策略都存在着诸多的问题。例如高校英美教学课堂，往往专注于文学而忽视了文化，教师们将精力放在了对英美文学作品的讲授，以期望以此提升学生的英语水平，而缺乏一种文化宏观视野，使得学生们停留在文学作品的表象层面，无法深层次地理解作品背后的思想内涵，隔靴搔痒，浮于表面，也由此形成了英美文学教学单一的教学思维。而且在具体的教学中，尽管意识到了跨文化的重要性，但是往往只局限于课堂式的讲解式教学，教学方式单一老套，或是照本宣科，毋庸置疑，没有构建起系统、深入、立体、多元的教学体系与学习层次，对于跨文化的意识培养点到为止，这必然会使广大学生逐渐丧失了学习的兴趣，难以达到教学预期的效果。

首先对于教师而言，应当树立和培养学生在教学工作中跨文化意识的正确认知。在当今文化多元的时代，仅仅培养一门掌握外语能力的学生是远远不够的，语言毕竟只是一种手段、一种载体、一种方式，而所承载的则是人的思想意识，映射的是社会方方面面的文化，因此，为了适应新的发展形势，培养高素质、全方位、水平高的英语人才，在英美文学教学中，就应该跳出狭隘的圈子，将目光从英美文学放眼至更加广阔的英美文化甚至世界文化，从文化宏观层面到文学作品微观层面，从某一方面的西方知识再到整个西方文化乃至中西文化的思考，以此来打破单一的、僵化的、狭隘的英文文学教学观，建立多元的、全面的学习与研究思维，从而也使学生更加深入地理解作品背后的思想内涵，对英美文化初步了解。

二、文化的交流与碰撞、融合与贯通

上文谈到了在英美文学教学应当打破单一思维，不局限于文学教学，而应当建立一种文化观，那么如何将文化很好地融入教学工作中呢？要解决这个问题，就要培养跨文化意识，那么什么是跨文化意识呢？

跨文化意识是文化全球化发展、国家化交流的主要途径之一，与英美文学教学目标相统一。某一文化经传递人的信息传输，被不同文化背景的人学习与理解，产生跨文化交际。在文化交流过程中，无意识行为具有较大的破坏性，必须予以特别重视。我们从小接受以汉语为母语的中文式的教育，对外来语言本身具有一种陌生感，而对外来文化也同样会存在充满着一种天生的排斥心理。因此在中外文化的交流中，我们要树立和培养跨文化意识，就需要直面中外文化的差异、碰撞，感受外来文化的陌生感，并端正中外文化交流中态度与策略。对于英文文学教学，要以自信、豁达的态度看待中西文化中文化现象、风俗、习惯等方面的差异，消除文化隔阂的心理，努力培养出跨文化的意识。

文学语言是文学的载体，是在本民族文化语言基础上，结合文学艺术的特性，所形成的特殊语言，文学语言必然反映着各国、各民族的文化。在英美文学教学中，教师在引导学生对英美文学作品的作者介绍、内容梗概、作品背景、语言风格、艺术手法、主体意旨、思想情感等方面有所了解之外，教师还需要把作品背后的文化传达给学生，在对英美文学史的讲解中同样应该紧扣着英美文化史，使学生能够理解作品中的文化逻辑，进而认知作品思想情感或叙事发展的合理性。同时，通过文学作品，打开一扇了解英美文化的窗子。

在文化的交流中，要正确对待文化冲突，理解文化的多元和差异。

在英美文学课程中引入文化教学时，同样不能回避的一个问题便是文化的冲突与碰撞。如何消除文化冲突，促进文化交流与融合呢？首先，要明确"跨文化外语教学最常用的方法是比较和对比，参与和体验"，将我国的母语文化与英美文化进行比较，找出差异性，这种差异性表现在文化现象的不同、文化观念的不同、文化心理的不同。在此期间教师可以创造出一些英美文化的情境，或者可以以教学或者具体的文学作品，来加深对西方文化的了解，增强中西文化的交流。另一方面，从中西文化的交流反观英美文学，可以进一步增强对英美文学作品的认知与理解。以此寻找解决文化冲突的合理性。以下将着重对跨文化视野下的英美文学教学方式进行深入探索。

三、跨文化视野下的英美文学教学方式探索

在英美文学教学中，良好的教学方式有利于保障教学成果，提升教学水平。同样

的道理，对于将跨文化意识运用于英美文学教学工作，同样需要探索相应的教学方式。笔者在参考了大量的研究资料，总结了几条对于英美文学教学具有指导意义的教育方式。

（一）结合英美国家地域性文化特征分析文本

在英美文学教学中，文本阅读的重要性是不言而喻的，要更深层次解读文本，需要学生结合英美国家地域性文化特征，从当地的文化视角上进行审视。比较东西方文化的差异。如英国作家莎士比亚的经典悲剧作品《罗密欧与朱丽叶》讲述了意大利维罗纳城的恋人——罗密欧与朱丽叶之间凄美的爱情故事。二人分别是两个具有世仇的家族——开普莱特和蒙太古，这便注定了二人的悲剧，对爱情忠贞不贰的罗密欧与朱丽叶最终殉情。作品反映了文艺复兴时人文主义思潮不断涌现，人们为反对封建统治，追求着自由，倡导人性解放。对这样的文化背景有所认知，才能真正理解男女主人公为何把爱情与自由看待得比生命更加重要，两个世仇家族为何重归于好。罗密欧与朱丽叶的故事与我国传统民间故事《梁山伯与祝英台》有相似的地方，都是追求爱情、双双殉情的悲剧收场，但文化理念却有很大的不同。在教学过程中，可以用比较研究的方法，将我国与英美国家文学作品进行对比讲解，启发学生对作品中文化差异的思考，从而提升学生对文本的学习效果。

（二）体验式教学

体验式教学关键在于改变以往单向传输知识的方式，使学生真正融入教学情境中，获得一种沉浸式的体验，进而加深学习的理解。对于英美文学教学，同样可以采用这种教学方式。教师可以通过排练情景剧、讲述文学背后的文化故事与历史常识、演唱英美歌曲、仿写英美诗歌、邀请有英美留学经历的师生讲述西方文化等方式，使学生能近距离感受英美文化。甚至有条件的学生可以在旅游、游学的过程中，直接感受到当地人的文化生活，以此真正感受到英美的优秀文化，从而加深对文学作品的认知与理解。

（三）结合多媒体信息技术和网络资源

现代社会是信息技术高速发展的时代，各种技术手段被运用于教学中，这是时代的进步，也是教育的进步。对于英美文学教学，教师同样需要"充分结合现代先进的多媒体信息技术和网络教学资源，创造出寓教于乐的英美文学教学环境，构建新型的英美文学教学模式"。不可拘于书本式的教学模式，例如课堂教学采用图文结合的PPT、观看英美电影、收集互联网上与之有关的资讯、建立微信和QQ学习群分享教学成果、关注相关的学习微信号等。从而进一步加深学生对英美文化的理解，也有利于培养文化兴趣，为学生学习英美文学拓宽渠道。

（四）开展大量的跨文化实践活动

教学还需要和实践相结合，不能单纯地把希望寄托于课堂。坐而论道往往会陷入纸上谈兵的局面。应该促使学生在实践中运用课堂学到的知识，从而加深对知识的消化和理解，也可以提高这一方面的实践能力。在一定条件下，教师应当多组织一些跨文化交流的实践活动。例如，可以举办文学沙龙、文学论坛、文学讲座等活动，可以组织英语国家的师生与学生围绕文学作品或相关议题进行学术交流活动，甚至可以带领学生参观英语国家的名胜古迹和高等院校。同时结合相关文学议题，采用多种形式的艺术，开展诸如情景舞台剧、歌唱比赛、诗歌朗诵、电影评论等活动，激发学生的学习兴趣，提升跨文化实践能力，进一步加强中外文化的交流，消除文化交流的障碍，助推英美文学教学水平的提升。

在英美文学教学工作中，努力培养学生跨文化的学习与研究思维，以包容的态度、宽阔的胸襟、科学的方式去消除文化交流的隔离与冲突。通过结合英美国家地域性文化特征分析文本、体验式教学、结合多媒体信息技术和网络资源、开展大量的跨文化实践活动等方式，探索多元的教学方式，努力提升教学效果，增强学生的文化素养。

第七章 英美文学教学能力的培养

第一节 英美文学教学中思辨能力培养

一、英美文学教学与思辨能力

2020年最新制定出台的本科类英语专业教学指南明确了学生的能力要求如下：本专业学生应具有良好的英语语言运用能力、英语文学赏析能力、英汉口笔译能力和跨文化能力；具有良好的思辨能力、终身学习能力等。文学类课程从以前的英国文学和美国文学两门课扩展到了包括文学导论在内的专业核心课程、专业必修课程和选修课程。学生从第四学期开始接触文学，由原来的两个学期变成了三个学期，由此可见文学课程对于提高学生的思辨能力、人文素养有着关键性的作用。然而，重技能轻知识的观念在英语专业普遍存在。专四专八考试和就业压力导致学校层面和学生产生了文学无用论的错误判断。同时，文学课程教学中存在许多问题，教学效果往往不尽如人意，学生只是满足于对文学史的机械记忆和对文学作品的既定性解读，鲜少有自己的见解，思辨能力和创造能力较差。

从学院文学教学实践上来看，教师教学基本上是侧重于文学史的梳理和文学流派简介，对于文学作品的解读仅停留在作家作品背景介绍、作品内容简介等"是什么"的层面，而很少和学生就"为什么"展开讨论。比如在学习《傲慢与偏见》的过程中，学生对于该作品的印象集中在故事的男女主人公的爱情故事中，很少会去探讨伊丽莎白与达西爱情背后的故事。

二、以思辨能力培养为核心的英美文学教学

对于文学课程中思辨能力的培养，文学文本的优势远大于文学史概论。通过阅读经典作品，学习者可以"主动参与文本意义的寻找、发现、创造过程，逐渐养成敏锐的感受能力，掌握严谨的分析方法"，思辨能力也能得到培养。因此，以文本阅读为文学学习的起点，引导学生体验文本，构建主动探究、思维博弈式学习氛围，有助于学

习者思维能力的发展。相反，如果一味讲述文学史，学习者被动接受他人既成的观点，很可能让学习者形成依赖性，导致"思辨缺席症"越来越严重，这与现代化高级英语人才的初衷背道而驰。

如何通过文学课程培养学生的思辨能力？美国哲学家莫蒂默·阿德勒提出文本阅读可以分为探索发现、细致审视和外部延伸三个阶段。美国教育心理学家布鲁姆把人的认知能力分为6个级别，这两者对应了思辨能力的核心技能。思辨能力指思维能力、分析能力、论述能力以及解决问题的能力。文秋芳教授把思辨能力细化为两个层析：元思辨能力和思辨能力。"第一层次元思辨能力是指对自己的思辨计划、检查、调整与评估的技能；第二层次思辨能力包括与认知相关的技能和标准。"孙有中教授在深入研究思辨能力的基础上，创新性地提出了思辨英语教学原则，把思辨能力和语言技能两者完美地结合了起来，为文学课的思辨式教学提供了有力的理论和实践依据。

（一）将思辨能力培养纳入教学目标

孙有中教授的思辨英语教学原则包括了以下八个方面：对标、评价、操练、反思、探究、实现、融合、内容。对标是首要原则。对标意味着在课程教学大纲中明确思辨能力教学目标，并落实到每个单元的教学目标中。通过思辨学习语言，通过语言学习思辨，同步提高语言能力和思辨能力（孙有中，2019）。思辨能力包含思辨品质和认知技能两个维度。以《英语文学导论》为例，教学目标既要包含文学基础知识，又要包含对文学作品的理解、欣赏和评价能力，这些能力即思辨能力。具体到每个章节，如在"小说"部分，"情节"这一文学要素单元，学生既要了解情节的构成部分，还要赏析"请买票"这一短篇小说。

教师只有在教学目标中明确了思辨能力培养目标，才能组织以思辨为中心的教学活动，课堂教学才能实现隐性育人的效果，实现学生的语言和能力协同发展。

（二）更新教学模式和教学手段

互联网技术快速发展和全球覆盖背景下，传统的填鸭式教学明显无法适应新时代之一人才培养的要求。翻转课堂、线上线下混合式学习、手机学习App软件无处不在，给教师和学生带来了很大的挑战。思辨英语学习提倡探究式学习，并教会学生怎样学习。教师采取苏格拉底提问式的课堂教学模式，对话式教学引导学生理解和评价文学作品，为学生搭建脚手架。以小组为学习单位，充分利用线上如慕课、B站外国名校文学公开课以及名篇改编而成的电影等，设计问题，并建立规则，最终形成思辨文化，使得学生既能与同伴一起讨论问题并解决问题，又能独立完成课后反思和撰写评论文章，实现思辨能力与语言能力的融合发展。

在赏析外国文学作品时，中国优秀文学作品和传统文化应该纳入教学活动中。在学习赏析英国浪漫主义诗歌时，带领学生畅游在美丽的水仙花世界，"飞流直下三千尺，疑是银河落九天"的中国壮丽景观更令人心驰神往。孙教授总结了七类苏格拉底式提问方式，教师可以根据不同的教学内容采取不同的方式，循循善诱，充分调动学生的积极性，促进学生个性的发展和潜能的激发，并激发学生的爱国情怀，明确"四个自信"。

（三）改革教学评价方式

传统教学考核中期末考试以文学常识的识记为主，作品赏析也涉及的主要是作家作品背景以及既定的作品主题和文学背景，鲜少有开放性的文学评价，平时成绩也以课堂考勤和学生课堂表现为主。思辨式教学原则中，评价的导向作用至关重要。孙教授指出，为推动教学改革，课堂教学的思辨维度应该纳入教学评价体系，并对学生的课堂表现和作业进行评价。学生的作业包括口头作业和笔头作业，口头作业包括课堂展示、小组讨论等。

随着信息技术的普及，信息技术教学手段已经覆盖学校所有课程和所有教师，以清华"雨课堂"和超星"学习通"为主的信息化教学成为教师教学和考核的重要依据之一。教师通过雨课堂开展文学教学后，课前布置学生阅读文本，学生阅读完后以小组为单位根据文本提出问题并给出参考性答案。课堂上分享阅读发现，课后撰写反思日志或者学术评论。课堂上能及时了解学生学习情况，教学形式也变得多样化，学生参与课题讨论的积极性也增加了不少。与此同时，期末考核中的平时成绩给分依据雨课堂后台数据，更加合理和公正。期末试卷中，开放性的题目比重加大，学生能从不同的角度进行文学赏析和评价。

对于教师的评价考核，学校教务管理部门应该将"教学是否把思辨能力培养纳入教学目标，是否设计有效的任务或活动促进思辨能力与语言能力的融合发展，是否重视对学生思辨品质的培养，是否发挥了教师的思辨示范作用"等思辨指标作为教师考核的重要方面。教师在选取教学内容时，要根据话题的相关性、文体的多样性、知识的学术性和思想的启发性来确定教学材料，这意味着教师要在浩瀚的文学教材中甄选出有利于开展思辨教学的教材。

思辨式教学既是一种趋势，又是一种教学理念。思辨能力是高校人才培养的一个重要方面。作为高年级必修课程之一，文学课必须主动承担起思辨能力培养的重任。学校、教师和学生三方从思想意识、行动上落实思辨能力培养指标，经过不断强化，使思辨标准内化为教师和学生的思维习惯，最终外化为学生思辨能力的提升。高校最终培养的应是具有国际视野、家国情怀的创新型、高层次的复合型外语人才。

第二节　英语专业英美文学课教学的技能培养

目前，对于多数高校英语专业来讲，英美文学课设为英语专业高年级的必修课。实际上，英美文学课的学习就是英美文学史和文学作品的学习。在实际的课堂教学上，教师通常的做法是：首先教师向学生们介绍要学习的文学作品的历史背景，然后分析文学作品的文本内容、阐述某些评论家对该作品发表的观点和看法，让学生们消化理解。这种传统的教学方法对于教师来说非常有效，因为教授文学课的一个重要方面就是向学生讲授文学作品的文本材料。然而，按照当代教学法的评判标准，此教学方法未免有些太狭隘，由于学生们过于依赖教师对文学作品文本的讲授，结果只能是一方面在学习文学作品文本时，学生们未能作为学习的主动者参与到学习中；另一方面，学生们久而久之形成不会主动思考问题的习惯，变得有惰性，这种填鸭式教学使他们认为能够通过考试就可以。

与此方法相反，为了使学生们在学习各种不同类型的文学文本时给予积极的回应，以技能为基础的教学方法是值得推荐的方法，如果教师能够有效地传授这些学习技能，那么学生们就能逐渐获得所说的"生成转换能力"，既在阅读文学作品时能独立进行思考、理解的能力，学习者在分析文学文本时有能力与人交流，用流畅、简洁的语言写出该文本的观点以此作为对文本的回应。以技能为基础的教学方法的目的是通过给学习者提供学习方法来获得文本的思想含义，给学习者提供这些学习方法是为了以学习者为教学中心，让他们主动参与学习来衡量学习者的独立学习能力：不依赖教师为学习权威，教师的作用只是帮助学习者参与学习过程，使学习者学会并应用这些技能。那么学习者在阅读、阐述文学文本时所要应用的学习技能是什么呢？笔者认为大致有三种：感知技能、译译技能及编码技能。

一、感知技能的培养

感知技能指的是学习者要具备观察、识别文本结构及文本其他表面特征的能力。当然，前提是学习者已经对文学的基本概念、定义等有了初步的了解，能够较为准确地分辨出各种不同的文学文本题材，能够识别出文学语篇使用的语言特点。

首先，要培养学习者应该能从文本的表面特征来区分是戏剧、散文、诗歌，并且能够分辨出一个指定题材中可能包括不同的次题材。以诗歌为例，学习者在学习诗歌时应该能够分辨民谣、十四行诗、颂歌，能够区分英雄偶句诗和自由体诗等题材。

其次，培养学习者应该具备对于运用独特语言特点的观察能力。这种独特的语言运用有两种：一种是文学文本的语言运用偏离现代标准英语，如有的文学文本使用古体英语；另一种语言的运用脱离现代语言的标准语法，在日常生活中不常使用的语言。如在诗歌中，诗句中常运用有规则的韵律格式称之为韵律；诗歌中的诗句声调相同称之为押韵。

再次，英美文学教学要培养学生具有能够识别文本采用的突出强调的语言模式。以散文为例，在散文中有时每一章节重复使用了一些文法模式，这些文法模式构成了一个故事或小说。

最后，培养学习者在学习文学文本时还需具备能够观察出其是否运用了某些文学手法的技能，这个技能同前面讨论的两个学习者要有识别文本语言运用的能力同样重要。除了要能识别文本运用偏离现代标准英语和语言的运用脱离现代语言的标准语法外，学习者在学习文本时要能识别文本是否运用了暗喻、象征等文学手法，否则学习者在理解文本含义时就会导致对文本内容的错误理解，影响文学文本的学习及理解。

二、译码技能的培养

译码技能是指学习者通过阅读文本观察、识别获得的数据资料且使之有意义、需要掌握的技能。在英美文学教学中要培养学习者学会运用：文本纲要，即运用已知的世界知识包括文学话语（文学文本）知识和读过的文学作品；文本提示，即通过对文本的观察、描写获得的数据资料；阅读和思考技能，这样才能使学习者领悟理解文本的含义。

首先，领悟理解文本含义的一个基本方面就是外语学习研究学者理查德所说的"领悟明了的含义"，这指的是要培养学生具有从文学文本内容获得其外延意义的能力。以叙事小说为例，这指的是学习者在阅读一个文本的指定章节时，如果不是整篇文本，能够准确地勾画出主要事件发生的时间顺序，进而学习者能够明确地按照要求叙述一篇小说或其中一个章节的主要内容。明白了文本的外延意义后，学习者也要能够推断出其内涵意义。学习者弄明白了文本独特的语言特征、观察到了文本突出强调的模式、注意到了文本的写作技巧的运用后，教师要向学习者说明这些能促使诗歌、戏剧、小说或短篇小说的内涵意义的呈现。如英国诗人欧文的战争诗运用的半韵手法的意义、小说家威廉·戈尔丁的《继承者》中第一部分运用了及物动词不带宾语等，学习者如能回答出这些问题就能发现文本主题思想或其他潜在的意义特征。

另外，教师还要指导学生如何通过文本的措辞、句法来推断作者与主题的联系及作者对读者的态度等信息。当然，这是要培养学习者具有推断作者对文本的语气、观点看法及运用文学交流的语用学的知识的能力。具备了此能力学习者在阅读小说时就会发现如小说家会频繁打破语言质量准则，这个文学交流质量准则含有不要去说所相信的是虚假的禁令。如果小说家故意这样做了，读者应该能推断出小说家向我们呈现的某个特定人物、特定事件及特定情形可能是采用了具有讽刺意味的写作手法。

再者，培养学习者具有另一个相关的技能是阅读戏剧或散文时应该具备的技能。这涉及在学习者对于比如人性已有的知识或先入为主的看法绘制出作品中人物的言行举止，以至于学习者可以根据固有的模式化形象相关的行为理解作品中人物的言行。对于一个模式化形象进行阐释后，如一个英雄、一个恶棍、红颜知己等，学习者就可以更加细心地分析人物的个性特征。

最后一个破译技能的培养是指学习者对文本要有预测能力。对于叙事小说和戏剧来讲，根据文本结构或其他线索学习者需要进行前瞻性思考，换句话来说，这是培养学习者具有预测、推断比如故事情节是如何发展的，或是故事里的人物下一步在面对一系列特殊情形要说什么、要做什么等的能力。至于诗歌，学习者如能能够识别其题材，就能理解诗歌的语境及基调。例如，如果是一首颂歌，读者可能期待这首诗包含令人深思的话语，在这话语中诗人本身的个人情感就会演绎成某些具有某些哲学意义或美学意义的思考。

三、编码技能的培养

对于英美文学的学习如果只会阅读但是不能对其文本的学习进行书面的阐述，那将是不完整的。然而，令人遗憾的是此方面的教学往往被教师忽略了。教师知道，尽管学生们在课堂上对所学文本内容进行口头讨论时看起来读懂了文本，但是在写作作业、测试时要求他们用通顺的语言、正确的文本格式写出他们的感悟、观点时却很困难，这很可能是因为学生们缺少文学文本方面的写作教学的指导。如果要求学生们能够清晰、简介地表达对于所学文学文本的分析、看法观点，教师就应该有意识地去培养此方面的技能，即编码技能的培养。

对于文学文本相关的写作技能与英语语言教学大纲提出的关于写作培养目标无太大差别。

首先，要培养学习者应该能够准确、正确地用标准英语表达对所学文本的看法观点或做出回应。做到这一点，学习者应该已经掌握了一定的词汇量、句型及适当的文学术语，这样学习者才能清晰地表达对于文本的印象与理解。

其次，教师要指导学生对一个文本的指定话题如何能充分地表达出来，这就要求学生对于指定话题要求的内容能够做到详细阐述并用文本实例来证明。因此，确定对于指定话题要写什么之后，教师要培养学生们也能够连贯地、语言衔接很好地写出其要求的内容既要用适当的方式或结构、适当的连接手段进行写作，清晰地讨论指定话题并用简洁的、具有逻辑性的结论来完成文本的写作任务。

最后，学生要用基于适当的写作规范手法去写作：起草、修改、编辑，为的是他们对于文本的表达能够更准确，阐述的观点更精练。这样，编码技能的培养才完成。

上述探讨的只是学生学习英美文学文本时要培养、应用的几个主要技能。然而，在教学实践中，这些技能被认为是令人满意的教学方式和教学目标。那么，教学大纲的制定者、师资培训者、教师及主考者在起草教学大纲、确定教学目标、指定考试题及考试方法时就应该考虑到上述技能的培养。

关于教学大纲的制定，制定者应该具体描写出学生们学习文学文本需要培养、应用的这些技能并给予详细的说明。教师要根据这些技能的培养要求来思考、制定教学目标，学生们能成功地完成教师的教学目标就是对教师的优秀教学效果的反馈。主考者不仅要根据学习内容确定试题还要根据这些技能的培养确定试题内容。测试考查学生对于所学内容记住了多少，还考查了学生面临一个不熟悉的文本如何思考、如何进行准确、简洁、有逻辑性阐述其思想观点。

第三节 英美文学教学与学生人本精神的培养

英美文学课作为高校英语专业高年级学生的必修课，其意义和作用在于通过阅读和分析英美文学作品，提高学生的语言运用能力，增强对西方文学及文化的了解，培养学生的文学鉴赏能力，敏锐感受生活认识生活的能力，进而从整体上促进其人文素质的提高。不言而喻，大学生的人本精神培养亦是高校教育中不可或缺的部分，推进自然科学和人文科学相结合，培养学生的人本精神，提高学生的全面素质是当今教育发展的趋势。

一、人本精神与人本主义教育思想的内涵

（一）人本精神的内涵

人本精神又称为人本思想或人本主义。所谓人本精神，也就是人们所说的"终极关怀"，指的是"以人为本"的精神，是一种高度重视"人"和"人的价值观"的思想态度。人本精神的主要内容，就是以人为中心，一切为了人，一切依靠人。尊重人的自由、平等，发展人的个性、促进人的全面协调进步，确立以人为核心的价值理念和意识形态是人本主义，也是人本精神的实质内涵。人本精神教育主张将人文知识和人文精神渗透贯穿到人的成长过程之中，以便塑造一个人良好、健全的人格操守以及责任感、人生观、价值观等等。这种塑造既可内化造就一个人卓然的人格品行和风度气节，也可外化其为人处世、交际时的礼仪与分寸。

（二）人本主义教育的内涵

人本主义教育是视人格完善为教育的最终目标，重视个体的潜能，突出个体的科学价值，将人本教育贯穿于教育的整个过程中，使教育人性化、人格化、个性化。在实际教学中有意识地让学生去思考、感受和体会人生的道理和文化价值；强调人的自由、尊严和人格。现代教育观倡导"素质培养"的思想，目的在于淡化知识、技能的同时，更加注重学生的生活态度、对人和事物的情感意向和价值取向，以及宽容乐观的个性和健全的人格的培养。

为了顺应现代学习理论发展的新潮流，教育大师罗杰斯提出了人本主义学习观，随之引发了一系列的教学改革。意义学习是罗杰斯人本主义学习观的核心和灵魂，它是一种既能增长知识又与每个人的经验融合在一起的学习，意义学习要求整个人在情感和认知方面的全方位参与。因此，教师要引导学生最大限度地参与到教学的各个环节中，自主学习，充分发挥学生的自身潜能，培养其创造性人格，最终实现全面发展。

二、英美文学教学中人本精神的缺失及原因探讨

英美文学是我国高等院校英语专业教学中一门十分重要的专业知识课，英美文学课的重要性不能忽视。它是提高英语水平、了解西方文化、培养学生思辨能力、健全人格的重要途径。然而，学生人本精神的不足及缺失严重阻碍了英美文学教学的发展。

造成英美文学教学中人本精神缺失的原因有以下三点：

（一）传统教学模式的影响

不管是在英美文学教学中，还是其他科目教学中，传统教学思想根深蒂固。传统教学是在"主知主义"及"教师中心"观指导下的教学。"主知主义"观把人的培养仅仅局限在知识的传授上，而忽略了学生的全面发展；"教师中心"规则忽视了学生作为"人"在教学中应有的地位和权利。传统教学模式以教为中心，学生在教学活动中的主体地位几乎丧失，教师扮演了教学活动的主宰者角色。以教为基础，学生只能复制教师授课之内容，毫无创新可言。"教与学"的关系在此出现了本末倒置、越俎代庖的不和谐现象，导致学生亦步亦趋、墨守成规，最后严重侵蚀了学生学习的积极性、自主性和创造性。

（二）市场经济带来的负面影响

近年来，随着高校的扩招和随之而来就业市场日趋激烈的竞争，高校办学实际上是以就业市场为导向出现了"市场需要什么我们就培养什么"的现象，高等教育明显呈现出产业化、市场化的趋势；学生与家长多数心里只有"饭碗"，眼里盯着的是为将来谋生所需的各种培训班和证书。曾经久居象牙塔的大学生群体中间对市场经济的强

烈冲击也出现了世俗化和功利化的趋势，学生们大部分时间忙于做家教、促销及其他勤工俭学活动，甚至参与广告、营销等商务活动，急功近利已成普遍现象。大学生们甚至没有时间和精力来完成他们的本职工作——学习。

（三）学生自身能力不足

在英美文学教学过程中，有年轻老师或从事新式教学的老师企图在教学中引进人本主义教学方法，充分发挥学生的学习主观能动性，尊重学生的兴趣和爱好，尊重学生自我实现的要求。但是由于学生自身能力的不足，人文知识面偏窄，知识结构不合理；在能力层面上，有些大学生口头和文字表达能力、动手能力、心理承受能力、协调人际关系能力相对较差，达不到预期的效果。

三、在英美文学教学过程中，怎样培养学生的人本精神

（一）明确英美文学的学习意义，增强学习动机

众所周知，文学是语言的艺术，语言的精华主要存在于文学语篇之中。所以，英美文学作品可以给英语学习者提供丰富多彩的词汇、句式与篇章。这些别具一格、含义微妙、发人深思的语料库可以提高他们的语言感悟能力和运用能力。英美文学是源远流长的西方文化的一个缩影，英美文学的作家无疑会把英美文化的价值观、世界观和英语民族的思维方式镶嵌于其作品中。学生在学习的过程中会逐渐感受了解到多元文化的乐趣，培养自己对文化的宽容精神，进而提高自己的跨文化交际能力。

学习英美文学还可以培养学生的思辨能力、感受能力、健全其人格。王守仁教授曾经说过，"学生通过阅读英美文学作品，主动参与文本意义的寻找、发现、创造过程，逐步养成敏锐的感受能力，掌握严谨的分析方法，形成准确的表达方式。这种把丰富的感性经验上升到抽象的理性认识的感受、分析、表达能力，将使学生受益匪浅"。这种由于参与而形成的思辨能力和感受能力不仅有助于学生对知识的认知、探求和应用，还有益于他们对生活的理解。

总而言之，广大英语教育工作者要给予英美文学正确的认识和应有的重视，利用课内外的一切机会帮助学生改变对这门课程的错误观念，使他们从思想上认识到英美文学课的重要性和必要性，激发出他们的学习热情。

（二）加强课堂教学改革，激发学习兴趣

学生人本精神的培养需要广大授课教师重新审视这门课程的性质和教学中的各种要素，改革课堂教学，进而激发学生的兴趣、提高教学质量和增强教学效果。

1. 教学内容的改革：优化教学内容，贴近学生学习和生活的实际

"必须让所有学生，无论他们是在哪个（教育）阶梯上，接触与他们生存有关的真

实问题，这样他们才会发现他们想要解决的问题"，这是罗杰斯的人本主义教学内容观的核心。它以"真实问题"为基础，因此导致人本主义的这一教学理念要求教师要因人而异、因材施教，不断优化教学内容，使之不断适合于学生的知识水平和学习兴趣。因此，教师要在有限的课时内遵循由易到难的认知规律，精心挑选一些具有时代特色、反映先进文化的篇目，让学生接触到更多现代和当代的英语文学经典。而且在作品选材上要以适合学生的心理和接受能力为出发点，注意所选阅读材料要具有积极的社会意义和教育意义，使之有效激发出他们的想象力，培养学生思考能力，为他们形成健康的人生观提供帮助，进而指导他们的学习和生活。

2. 教学形式的改革：丰富教学形式，营造和谐轻松的学习氛围

人本主义教育模式重视客观环境对学生的影响，不仅主张为学生提供丰富的学习资源，还应该创造轻松和谐的学习氛围。因此，在课堂教学中，教师可以通过图文并茂的教学课件并合理地利用光盘、幻灯片等现代化的多媒体教学辅助手段对教学内容进行强化，以直观性明显的视觉听觉"盛宴"来激发起学生们的学习兴趣，引起他们与作品的情感共鸣。并且可以采用诸如诗歌朗诵、名剧片段表演、小组讨论等多种形式教学，使学生最大限度地参与、融入课堂教学活动中来，消除他们对文学的敬畏心理，让他们与文学"亲密接触"，使学生乐在其中。

3. 教学方法的改革：以学生为中心，充分发挥学生学习主观能动性

刘润清教授在其《论大学英语教学》一书中指出："教师不仅传授知识，给予指导，更重要的是教给学生自学的方法，培养他们自学的能力。"所以在教学方法上要从以前的教师自导自说、唱独角戏的单一模式置换为双方甚至多方互动的情感教学模式。在教学活动中既要重视教师的主导作用，更要重视学生的作用，有时在教学中学生的作用大于教师的作用，而且英美文学课本身就是难度较大的专业课，它与学生具有的知识量和知识面都有很大的关联。所以调动学生的积极性、自主性，为他们创造机会参与讨论和交流是教学的关键。

21世纪，在我国高等院校的人才培养中，如何结合专业教学，加强对大学生的全面素质教育，在传授科学知识的同时努力培养其人本精神是当前我国高等教育所面临的而且必须解决的问题。总而言之，随着人本主义教育理念的引入和英美文学教学改革的不断深化，教师与学生会逐步建立一种平等和谐的师生关系，共同努力把英美文学课建成一门真正以人为本，因材施教的人文素质课程，以及培养人文素质与科学素质相结合的文理兼备、全面发展、具有高尚品德和创新能力的优秀人才。

第四节　英美文学教学中学生创新能力培养

随着我国高等教育的不断发展，英语专业的发展也面临种种挑战。传统的英语专业重视学生英语语言技能的训练，忽略学生思辨能力的培养，从而使英语专业的学生缺乏创新能力，在工作中缺乏应有的活力和竞争力。在此，对英美文学课教学中如何有效开展学生创新能力的培养进行探讨。

一、英美文学课在学生创新能力培养中的作用

英美文学课是我国高校英语专业传统的重要课程。在教育部 2000 年颁布的《高等学校英语专业教学大纲》规定：英国文学、美国文学课程为专业知识必修课，英美文学史等课程为专业知识选修课。其教学目的是"培养学生阅读、欣赏、理解英语文学原著的能力，掌握文学批评的基本知识和方法。通过阅读和分析英美文学作品，促进学生语言基本功和人文素质的提高，增强学生对西方文学及文化的了解"。作为高校英语专业课程体系中的主干课程，英美文学课由于其自身的特点，在学生创新能力培养中有着许多独特的优势，对学生的创新能力培养能够发挥重要的作用。一般来说，大学生创新能力应包括这样一些基本要素：创新精神、创新人格、创新思维、创新智慧、创新技能等。

奠定扎实的英语语言基础，促进学生英语语言技能的提高。创新的前提是要有扎实的基础，对于英语专业的学生来讲，就是要打下扎实的英语语言基本功，只有这样才能自如地、创造性使用英语语言，才能在今后的工作中不断创新。通过阅读文学作品打下扎实的英语语言基本功是通向创新之路的第一个关口。走"文学道路"是我国英语界英语学习的良好传统。英美文学课的文学作品不仅可以为学生提供丰富多样的语言材料，使学生在较短时期内接触到最为丰富的语言现象，从而提高学生对语言的感性认识，为学生提供学习英语的范例；同时还通过为学生创造真实而有意义的语言情境，提高学生对语言的理解能力和应用能力。一个真正走"文学道路"的人通常比那些仅局限于选修狭隘、零碎的"实用"课程的人具有更扎实的技能和文化知识。原因很简单：尽管一门设计得当的文学课不会以单独训练某套特定的技能为目的，但是它以各项技能的内在化为前提。

促进学生对英语语言文化的深层理解，学会创造性地、得体地使用英语语言。文学是文化的一个组成部分。英语文学作品中蕴含着丰富的英语国家社会文化知识。文学又是语言的艺术，优秀的文学作品能够展示出英语语言之美，展示出文学家对英

语言创造性的应用，而语言与文化又是融合在一起的。学习语言，不能仅仅掌握浅层的语言技能，还要学习语言背后所蕴含的文化，了解英语国家的历史文化与风土人情，了解英语民族思维方式的理解，进而提高对英语的领悟力和实际运用能力。从某种意义上讲，英语专业的毕业生要想在激烈的竞争中占取上风，必须多了解英语国家的文化，并具有理解英语深层结构和微妙之处的能力，还要具有按英语习惯得体地表达的能力。英语文学课就是造就这种优势的一种手段。因此可以说，在培养英语专业学生的创新能力方面，文学作品的阅读和欣赏起着引路者和催化剂的作用。

激发学生进行深度的阅读和思考，培养学生的批判性思维能力和创新能力。阅读文学作品的过程是一个思考的过程和意义寻求的过程。英语文学作品往往通过各种典故、格言、暗示、比喻、象征、双关语等修辞手段来表达意义，因此要想弄懂作品背后的真正含义，读者不能仅靠单纯的语言技能从字面上去理解，还要运用想象力和创造力，去发现文字下面的隐含意义，去发现作品在不同时代和不同视角下呈现出的不同意义。因此，学习文学的过程也是一个锻炼学生思维能力的过程。学生通过阅读英美文学作品，主动参与文本意义的寻找、发现、创造过程，逐步养成敏锐的感受能力，掌握严谨的分析方法，形成准确的表达方式。这种把丰富的感性经验上升到抽象的理性认识的感受、分析、表达能力，将使学生终身受益匪浅。文学作品的阅读鼓励和激发学生进行批判性的思维活动，在此过程中，学生将会有无数的创新发现。

培育学生的人文精神，提高学生的综合素质。优秀的文学作品包含着作家对人生的思考和对人类生存终极意义的关怀。学习优秀的文学作品有助于学生陶冶性情，启迪智慧，提高品位，有助于学生拓宽思维与认识空间，充实心灵家园，培养健全人格。总而言之，英语文学的学习已不再是单纯的语言学习，它还有陶冶情操、开阔视野、启迪智慧等独特作用。英语文学教育是构成人文素质教育的一个重要组成部分，它实际上是培养一种对世界和人生的感悟，是一种对待世界的态度。大学教育所培养出的人才，不仅应具备良好的专门知识和专门技能，还要具备深厚的人文精神和良好的综合素质。只有这样的人，才是社会需要的全面发展的人，才能够发挥合理运用其专业知识和创新能力的作用，为人类的幸福和社会的发展做出贡献。

二、在英美文学课中进行学生创新能力的培养

高校英美文学课应该是一门综合素质培养课，而不仅仅是一门语言训练课。英美文学课的教学活动应多围绕文本意义和语言特点进行思考和讨论，而不是就某一语言或语法项目进行反复操练。在教学过程中，可将创新能力的诸要素，如创新精神、创新人格、创新思维、创新智慧、创新技能等融合到教学过程和教学活动中去，在潜移默化中培养学生的创新能力。

深入发掘文学语言的"文学性"。对于英语专业的学生来讲，不仅要学会使用英语听、说、读、写、译等方面的技能，还要学会如何对这几方面技能进行灵活运用，这是英语专业学生创新能力的表现之一，体现出英语专业的特性。在进行英美文学课教学时，应注重引导学生领略、学习文学语言的"文学性"，带领学生欣赏英语语言之美的同时还要加强对英语语言更深层次的理解，进而提高学生灵活运用英语语言的能力。文学性是语言本身所固有的潜在属性，所有的语言使用都具有某种文学性。形象思维和文学幻想、多义性和暧昧性是文学性最基本的特征。因为文学是语言艺术，在文学中语言的各种潜能一般都能得到充分发挥。优秀的英语文学作品具有很强的文学性，体现出对英语语言的创造性运用。对文学性材料的学习能对学生的外语语言技能产生微妙的但很强的影响。通过这种学习希望使学生不但能使用外语，而且能完美地使用外语。

充分发挥教师的引导作用。在领略、学习文学语言的文学性方面，教师扮演着非常重要的角色。教师首先要吃透所要讲授的文学作品，对其语言的妙处和蕴含的思想要全面把握，在讲解时应注意引导学生欣赏文学作品中对语言的妙用。文学课的讲授中，一定要重视对作品文学性的分析，这是文学课与语言技能训练课的区别所在。学生创造性使用语言的能力不是与生俱来的，也不是自然获得的，而是要经历一个模仿、练习、融会贯通的过程。俗话说，熟能生巧。这话用在英语语言的学习上非常适当。在教师精妙的讲解之外，针对性的练习必不可少，如名篇名段背诵、名段翻译、作品改写或简评等。学生通过对文学作品中名篇名段的背诵，可以加深对语言微妙之处的理解；通过对名段的英汉翻译，可以进一步深化对语言的感性认识，这就是"熟"的过程。通过学生对作品改写或写简评的练习，可以让学生把对语言妙用的感性认识转化为自觉应用，这就是"生巧"的过程。

适当引入文学批评理论。完全自由和自发的阅读及讨论并不能促使学生开展有深度的思考。而当代西方各种文艺思潮和文学批评理论则可以引导学生从不同的角度审视文本，拓宽学生的思维空间，使学生养成多维思考的习惯，不追求单一的理解。文学教学的目的之一是教会学生理解文本所表达的意义，而一个文本的意义往往是多样化的，文学上的解释并没有固定的答案，只有合理的解读。因此，鼓励学生运用文学理论对文学文本进行不同角度的解读，其形式可以采用写简评、小组讨论以及上台发言等。这种训练可以使学生摆脱单一思维模式，养成多向思维的习惯。创新的火花往往就是在多向思维的碰撞中产生的。教学实践中要注重文学批评理论的应用，不宜对理论本身做深度的讲解。

设计丰富多样的教学活动。文学课堂是学生综合运用英语语言知识和技能的平台。文学课适合组织各种活动，以促进学生的实践应用能力。文学课上常见的课堂活动有如下一些：其一，诗歌朗诵。学习完一首诗歌后，要求学生在下次上课时背诵此诗。

英语诗歌往往语言精练，表达含蓄，需要反复诵读才能体会其深刻的含义。学生在进行诵读的过程中既能进一步理解，也可以锻炼其思考的能力。其二，角色扮演。讨论完一部戏剧作品后，组织学生扮演不同的角色，在课堂上表演剧中的精彩片段。在表演过程中各创新要素将得到综合运用。其三，小组讨论和自我陈述。学习完一部小说后，组织学生就小说的主题、人物形象、创作技巧、语言特色等方面进行分组讨论，并要求每组学生派代表上台汇报讨论结果。讨论的过程是学生创新思维得以自由发挥的过程；而自我陈述则又可以锻炼学生的表达和应变能力。其四，作品改编。要求学生对所学的作品进行不同体裁的改编，如将诗歌改编成故事，或将小说改编成戏剧等。改编是一种二次创作，一种创新活动。在多样化的活动中，学生的基础知识和能力得到加强，思维变得更加活跃，创新意识得到进一步激发，创新技能得到进一步锻炼。

创新是人类追求进步和发展的精神的体现，是社会发展的推动力。创新是时代发展的迫切需要，是教育改革的一项重要内容。创新也是传统的英语专业摆脱发展困境的有效手段。因此，在英语专业的教学中，应着重培养学生的创新能力。英美文学课在这方面具有独特的优势，可以发挥重要的作用。但是英美文学课的这种优势只有一种潜能，如何更好地发挥其在培养创新人才方面的独特优势，需要我们不断地思考和探索。

第五节　英美文学教学"文化研究"新视域的转换

近二十年来，国外教学研究领域出现的"文化学"取向，表现为运用"文化学"的概念和方法研究教学中的文化现象，其内容涉及教学文化的内涵、民族文化传统与教学、文化变迁与教学、文化冲突与教学、多元文化与教学等。国内对教育领域的文化学研究最早的代表性评论，始于2005年9月吴黛舒的《文化学和教育学中的"文化"研究》。截止到2018年11月，从中国期刊网检索到的关于文化学视角的教学研究的CSSCI期刊论文共有以下几篇：肖正德的2篇论文《国外教学研究文化学取向述评及启示》和《教学的文化研究：价值、进展与方向》，张应强的《中国教育研究的范式和范式转换》，董蓓菲的《语文课程文化理论建构与实践创新》，赵光磊、于伟的《教育文化研究：走向教育生活与教师发展》，黄文红、崔刚的《外语学习文化概念述评》。上述论文有效地推动了国内教育文化学的研究，都侧重于理论的探讨，涉及整个文化的问题，尤其是中国本土文化的特殊性及其构建的问题，但是在实践层面，在具体的教学场域中，特别是英美文学教学的场域中如何发挥"文化学"的具体作用却没有探讨。

自20世纪后期开始，随着后现代历史情境的生成以及阿多诺（Adorno）做出"文化失败"的定论，文学跨越了所谓语言、文学性、审美功能等学科边界，不可逆转地走向了文化。文学研究领域发生了整体的"文化诗学"转向，亦即将"文化研究"介入到文学研究领域中去。在今天，文学研究整合了大众文化研究，并渗透到哲学、历史学、社会学和心理学等其他领域，跨学科成为常态，因此文学研究的疆界范畴也被无限扩大了。本节认为应当在英美文学教学中引入国外教学研究中的"文化学"研究视野，结合英美当代文学的"文化研究"方法，致力于英美文学教学的"文化研究"新视域的转向。所谓"文化研究"新视域，是指运用西方文学批评中的"文化研究"理论与方法重新审视英美文学教学现象或教学问题，并在外语教学中贯穿文化立场与价值观的教育，进而培养既有外语技能也拥有自觉的文化意识的人才。

本节考察了"文化研究"新视域转换的理论依据，并讨论了"文化研究"新视域的具体转换，涉及人文精神、文学外部研究、发散性研究、跨文化研究等诸多方面。本研究不仅在理论层面为英美文学教学研究提供了一个新的学科视角的支持和论证，而且对于如何在具体的英美文学教学场域中提升学生全面的人文素养提供了实践思路。

一、"文化研究"新视域的理论转换依据

英美文学这一学科包括文化、哲学、美学、政治和历史等多种人文社会科学价值。今天，英美文学的教学较多年前而言已取得了长足的进步，但依然有"重语言轻文学"的现象。2013年7月，《英语专业本科教学质量国家标准》进一步强调英语专业人才要以"文学素养"的培养为主要抓手。2000年教育部颁布的《高等学校英语专业教学大纲》（以下简称《大纲》）明文指出："文学课程目的在于……掌握文学批评的基本知识和方法……促进学生语言基本功和人文素质的提高。"由此可见，在外语教学内容中应当贯穿文化立场与价值观的教育，实现学生人文素养的提升，从而促进学生人格的发展。这就需要在新视域的教学实践中做到以下几个方面。

首先，在英美文学课程中，应以文学史为依托，贯穿文化和价值观等情感教育，也就是采取"内容与语言融合型教学"（Content and Language Integrated Learning，简称"CLIL"），但教师能够达到这一点并非易事。正如阿库迪斯所说，在课堂教学中教师往往通过自身学科来界定教学知识，而无法将语言与内容进行系统的整合。也就是说英美文学教师通常把英语作为他们讲授的重点和主要内容，而对这一语言所传达的文化意识却视而不见。因此，英美文学教师应当突破语言教学的视野局限，融合文化教学，使语言与语言所传达的文化合二为一。

其次，体验性文化学习使学习经验更加有效。教师应尽可能地让学生感受作品，使学生与原著产生一种情感体验和审美体验。美国人本主义学习论的代表人罗杰斯（Carl.R.Rogers）的学习理论认为，学习是一个有意义的心理过程，是学生自身内部的感觉。他认为真正有价值的学习是"意义学习"，指一种使个体行为态度、个性以及在

未来选择行为方面发生重大变化的学习。在英美文学课堂教学场域，学生通过文本的学习来确立自我意识，关注自己的价值观、经验感受，进而提出问题，产生思想和判断。在这种体验性文化学习中，学生参与、阐释、回应、思索和批判作品，这种情感体验使学习成为一个有意义的心理过程，通过这种体验性学习，学生逐渐走入并沉浸在文化学习的课堂教学模式中，从而掌握所学的文化内容。赛普勒斯（Cyprus）大学的查鲁拉·安杰利（Charoula Angeli）教授和尼克斯·瓦拉耐兹（Nicos Valanides）博士认为，这种沉浸式的教学模式对学生批判性思维和认知能力的发展有着巨大的促进作用。

本节以山东省外语教学改革研究专项为依托，对本人所教授的山东科技大学外国语学院的两个班级进行了教学改革实验，尝试出一条英美文学教学的新思路。文本从认知阅读的培养介入，探索出一条体验性文化学习的新路，并取得了非常好的实践效果。在方法上，把教学重点放在如何引导学生领会文学作品所传达的文化与思想上；在路径上，以"问题"为切入口，通过提出问题，带领学生分析文学作品来解决这一难解的疑问，在这个过程中之间进行师生互动；在内容上，结合当代西方文学"文化研究"的思维，从文本的思想文化内涵多方位阐释经典作品，将文学视为一种观念文化，并将英美文化与当下时代所存在的社会问题、人的问题相关联。例如，在讲授菲尔丁（Henry Feilding）的《汤姆·琼斯》(Tom Jones)时提出"为何作者塑造一个有缺点的好人的主人公形象"这样一个问题作为引导，在引导学生揭开谜底的过程中，启发学生思考两个人物所犯的 imprudence 与 villainy 这两种错误（follies）之间的巨大差别，形成思想，进而判断，再反思自我应该如何做人的问题，触发学生的深度思考。教学过程中以幻灯形式呈现了作品原文的几个重点段落，不仅引导学生去理解几段话所蕴含的思想内涵，还让学生做出英译汉的文学翻译练习，从而使学生的英语语言技能学习与思辨能力的培养有机地融为一体。经过半学期的"文化研究"转换的教学实践，所教授班级的大学生们对英美文学作品有了更深刻的理解和感受，学生认识到英美文学是一门复杂的"人学"，与生活和社会现实紧密相关，而不只是语言技能的学习。"文化研究"转换极大地拓展了英美文学教学的模式和内容，对推动英美文学教学具有借鉴意义。

二、英美文学教学"文化研究"新视域的具体转换

（一）人文精神与英美文学教学

"文化研究"蕴含最为丰富的是人文精神，它强调每个个体的尊严，突出人人平等的观念。正如康德所说，在实践活动中人是目的，而不应把人视为达到目的之工具。在超越性上，强调精神至上超越于物质，追求对人的终极关怀，包括自由、平等、博爱、正义、信仰等价值，而这些是塑造大学生人格的关键，又与我国的社会主义核心

价值观相吻合，都是人文精神的体现。总之，人文精神体现为一个人精神与心灵的高度、深度以及宽度，而"文化研究"转向使大学生们更好地理解英美文学中的"人文精神"，认识到语言文学是文化最集中的体现。例如，莎士比亚作为一个理性主义者，其作品含有强烈的人文主义色彩，哈姆雷特复仇行为的延宕体现了哈姆雷特作为文艺复兴时代的一个人文主义者所具有的高度理性主义精神，而约翰·邓恩（John Donne）所代表的玄学派诗歌则体现了一种精神对物质的极大超越。人文精神和文化涵盖了英美文学与文化绝大部分内容，其重要性不言而喻，而只有通过"文化研究"转向才能够深刻挖掘英美文学作品中的内涵，理解其所体现的文化功能。

（二）文学外部研究与英美文学教学

兰陶弗（Lantolf）认为，理论研究与课堂实践之间的存在二分现象，他倡导一种基于社会文化理论的实践教学法。如何将实践原则应用于真实课堂，需要一种学科内容语体，即完成任务所需要的语言。课堂内容越贴切专业内容，学生就越感兴趣，就越觉得有用，同时这些内容又可提高学生的语言技能。这种社会文化历史理论就是文学的外部研究，而"文化研究"的转向则更加凸显了文学的外部研究，如消费文化、视觉文化等，它们使文学呈现新的面目，成为英美文学教学的全新命题，在建构学生的人文素养方面起到至关重要的作用。

例如，在讲授消费文化与道德观时，教师可以带领学生阅读德莱赛（Dreiser）的《嘉莉妹妹》（Sister Carrie），让学生感受美国随着城市发展所带来的人们消费意识变化，及其在日常生活中对人们的塑造。早在20世纪80年代，在意识形态结构领域，英美国家由大众消费的消费社会过渡到个性化消费的"雅皮士"文化，并渗透到每个个体的生活行为之中。这样，消费通过一种无意识的社会制约机制凌驾于个体之上，无形地操纵着个体，消费的性质也就发生了质的变化。正如鲍曼所言，"消费是一种主动的集体行为，是一种道德，一种制度，一种价值体系，一种社会控制功能。"这样，嘉莉妹妹的个体行为其实就被城市消费的意识形态所操控，离不开她所处时代的城市化进程。由此可以从西方的消费文化延伸到当下的中国消费文化。通过研究消费文化背景下的文本现象，引起对道德问题的关注，其中既有对过度消费的否定，也有对享乐纵欲的质疑，这些趋势的影响已延展到人们的交往方式中，尤其是青年伦理观当中，以快乐为交友方式的青年符号游戏的文化现象日趋显著。贝尔认为现代主义对超越常规的支持和对所有价值的侵蚀，已经通过它与消费主义的联合而进入了当代文化的主流，转向了消费、游戏和享乐主义，对传统价值和宗教道德的危害在后现代主义中进一步升级。在鲍德里亚（Baudrillard）看来，我们生活在一个无穷无尽的符号之流中，无法诉诸道德的评判。

这些思想观念与英美的社会现实紧密相关，也与我们当下社会具有不同程度的相关性，这是我们学习外国文学的基本出发点，它为我们提供了解决当下问题的参照，这是我们把学生吸引到课堂中来的关键性因素。这种不同观点的碰撞可以引发学生深度思索，引导他们对后现代伦理观进行重估，从而探寻新伦理观的重建。这是培养学生思辨能力、解决问题能力，发展学生全面人格的一个良好契机。由此可见，社会文化环境在人类意识形态发展中具有塑造作用，个体与社会环境之间存在一个动态关系，环境通过内化与模仿对人的发展起作用。而"文化研究"转向是以社会文化语体为内容依托的文化教学，它可以最大限度地提升学生的认知能力，是建构文化素养的内容要素。

（三）发散性研究与英美文学教学

"文化研究"是发散性思维方式和研究方式的体现，对多种途径解决同一问题和对大学生分析能力的加强提出了更高的要求。《大纲》也提出了对学生进行多种能力培养的要求，这就要求英美文学教学不能再拘泥于线性思维和还原性思维方式。而"文化研究"中的发散性思维研究模式，如新批评、结构主义、女性主义、后殖民主义、新历史主义、大众文化等西方现代文学理论，可以让学生从不同的视角来分析问题，利用多种方法进行批判性思维，从而拓宽了他们的视野，提高了学生们阅读、欣赏、理解英美文学原著的能力。例如，《哈姆雷特》作为一个可多重阐释的文本可以从多维视角进行发散性的分析：从哈姆雷特对待女性的态度可以进行厌女症阐释，从小人物侍卫的名字可以进行西方中心主义和殖民主义的阐释，从哈姆雷特的延宕行为可以进行人文理性主义分析、新历史主义分析以及精神分析。

而发散性思维模式离不开探究性和创新意识。我国课程创新的基本目标是让课程具有探究性，而创新取决于问题意识，有了问题意识以后，需要进行深度思辨和严谨论证，使问题得到解决或得到新的发现。这就需要教师采用苏格拉底发问式教学，让学生进行分组讨论，调动学生的自主参与性，从而形成教师与学生之间的互动循环。例如，在讲授《哈姆雷特》时，本人提出"哈姆雷特为何在复仇的过程中不断地延迟复仇"这一问题，这极大地激发了学生去探究奥秘的心理，引发了学生探究谜底的兴趣。在讲授《李尔王》的时候提出"为何李尔王犯下如此严重的错误判断，导致国破人亡"的问题，从而引发学生对罗格斯（logos）的本源意义——"言词"的双面作用进行探讨，从家庭中家长与子女的伦理问题的探讨，以及从"声音和无声"艺术角度的探讨等进行多重"文化研究"。可见，发散性研究作为"文化研究"的一个重要方法是训练并提高学生认知能力、批判性思维和创新能力的关键。

（四）跨文化研究与英美文学教学

在一个全球化经济和科技发展的时代，从跨文化视角来看，东西方不同文化传统相互交织，近年来在这个大背景下，高等教育国际化已成为全球化发展趋势的一部分。

《欧洲语言共同参考框架》指出，学习外语的目的是让本国人民"更好地理解其他国家人民的生活方式、思维形式和文化传统"，"促进人们之间相互理解和宽容，尊重各自的民族特性和文化多样性"。然而目前，"虽然各级外语教育大纲对跨文化交际能力的重要性均有所提及，但对各教学阶段如何培养该项能力却没有提供明确、细致的导向性安排。"

在"文化研究"转换之中，英美文学课程为跨文化视野的融合和拓展提供了一个非常实用有效的框架，是英美文学教学的新命题，它涵盖了文化诸多现象，是建构文化素养的内容要素。在"文化研究"视角之下，后殖民语境下的身份重构，包括拉美人们解殖后的求索，美国黑人与犹太人等边缘人的身份认同，女性文学中重建两性和谐，还有印第安裔文学研究、流散文学研究文学；在更大的范畴中"文化研究"还包括伦理转向、空间转向、审美回归以及后人类主义的转向等文化现象。这些文学理论都是分析当前全球文化现象的理论依据，体现了深层的文化功能，涵盖了涉及文化认同的价值、观念、伦理观等多元价值观，这些价值观念都在不同层面中拓宽了学生已有的知识边界和思维模式。比如，后人类主义重新思考人与自然、人与环境、人与动物、人与人自己所创造的智性人等非人类之间的关系。再例如，通过让学生阅读美国当代黑人女作家艾丽丝·沃克（Alice Walker）的《紫色》（*The Color of Purple*）和托尼·莫里森《最蓝的眼睛》（*The Bluest Eye*）体会边缘人的社会身份和他们的内心状态，使学生对白人中心主义和人与人之间的不平等有了新的认识和反思；通过引导学生阅读第一位探讨两性关系的英国作家劳伦斯（D.H.Laurence）的《虹》（*The Rainbow*）来体会两性关系如何和谐地构建，而不是非此即彼；而美国华裔作家汤婷婷（Kingston）的《女勇士》（*The Woman Warrior*）则使学生从流散文化的视角去思索华裔及其后代在西方异域文化背景下所面临的精神困境。上述经典作品很好地呈现出了跨文化现象之间的内在联系，在单一的文化背景下是很难领悟的，对培养大学生的跨文化观念、跨文化交际能力十分重要。"文化研究"转向中的跨文化研究不仅有效地阐释当代英美文学，更是培养大学生跨文化观念和跨文化交际能力的一个至关重要的环节，没有"文化研究"的转向就没有跨文化的框架。

毋庸置疑，"文化研究"拓展了传统英美文学研究的疆界，形成了价值观念的多元化和融合化，而这种多元融合的思想可以与我国本土化研究意识兼容并蓄，与儒家的"天人合一"以及道家的"道"之观念相互融合，体现了中国古代思想的博大精深。这种跨文化视域的拓宽还可以提高学生的跨文化敏感度，它包括乐于参与跨文化活动、尊重文化差异，也包括尊重他人、求知欲、文化移情（empathy）、对"他者"的容忍度等，这些都是跨文化能力的一部分，是培养学生跨文化交际能力的前提和基础。总之，"文化研究"转换所渗透的多元文化教学是培养大学生跨文化素养的一条重要的实践思路，是英美文学教学的新命题。

英美文学如何教的问题一直是英语专业课程改革的一个棘手问题，近些年随着前辈们的努力取得了前所未有的进步，但仍然有"重语言轻文学"的现象。从全球文化来看，过去的"重语言轻文学"的教学方法已经不能适应西方文化的多元现象和复杂性。为了从本质上改变"重语言"的现象，英美文学课程的文化教学必须靠"文化研究"转换来体现。"文化研究"转换渗透了文化意识，具有培养学生价值观念的承载功能，它蕴含了人文精神、社会文化等外部研究理论、发散性思维模式以及跨文化视角的多元价值观。这也对英美文学教师提出了更高的要求，要求教师祛除单一化的语言思维倾向，把"文化研究"的方法贯穿到英美文学教学场域中去，把文学与大众文化研究、历史研究、社会研究、跨学科研究和批判研究等方法有效地整合起来。因此，教师需要不断提高社会科学的学术研究水平，从而推动和提高大学英美文学课程的教学质量。

总之，在"文化研究"这个框架下，英美文学教学应贯穿文化立场与价值观的教育，根本目标应由语言技能转向学习文化，从而提升学生的全面人文素养。"文化研究"转向已经成为大学生文化素养养成的时代命题，艰巨且刻不容缓。

参考文献

[1] 管英杰. 探究英语文学中的语言艺术 [J]. 郧阳师范高等专科学校学报，2016，36（04）：61—63.

[2] 周茜. 语言艺术在英语文学中的应用研究 [J]. 科教导刊—电子版（中旬），2014（09）：73—73.

[3] 刘岩，张一凡. 英语文学中的语言艺术研究 [J]. 才智，2016（08）：124—124.

[4] 金文宁. 英语文学阅读教学中的导向原则 [J]. 文学教育（上），2014（06）：70—73.

[5] 陈安定. 英汉比较与翻译 [M]. 北京：中国对外翻译出版公司，1998：30—40.

[6] 马丽群. 浅析英语文学中文化翻译差异处理的技巧 [J]. 作家，2013（18）：165—166.

[7] 于文杰. 文化学视阈下英语文学作品的翻译技巧 [J]. 芒种，2012（16）：163—164.

[8] 胡文仲. 跨文化交际与英语学习 [M]. 上海：上海译文出版社，1988：66—75.

[9] 陈安定. 英汉比较与翻译 [M]. 北京：中国对外翻译出版公司，1998.

[10] 于文杰. 文化学视阈下英语文学作品的翻译技巧 [J]. 芒种，2012（8）.

[11] 马丽群. 浅析英语文学中文化翻译差异处理的技巧 [J]. 作家，2013（18）.

[12] 胡文仲. 跨文化交际与英语学习 [M]. 上海：上海译文出版社，1988.

[13] 杜功乐. 写作借鉴辞典 [M]. 上海：上海辞书出版社，1989.

[14] 冯翠华. 英语修辞大全 [M]. 北京：外语教学与研究出版社，1995.

[15] 侯毅凌. 英语学习 [M]. 北京：外语教学与研究出版社，2004.

[16] 卢炳群. 英汉辞格比较与唐诗英译散论 [M]. 青岛：青岛出版社，2003.

[17] 刘相东. 中国英语教学 [M]. 北京：外语教学与研究出版社，2004.

[18] 张伯香. 英美文学选读 [M]. 北京：外语教学与研究出版社，1998.

[19] 张汉熙. 高级英语（第一册第二课）[M]. 北京：外语教学与研究出版社，1997.

[20] 路清明，强琛. 英语文学作品中比喻修辞格欣赏 [J]. 石家庄职业技术学院学报，2005，（5）.

[21] 邓李肇. 英语文学作品中幽默修辞的欣赏及其功能分析 [J]. 双语学习，2007,（10）.

[22] 李冀宏. 英语常用修辞入门 [M]. 世界图书出版公司，2000.